我行我歌

——見南山居文叢

黃慶萱　著

三民書局

緣　起

先夫黃慶萱教授自少年時代即喜愛閱讀現代及西洋文學作品，也試著習作。就讀臺東師範時期，代表學校參加全國學生三民主義論文比賽，獲得高中組第一名，更鼓勵了他寫作的信心和興趣。師範畢業後在小學教書五年，後考入師範大學就讀，這些年間常在報章雜誌上投稿，且以稿費收入補貼生活所需。嗣後進入師大國文研究所進修，繼在師大任教，便專力於學術研究及教學工作。間或參與文學討論會，寫作文學評論文章。而文學的創作則不再有了。

到了退休之年，他有意將以前的創作小文收集成冊，且已預為命名：「我行我歌」。同時想將以前與三民書局訂約的古籍《新譯周易讀本》寫到一半的工作續完。其時，三民書局劉董事長以慶萱先前所作大學用書《修辭學》已歷二十餘年，希望他能重作修訂。於是先作《修辭學》增訂三版，歷時二年餘。再著手《周易六十四卦經傳通釋》的工作。此作頗費工時，於乾、坤二卦完成時，以篇幅已多，便先行出版《乾坤經傳通釋》，繼續再解餘卦。此時由於年齡漸老，寫作日緩。逮六十四卦完成脫稿，已是二〇二〇年八月的八九高齡。

當《周易》之書完稿交付三民書局打字排印之時，慶萱告訴來接洽的劉培育先生：想將以前創作的散文、小說等文章結集出版。劉先生答以先將《周易經傳通釋》的工作完成，再討論此事。於是當三民書局在作《周易》之書的打字、校對、編排、印刷等工作時，慶萱則著手整理舊作的工作。

《周易六十四卦經傳通釋》分上、中、下三冊，陸續於今年三月出版完成。而慶萱於五月二十五日凌晨三時在睡夢中驟然辭世。他的舊作整理工作則泰半完成。慶萱是從早年留存的舊報紙與當年影印下來的資料中，收集這些舊作。由於許多作品已是時隔數十年，其間又歷經遷居，舊物整理起來頗見雜亂。經過檢閱、比對，分類為六部分：

㈠散文，計17篇。㈡小說，計17篇。㈢短論一，錄《中央日報》副刊「知言」專欄（少數非屬專欄而刊於中副者亦屬焉），計14篇。㈣短論二，錄《聯合報》副刊「快筆短文」專欄，計12篇。㈤短論三，錄《青年戰士報》副刊「筆鋒」專欄，計10篇。㈥學術，計8篇。

全書題名為《我行我歌——見南山居文叢》。此書名及分類項目皆慶萱生前自定。唯「學術」一項篇目則德瑩略加彙整檢選；「散文」篇目亦稍作增補。

此書全部整編完成於作者身故之後。感謝三民書局於此新冠肺炎疫情持續肆虐、出版業寒冬之際，願意為他出版。相信慶萱在天之靈一定喜出望外。而我個人也要對劉總經理致以十二萬分的謝忱。

謝德瑩誌於中華民國一一一年九月一日

我行我歌——見南山居文叢

目次

小說

目次

短論一　中央日報副刊「知言」專欄

目次

短論三 青年戰士報副刊「筆鋒」專欄

散文

蝴蝶蘭的幽香

——敬獻給亡父

夜深了，雖說是七月的臺灣，窗外襲進來的晚風仍帶涼意，我放下正在溫習的功課，站了起來，伸手去取掛在壁上的襯衣，一陣發自蝴蝶蘭的清香，幽然送進鼻子來。於是，我又記起了亡故了的爸，這株「沾不著泥土」的植物，原是爸留給我唯一的遺物呵！

爸是個拘謹的人，學的是蠶桑，卻教了一輩子的書，而且還偏教著國文。在家鄉的時候，講完了課回來，總是留在院子裡，巡視下最心愛的盆花，摘摘黃葉，剪剪枯枝，捉捉花蟲，晚上還澆澆水。那時，大大小小的盆花，放在花架上，沿院子兩邊擺著，數目上百了呢！其中大多是蘭花，蘭還分有很多種的，詳細名稱我就說不來了。

我記得，每年冬天，爸就動員了全家大小把這些盆花搬進花房，爸說：花也怕冷，放在外面受不了霜雪的摧殘。到了春天，又把它一盆盆的端出來，挖起換上新土，重擺在花架上。對蘭花，更要多費一點精神，除了換土，老的葉要去掉，太多的要分開，每年總分出十幾盆蘭花，分贈親友。在育人養花的交替下，爸生活怡然自得。

是我初中畢業的那年，爸送我到臺灣來，要我先讀師範。沒多久，爸也來臺灣了，家裡其他的人卻來不及搬來。起先爸在農校教書，後來因為說話方音太重，學生聽不懂，就不教了，在一位朋友家住下來。

家人的離散，生活方式的改變，使爸常惦念著故園，和那上百盆的花草來。就在這時，在家鄉被爸教過的一個學生，送他老人家一株出產在東臺灣的蝴蝶蘭。扁長的葉子，約有五六張；兩根花莖，伸得長長的；嫩嫩的根，依附在樹片上。從此，爸每天又澆水，看護，心情也好像有了寄託。爸說：「孩子，看這蝴蝶蘭，和家裡的蘭花不同哪！家裡的蘭花要種在有泥土的花盆裡；可是這兒的蝴蝶蘭卻寄生在樹片上，沾不著泥土！」我知道，爸把自己比作失去了故土的蝴蝶蘭。

三年師範生活過去了，爸仍住在朋友家裡，畢業那天，我去看爸。爸要我好好教育下一代，自個兒再積蓄點錢準備升學，「爸沒能培植你上高中進大學，已很慚愧；現在你剛師範畢業，自己能照顧自己，爸就高興了，我住在這兒很好呢！」

一轉眼又是三年，服務期滿了，爸也在二年前亡故，留給我的就是這一株蝴蝶蘭。大學入學考試將近，面對著爸爸遺物，聞著它陣陣幽香，我含著眼淚，默默地穿上襯衣，重新拿起功課，坐下來。

牌上風雲

從寢室的窗口向飯廳望去，可以看到飯廳旁邊有一塊貼滿「通告」的木牌。那白紙黑字藍豆腐乾的是學校的「佈告」；那花花綠綠觸目動人的圖文是同學的「大作」。

這塊牌子的歷史似乎很悠久，由牌的「位置」來推測：起先也許是供膳委會公佈菜單用的；後來，是「地利」的關係吧，各色各樣的通告多了，於是連學校的佈告也不得不移樽就教地擠到這兒來了。自從我踏進這座大學的第一天起，便被它上面巨大的「歡迎新同學入伙」的廣告所吸引，它幫助我解決現實的民生問題，倒是功不可沒！也因此，我開始留意牌上的風雲變幻了。

幾個月的觀察，我發覺牌上通告種類之繁多，內容的豐富，足可與報紙的分類廣告相比美；而文字的幽默，形式的生動，卻只有電影廣告才能望其項背了。從尋物、招領、廉售、廉讓，到租房、求才，以及意見……等等，無不應有盡有。格言式的句子，打油詩的調調兒；立體派，野獸派，寫實主義的，象徵主義的畫幅：真是琳瑯滿目，美不勝收呢！

先說尋物和招領吧！花樣就夠瞧的了：「香蕉尋錶」，準是學過心理的教育系仁兄仁姐寫的；「倚桌佇候久，飯票快歸來！」這麼文謅謅的句子，不出於國文系同學的手筆更會有誰？「望書興嘆」，窮酸味重些啦；「不是你的祖業，請不要承受！」哦！何必這麼刻薄呢！而最妙的，是男女同學之間招領失物的妙文：「××小姐我被你遺棄了，現在×××同學收留了我，假如你認為我還有為你效勞的榮幸，請到男生×××室來領回吧！你的學生證啟。」「缺德鬼！」女同學看了，抿著嘴笑了。「××先生：你的派司套掉了，內有『機密文件』及『伊人玉照』，請攜鳳梨八罐，於×日中午十二時二十分至三十分，來女生宿舍會客室領取，過時不候，原件送訓導處招領，盼勿自誤。」這記竹槓，敲得夠響了啊！

「廉售」這是僑生們的專利廣告，貨色保證新，價格卻不一定就便宜，本來嚒，這些東西是準備自己享受的，要不是急需一筆錢用是不會轉售的。「廉讓」倒真夠得上「廉」字：有了洞的夾克、生了銹的單車、不能鎖的皮箱……。也許奇蹟出現，你會發現有你正合意的東西。

「|i.5̲6̲3̲|5……多莎拉米莎：喂！拉小琴的朋友，你的琴聲太美了，使我在這期中考試的前夕，也不得不放下書本來欣賞，不過，考試拿紅分可不是好玩的，還是請你大發慈悲，救救我們吧！」有人向準音樂家放砲了！「鐵桶有銹，開水有臭，公共衛生，應該講求！」

是對膳委會發的。現在通告的威力在面臨考驗。於是，小提琴的聲音移到大操場去了，鐵開水桶底朝天，換上全新的鋁桶，效力夠瞧的啦！

也許這是唯一的例外，藝術系的一張求才廣告碰了一只不軟不硬的釘子。藝術系的通告，一向擁有廣大的觀眾，可是這次因畫膩了「三十六、二十一、三十六」，改變作風，誠徵「健美男模特兒」，卻弄得啼笑皆非。「應徵」的啟事迅速的出現：「時間：課餘」，有道理！「待遇：免費」，太客氣了！「地點：男生浴室！」藝術系的同學搖搖頭！真沒想到，這年頭徵求男模特兒比女模特兒更不容易！

寫到這兒，又看見一張新通告在張貼了：「親愛的男生膳委同學們：今晚男生入膳同學電影晚會，可否邀請女友參加？請即（　）示！」，就此打住，看看（　）裡會有什麼字出現呢！

十二月十五於八仙樓

中華民國四十六年十二月二十三日《新生》副刊

最後的古屋

敦化南路上的挖土機、載石車、瀝青車、壓路機，浩浩蕩蕩地朝南向這片綠樹紅垣輾壓過來。馬達的轉動聲，機械的碰擊聲，碎石傾倒的嘩然，震天價響。綠樹紅垣中這座靜靜的古屋，只怕不能避免被拆除的命運了，因為它恰恰就在馬路預定地的中央。一百三十多年的歷史——生死盛衰、得意失意、榮耀恥辱，全都像輕輕的一聲嘆息，就將這樣跌落而消失在現代物質文明的喧嘩聲裡。

從信義路轉入四維路，高聳著的林肯大廈肆無忌憚地向你當頭直壓下來。前行約二三百公尺，就在大安國中和建安國小的對面，你可以找到這座門牌為四維路一四一號的四合院——「安泰堂」。它並不是外表十分起眼的建築；但是，那青石紅磚的屋牆，屋角上翹的飛簷，卻親切地喚起你對福建或廣東故居的懷念，以及憑弔中那番無可奈何的感受。

請你先站在古屋前面的紅石廣場，你看見了左右對稱的幾座房屋：中央是玄關和正廳，兩邊有廂房、夾屋、和偏屋。你會注意到玄關兩邊的雕花椽頭，像下垂的蓮花，又像蜂巢。

旁邊承托著椽頭的，卻很容易辨認出是一對鳳凰。於是，你的思古幽情剎那間提昇了。你漫步上階，玄關大門兩旁青石柱子鐫著一付對聯：「安宅惟仁知其所止」「泰階有道奠厥攸居」，便映入你的眼簾。橫額上「安泰堂」三字，繆篆體，卻已駁脫模糊了。

跨過青石門檻，踏入玄關，那典雅精緻的鏤楝雕梁立刻吸引著你全部的心靈。從屋脊到短梁的一根侏儒柱，從短梁到長梁的兩根侏儒柱，左右對稱，共有六根，一式的巨爪形，緊緊攫住了橫梁。叫你感受到它的結實、穩固、和力量。鏤花塗金的欂櫨，拱承著屋棟，仍然閃閃發光。距離玄關後門兩邊門柱約一公尺處，是兩根烏心木大圓柱。圓柱和門柱間，左右都橫嵌著鏤空的木欞，是一整塊木板雕成的。左面圖案是鶴亭；右面圖案是塔和鴛鴦。在整座玄關中，你不能找到一根釘子。只是方磚地板上那幾輛摩托車，顯得幾分橫蠻。

穿過玄關，正廳和東西雙廂圍著天井，整個出現在你的眼前。當我們幾位陌生參觀者闖入的時候，正廳三位婦女正席地坐著。她們看了我們一眼，又低頭專心地在串製耶誕裝飾燈泡。兩個小孩在濛濛細雨中的天井玩丟銅板的遊戲。我拉著其中一位，想問問。但是被他掙脫了，依然忙他的遊戲去。也許是厭倦了闖入者總是同樣的問題吧！

東西廂房的窗欞，左右各八扇，是十分值得你駐足一看的。窗欞有斜方格和十字花格兩種。部分毀壞了，補以塑膠紗窗。窗欞下面是實心木板；窗欞上方木刻，刻著文房四寶、竹簡、書卷、琴、扇、鏡、劍、戟、芭蕉、葫蘆、蓮蓬、孔雀翎、珊瑚、拂塵、如意，還有「道光通寶」：可以判斷屋主廣泛的趣味，也可作判斷建屋時代的參考。我們去參觀時，東廂房裡，堆放著洗衣粉、長壽烟之類的紙箱；西廂房裡，擺著雙門冰箱和飯桌。

現在你可以看到全屋精華之所在了。從左右兩隻木雕獅子托住的稱梁向正廳裡面望去，你看到了用來分隔正廳和東西兩序的巨木雕成的六龍六蝠的門檔，左右一式。門檔上面的木刻，右麒麟而左狻猊。你的眼光由兩壁向中移動，終於停留在高與屋齊的神主龕，這真是精美絕倫的藝術珍品！雙層的鏤花龕門，裡面供著福建安溪林氏祖先牌位。右考左妣，近六十尊。正中供的是「皇清一十七世顯考」之神位。其他神位，或首書「皇清」，或首書「皇朝」。皇朝？哦，這個歧義語，頓時使你體會到一度在日本統治下的臺灣民眾，那番不忘祖國的苦心。於是，你面對著「九牧傳芳」的橫額，你面對著「安且吉兮一經教子開堂構」「泰而昌矣九牧傳家衍甲科」的聯語，一股莊嚴、肅穆、敬重的心情，生自靈魂深處，上升、膨脹、充滿。神龕下方「福祿壽考」四字，是略似鳥蟲書的篆體，頗為雄渾美觀。龕前中案，長年洗滌，木色泛白。案上碎瓷香爐、雕木反坫，都是百年以上的古物。這時，林家一位中年男士走過來，向我們解說。又拉開中案抽屜，只見屜內大紅綵帶已成赭色，遙想當年，年節喜慶，懸燈結綵，那又是怎樣一番氣象呢？神龕右首懸著一幅觀音大士畫像；前面另有一個小神龕，供的是武聖關公；還有幾尊木雕的佛像。神龕左首通堂後，黑漆斑駁的八仙桌上，那隻彩色大同電鍋，直刺入你的雙眼。

東序窗櫺上方，自左至右題著「花香」，側面房門木刻便是牡丹含芳；西序窗櫺上方，自右至左題著「鳥語」，側門木刻便是枝頭好鳥。夾屋是臥室。走道上添蓋著許多廚房之類的違章建築。夾屋之外的偏屋，原是書房和穀倉，現在也住滿著人了。

我們走出四合院，玄關大門兩旁石馬上，正坐著一位老人。他指著玄關門外兩邊凹進的缺口告訴我們說：這裡本有兩隻小小的石獅子，多年前，一位大學生陪著洋人來參觀之後，就不見了。又指著屋前廣場的紅色石板說：這些都是當年帆船壓艙的石頭，還有建屋用的「福杉」，都遠從泉州運來。我注意看看這些長方形石板，經不起計程車、摩托車的輾壓，現在已沒有幾塊完整了。老人繼續指指點點地告訴我們：門前原是池塘，屋後本有果園。當年河渠和淡水河相連，駁船可以直通屋邊。我曾問起老人對於這幢百年老屋行將拆除的感想。老人沉思了一會，說：老屋舊了，保養不易；加上人多，住不下了：拆了也好。好在屋子前後左右幾十甲土地，仍是林家共同的產業。將來土地賣了，再蓋大廈，還寬敞些。老人最後不勝感慨地說了這麼一句：現在是科學時代嘛！像表示自己的時髦前進；又像是自我解嘲。

和老人道別。中午的陣雨越下越大。四維路的前面，又有好幾座大廈正在興工。碎石機、攪拌機隆隆響著。敦化南路的築路機械，在不遠的側方。於是我的腦海中，浮現著那隻泉州來的帆船；浮現著德克薩斯州豪華客廳懸著的福杉窗櫺；浮現著麻省別墅前的一對青石獅子。我歆羨著尼羅河畔那些整座拆遷重建，未被水壩淹沒的埃及神廟！

民國六十五年（西元一九七六年）七月十三日《中央日報》副刊

故鄉平陽的新年

平陽在浙江省最南部，和福建福鼎縣相連。要說那兒的新年，好長，好長。

也許該從八月中秋說起。把篾蓆鋪在金桂樹下，搖落一樹橙紅的桂花，曬乾了。冬至前一天，磨好糯米粉。冬至當天，把紅桂白糖餡子裹入湯圓裡。冬至第二天一大早，我就可以高興地告訴每一位認識的人：「吃了湯圓，叫歲八歲了。」「吃了湯圓，叫歲九歲了。」陸放翁《劍南詩稿》卷四十九〈辛酉冬至〉詩：「家貧輕過節，身老怯增年。」當時哪能體會？放翁自注：「鄉俗謂喫冬至飯即添一歲。」那麼這種風俗，不只浙江南部有，而且宋朝就有了。

於是母親忙著開始準備年貨。雞、鴨、肉用醬油浸，不作興加香料。浸了兩三天，取出曬乾。鰻魚、黃魚、帶魚，要新鮮的剖開風乾，不抹鹽，不曬太陽，乾後魚肉雪白，蒸了切成薄片，真是人間難得的美味。這些年貨，都靠老天幫忙，有日有風，不暖不雨才成。那時，沒聽說氣象預報，憑的是察天觀色，和代代相傳的經驗。於是許多俗諺派上用場：「霜降不降，有四十日惡。」意思是霜降那天落雨不降霜，有四十天泥濘。又說：「冬至在月頭，賣被去買牛；冬至在月尾，破被兩頭扯；冬至在月中，一日雨，一日風。」意思是月頭冬至天氣暖；月尾冬至天氣冷；月中冬至多風雨。又說：「冬至紅，年邊濕；冬至烏，年邊疏。」疏是說雨少，雨少最好的了。母親早上把肉類拿到天井去曬，把魚類拿到簷下去風；晚上要收進屋裡來。過年後整個月，下酒下飯的常是這些。來臺灣，成了家，也風過幾次鰻魚，天氣太暖，有日無風，有風即雨，總沒成功過。雞鴨灌過水，醬油再浸也沒用。倒是醬油肉，四季都可製作。靠的卻是冰箱。但臘月日曬風吹留下自然香味，卻仍不可求。

年糕多由鄭樓老家親戚送來。分糖糕、水晶糕兩種。都由類似蓬萊的大粒白米磨粉蒸熟搗勻製成。只是一加糖、一不加糖。不加糖的，要浸在水缸裡，吃時撈起，洗淨表面的綠衣，糕呈半透明，也許就這樣叫水晶糕罷。水晶糕切片炒肉絲菜絲香菰絲，十分好吃，不過父親總嫌不衛生，每年都請老家親戚不要送太多。

故鄉冬天水果很少。母親年前就買了大批柑桔，一層松枝，一層柑桔，放在大缸裡。過年好拿出來待客。此外，彷彿只有荸薺了。可是那只是小孩子們吃著玩的，用來待客未免寒酸。至於紅棗、花生、桂圓、瓜子之類，由爸買來準備著。小孩子只吃麥芽糖，剪成拇指大一顆一顆的，藏在炒乾的米粉裡。

「換新」是重要而熱鬧的日子。那總在放寒假之後，臘月二十四日之前。全家動員，把門窗地板桌椅刷洗乾淨。水是用竹管接取山泉而來。臘月水冷，剛刷洗時，雙手被水凍得發僵，小孩們齊喊水冷。心想，母親每天洗衣，怎麼從來沒說過水冷。我們家兄弟姐妹多，平日每人都分配作灑掃的工作。年終大洗一番，屋子裡裡外外，自然就更乾淨了。

臘月二十四夜「送灶神」，雖然只供糖、菓、糕、茶，但是母親卻把一年大事，以及全家每人好好壞壞，向灶神「報備」，所以也成了一件大事。那些日子，我們兄弟姐妹總是顯得特別聽話，還央求母親：「要多說些我好，少說些我壞啊！」其實，我們每人都很知上進，非常幫家。那些央求也只是向母親撒撒嬌，討母親歡喜。母親當然也就「上天奏好事，下界保平安」地向灶神祈求如儀。

除夕祭祖，雞鴨魚肉，青菜水菓，美酒熱飯，樣樣俱全。祭前祭後，父親總是領頭要我們一一叩謝祖宗，母親最後行禮。接著全家團圓吃分歲酒。中堂徹夜點燈，叫守歲燈。鍋中預煮新年飯，叫過年飯。我家不作興「守歲」，怕太累了第二天精神不好。

這樣就到了舊曆新年。一大早，各人穿上自己最體面的衣服，先跟爸媽拜祖先神位。然後兄弟姐妹向爸媽拜年。吃了昨夕燒的過年飯，父親就出門向親友賀年，而家裡也會不斷地有親友來拜年。大抵朋友大多是在門口說聲「恭喜」就走；住在近處的親戚會坐下來，吃點棗、生、桂、子，閒話家常才告辭；如有小孩來，要煮點心招待。通常是用雞湯煮三個荷包蛋。遠處來的親戚，要留住幾天。親戚們來往，大部分送幾盒「紅封」。木片盒子中裝著糕餅，外用紅紙封裹。大小如臺灣的便當盒，通常總是三盒四盒疊在一起，用紅線紮起來。也有送雞蛋、水菓、臘肉、火腿的。每年我們最盼望的，是住在礬山的表哥來拜年，會送來明礬雕成的裝飾品，很像水晶，十分可愛。表哥說礬山挖進去，全是晶亮晶亮的明礬，像水晶宮，要我去玩。可惜母親認為路太遠，一直到來臺灣前，沒有去看過。

我們兄弟有時也要代表父母去向親戚拜年。點心當然獨享，「回禮」和「壓歲錢」卻全部歸公。有次我拜了年提著「回禮」回家，上面的壓歲錢卻不知掉到哪裡去，偏又是出手最大方的仁和阿嬸給的壓歲錢。兄弟姐妹一面猜壓歲錢的數目，一面惋惜著。我還曾代表父親去吃過「眾」。「眾」是「眾田」，屬於祠堂。由各房輪流管理。輪到的，在新年負責召集各房參加祭祖，祭畢要設宴招待，菜單由祖先留傳下來，我還記得首條是「雞肉肝三斤」，而那年眾田的收穫，就歸輪到的所有了。

初四接灶神，民以食為天嘛；初八祈長生，誰不想長命百歲？十五放花燈，天后宮（媽祖廟）和糕餅店作的燈又大又多。我記得抗戰勝利那年。有家糕餅店作的「蕭何月下追韓信」。家鄉用電不普遍，但那花燈硬是能轉的。從初一到十五，有「賣奇」的，編些吉祥話，挨戶朗唱。還有「舞龍」的，一人舉珠，數人滾龍，在天井中堂間跳上跳下，要有些功夫才行。唱罷舞畢，通常賞些小錢，也有要米不要錢的。印象最深的一次，是指定要「山紅金」，那是一種紅色的米，要上百粒米中才挑出一粒。正月又不好掃人的興，兄弟們挑了整整一下午，才夠一飯碗，等舞龍的回頭來收取。

過了元宵，遠親還有來拜年的。立春那天，要在門前燒樟葉，小孩們從火上跳過去，叫「達春」，是春氣通達的意思。一直到二月初二吃了「芥菜飯」，新年才算結束，而學校也要開學了。

中華民國六十八年二月三日《臺灣時報》副刊

往事歷歷・無限景仰

——永懷先師林景伊先生

聽說景伊師身體違和，是今年年初的事。七十一學年度，我偏偏正在香港中文大學任教。內子家鸞利用寒假從臺北到香港和我團聚。行前，她去看了景伊師，老師住在榮民總醫院，說在檢查身體。但內子覺得老師氣色不太好，似乎生病了，到香港便悄悄和我提起。我記得去年八月赴港之前，晉謁景伊師，老師身體還很好的。心想，也許上了年紀，有些小病痛，也是可能的。內子返臺北後，信中不斷提起老師的病情，有時轉好，有時轉壞，我的心也隨之起伏，頗後悔來了香港，不能在老師有病時服弟子之勞。今年六月初，內子電告老師病情惡化，我以長途電話向耀曾兄探詢，耀曾兄嗚咽不能語。我放下電話，便去訂飛機票，六月五日到了臺北，直赴天母榮總探視老師。病榻上，老師瘦了，知道我特地趕回看他，十分欣慰似的，握著我的手，咕嚕咕嚕地說著話，像是詢問什麼，又像是交代什麼，卻又發音不清，顯得十分著急。我強抑著悲傷，對老師說：「老師，你先休息，等精神好些再說話，我明天會再來看你的。」老師無奈地垂下手。六日上午，老師看來似乎好些，依然想和我說話，但仍舊說不清楚。我和學曾師弟餵老師吃水餃。學曾說：「好幾天來，總算今天能吃些固體的食物。」看來老師身體還有康復的希望。吃完水餃，老師有點倦容，我們便讓老師休息了。七日，我去看臺北其他的師長們，未去醫院。八日上午，還來不及去醫院，方祖燊兄撥來以話：老師竟離我們而去了。我趕到醫院，人去床空，只有幾位工人在清理病房。死別的淒苦，再也不能抑制地湧上心頭。

記得初識景伊師，是在民國四十六年。我考進師大，住進宿舍，剛好和大三學長陳新雄、邱棨鐊、黃少甫、阮廷卓等同寢室。有一天，忽然來了一位中年人，同寢室的學長們都站起來喊著「老師」，我也跟著站起來。學長們為我介紹了，原來這位中年人就是景伊師。景伊師問了學長們一些生活上和學習上的問題。我心想：這位大學教授對學生倒很關懷的嘛！

大二，景伊師開「歷代文選」，是必修的。我到今天還清楚地記得，景伊師第一次上課教我們讀〈別賦〉的情況。他說：這篇賦題目是「別」，一開始就是：「黯然銷魂者，唯別而已矣！」接下去分就空間、時間、行子、居人，描寫離別的心情和景況，構成這篇賦的首段。下面再用「故別雖一緒，事乃萬族」，帶出：富貴者、劍客、從軍者、出使絕國者、夫婦、方士、情人等等各種不同的離別心態和景象。末段總結到「有別必怨」之情。景伊師說：這種先作概說，然後一一描寫的寫作方法，叫作演繹法。老師一面板書分段大綱，一面作精細的分析說明，井然的層次，洪亮的聲音，聽得我們如癡如醉。〈別賦〉教了兩個星期四個小時；第三週第四週，舉《莊子・逍遙遊》為例，說明歸納的作文法；第五週第六週，舉李陵〈答蘇武書〉，說明敘述的作文法；第七週第八週，舉賈誼〈過秦論〉，說明比較的作文法……。一學期下來，使我們非但熟讀了歷代著名的文章，也熟練了各種作文的方法。後來，我個人也對文學鑑賞發生興趣，和內子家鸞合寫了一本《中國文學鑑賞舉隅》，得益於景伊師的啟發實多。

大三沒有景伊師的課。大四，我跟景伊師修訓詁學和中國哲學史。景伊師運用我們在文字學、聲韻學上已有的知識，總合字形、字音、字義的關係，來闡明六書文字的正確解釋。從訓詁的定義講到方式、條例，進而說明如何運用訓詁知識去整治古籍。老師深具條理的思路，周延精密的分析，再一次使我仰慕不已。在中國哲學史課中，景伊師顯示了對中國哲學原典的熟練程度。上課時未帶課本，而《周易》、《老子》、《論語》、《孟子》、《荀子》、《莊子》，許多古書的原文，卻琅琅背誦而出，一個人的腦子，怎能記得這麼多的東西啊！

考進研究所，跟景伊師學習的時間也就更多了。老師逼著我們圈點十三經、《說文》、

《文選》……還逼著我們寫古音作業。不是幾十張的，而是幾百張的；不是每張六百字的稿紙，而是像報紙整版那麼大的表格。我，無論小考、大考，考初中、考高中、考大學、考研究所，從不開夜車。但在研究所碩士班求學的時候卻經常開夜車，尤其在有景伊師的課的前一天！當時頗感苦不堪言。但是，一向偏愛義理詞章的我，後來居然也能教文字學、訓詁學，而且教得還算勝任愉快，倒多靠景伊師當年強迫點書作業所奠定的基礎。

景伊師家學淵源，師承有自。父親次公林辛先生，叔父公鐸林損先生，民國初年，執教於國立北京大學。景伊師幼承庭訓，受《周易》、《老》、《莊》之家學。十五歲負笈北平，從黃節先生習詞章；從陳漢章先生習史學；從黃侃先生習文字聲韻訓詁之學。且嘗親聞章炳麟先生之緒論。轉益多師，為學益廣博而精深。年十九，即畢業於國立北京大學研究所國學門。

景伊師作育英才是眾多的。從民國十八年擔任河北大學教授開始，不久受錢玄同先生的特知，轉任國立北平師範大學教授。名學人顧學頡，當時便受業於景伊師之門。來臺後，任教於國立師範大學、政治大學，暨私立文化大學。與潘重規先生、高明先生、熊公哲先生等，共同創立三校中文研究所。今天臺灣高等教育發達，各大專中文師資之所以不虞匱乏，實賴景伊師等及早培養人才之功。

景伊師的事業並不限於教育。更表現在對國家民族的熱愛上。這一點，近承章太炎、黃季剛二先生革命思想的感召，更遠祧顧炎武、黃宗羲民族意識之遺緒。抗日戰爭期間，景伊師組訓民眾，遊擊於華北。後更深入漢口、南京、上海等敵偽控制區，從事抗日活動，卒為敵偽所逮捕。先總統　蔣公聞之極為震動，命令中央組織部部長朱家驊設法營救，方獲脫險。凜凜志節，正是讀書人的好榜樣。

景伊師逝世至今天，已三個多月了。回憶昔日受業，歷歷如在目前，而景伊師精湛的學識，豐偉的事業，益令我們無限的景仰。

民國七十二年教師節前夕
於臺北新店見南山居

中華民國七十二年九月二十八日《青年戰士報》

王熙元教授的學術成就

友輩中喜歡讀書的很多；既愛讀書，又能擔負行政工作的，就比較少些；讀書、工作之外，更能熱心參與社會公益活動的，那就少之又少了。熙元兄是這少之又少，值得敬佩的一位。

著作等身　集中在儒、佛、文學三方面

熙元兄在臺灣師大，歷任國文系主任兼研究所所長、文學院院長；對母校曾作豐厚的回饋。從學生時代就擔任過師大人文學社社長、中道學社社長。由學生成為老師，更與臺灣各大學中文界朋友共同創辦古典文學會，擔任過理事長。對臺灣人文復興、學佛運動、古典文學之倡導，都曾有卓越貢獻。篇幅所限，拙文只說熙元兄讀書成就。

熙元兄愛好讀書，數十年如一日。所以不但以第一名考取臺灣師大國文研究所碩士班，三年之後再以第一名考取博士班；而且著作等身：大致可分「儒學」、「佛學」、「文學」三方

面說。

熙元兄的博士論文是《穀梁范注發微》。由范寧的《集解》以窺《穀梁傳》；由《穀梁傳》而探《春秋經》，目的在了解孔子的「微言大義」。寫此論文前，曾蒐覽經籍注疏及筆記雜著之有關於《穀梁》者，以資參稽；筆錄歷代史乘所記當時《穀梁》師說之傳授、著作之存佚，以資考訂；諸子著述、昔賢文集之涉及《穀梁》，亦並採摘；又旁及晚近學人與域外學者之有關論著：涉獵之廣，用力之深，可見一斑。並先撰《穀梁注述考徵》，以著錄其蒐覽所得。此後所撰，如《王守仁》，於陽明學術思想及其對世人的影響，多所闡明。《論語通釋》是把《論語》當作「民族生命的根源」，作通盤的詮釋和融會貫通的剖析，參考古今名家注解及論著數十種。《人文智慧——論語精髓》則由認識《論語》說起，並對《論語》的時代背景、語錄性質、研讀方法，作深入理解。然後依據原典，指出《論語》所記：倫理道德的實踐、言行品格的修養、立身處世的原則，為「人文生活的始基」；學習與教育精神、詩書與禮樂文化、政治與經濟策略，為「人文世界的塑建」；孔子自述與日常生活、弟子言行的紀錄，為「人文精神的彰顯」；孔子對古今人物與弟子的評論、時人及弟子對孔子的觀感與嘆服，為「人文智慧的圓融」。與《論語通釋》相表裡。以上五書，可見熙元兄在「儒學」方面研究方法、工力與成就。

喜好詩詞及散文　頗能寓情於景融人生於文學

熙元兄之接觸佛學，是從大二開始的。那時在師大國文系教詩選的，是巴壺天老師。巴老師精研禪學，常以禪宗公案以說唐詩中的比興。熙元兄受巴老師的熏陶，由詩入佛，由禪入佛。恰好那時周宣德老居士在臺灣各大專推動青年學佛運動，在臺大創設「晨曦學社」，在師大創設「中道學社」，又創辦《慧炬》月刊，設置「慧炬獎學金」，鼓勵大專青年學佛。熙元兄是在巴老師的推薦下，認識周老居士，並接受慧炬獎學金，去研讀佛教經論的。這對熙元兄儒學與文學研究，曾起極大的深化作用。

三十多年，熙元兄不斷有佛學文章發表。後來整理出三十篇出版，名《佛學因緣》。內容包括自己對佛學的體悟、文學與佛學的關係、文學中的禪機天趣、為佛學書所寫的序說、對學佛前輩的悼念，以及韓國佛寺的遊記。其夫人唐廣蘭女士還特地為書的封面畫了一幅「盛荷」圖。唐女士亦雅好佛學，也許書名《佛學因緣》除了學佛的內因外緣外，還有另一層意思在。

熙元兄自幼就愛好文學。大學時代，經常在《中央》副刊等刊物發表散文。後來選出二十九篇結集出書，名《文學心路》，代表在文學世界裡，心靈曾經走過的一段道路。由於對大自然的酷愛，自然界的一景一物，都是他寄託心情，抒寫感懷的媒介，頗能寓情於景，融人生於文學。書中第一輯十二篇，大多是這種性質的文字。他在各種文類中，最喜歡的是詩詞和散文，在古代作家中，最欣賞陶淵明的沖淡，王摩詰的清遠，李後主的率真、委婉與沉痛。由詩詞之美的揣摩，他進窺文學的精靈：意識、靈感與想像，愛與美的融會，禪機與天趣。書中第二輯十五篇，大多是這種性質的文字。

到了研究所碩士班，熙元兄以《歷代詞話敘錄》為題，撰寫碩士論文。在唐圭璋《詞話叢編》所輯詞話六十部的基礎上，更蒐得唐君漏輯詞話十七部，共計七十七部。於是依時代為綱，依性質分目，一一敘其梗概，究其宗旨歸趨，以明詞學之淵源流衍。治學必須由目錄入門，這是最踏實的工夫。後來熙元兄又撰《詩詞評析與教學》，以為「詩詞之美美無極」，分〈評論篇〉，收文十二篇；〈賞析篇〉，收文六篇；〈教學篇〉，收文四篇。再撰〈優游詞曲天地〉，收文九篇。詩人、詞人與曲家以感性醞釀出一首首清詩、雅詞與麗曲，構成唐宋元各代的文學風華；熙元兄則融合他的學術思想與文學性靈，帶領讀者知性與感性優游詩詞曲的天地。振葉尋根，沿流討源，實在是當年寫碩士論文時紮下的根柢。

中國古典文學 佳山秀水都印下他研究的足跡

《古典文學散論》是熙元兄在一九七六到八六年文學論文集。有關經傳者二篇：〈詩經的憂患意識〉、〈春秋三傳的文學價值〉。楚辭研究二篇：〈屈原評傳〉、〈楚辭的時代背景及其形成因素〉。陶詩是熙元兄研究重心之一，此集中收文三篇：〈陶淵明詩的和諧境界〉、〈陶淵明田園詩的風格〉。唐宋詩研究三篇：〈杜甫與禪學之因緣〉、〈王維詩中的禪趣〉、〈王荊公詩的風貌與評價〉。詞學研究二篇：〈詞體興起的因素〉、〈李清照詞的抒情藝術〉。有關小說者二篇：〈孟子中的小說雛形〉、〈玉樓夢與中國文化〉（註：《玉樓夢》是朝鮮人用漢文寫的小說）。《詩經》、《楚辭》、散文、詩、詞、小說，中國古典文學佳山秀水，都印下熙元兄研究的足跡。

《紅樓鐘聲》是熙元兄最後一本散文集，分為五輯。〈人間情兮〉收文十一篇，是對生活中人與物、家國與自然的抒情性文字；〈世緣遊蹤〉收文八篇，是經歷國內外山川風物，遊屐所至的記述；〈生活哲思〉收文八篇，是日常生活裡感觸興發，具有哲理意味的想法；〈文學美境〉收文七篇，是閱讀文學作品，心靈體會的優美情境；〈歲月履痕〉收文八篇，是生活點滴的紀錄，奮鬥歷程的回顧。全書在感性的筆調中帶點理性的澄慮，於生活的美感中開發靈性的悟境。在有關文學的六本著作中，我們了解到，熙元兄是研究與創作並重的。

拙著《修辭學》出版後，熙元兄主動寫了一篇評介文字：〈修辭學領域的開拓〉，對我諸多嘉勉。多少年來，我一直想對熙元兄的著作作較全面的探討，但始終未能動筆。今熙元已逝，檢出書架上所贈十多本巨著，一時萬感交集。摘句為介，實欠深入全面；季札解劍，聊誌吾愧而已。

中華民國八十五年九月二十一日星期六《中央日報》長河副刊

評雙溪小說獎

雙溪現代文學獎於今年十一月舉辦。承主辦的李坤珊、楊文信兩位同學的堅邀，要我擔任小說組的評審，和鄭清文、沈謙共同評審小說。會評既畢，我對入選的五篇小說略抒觀感。

二十四篇小說中，許多篇是以「戀情」為題材的。在這些戀情小說中，我特別欣賞〈塵緣若夢〉。原因是這篇小說接觸到生命之真實和生活的真相；對婚姻問題試作多面的探討。小說藉「敘述角」潘如斯的眼，看到自己兄嫂「自由戀愛」的諷刺性的結果；也藉潘如斯的耳，聽到胡天渠父母「父母之命」式婚姻之不幸。而潘胡二人之「夜談」，也足以促使喜戴有「色」眼鏡的人，看看現代年輕人「荒唐」而不失「純潔」的一面。

〈萬王之王〉具有夢幻般的故事，處處懸疑的情節，溫柔敦厚的諷嘲，多元觀念的爭辯，理想未來的描繪……以科幻小說的形式來表現；內容與形式，可說相得益彰。作者不是在炫耀自己的博學與才氣；而是對人類表示無限的關切，並尋求一條前進的指標。

〈泥水匠的塑像〉的作者，一字一字為這平凡、平實而又崇高、偉大的泥水匠塑像。讀後感到一股親切，和一份虔敬。這是現實社會所有而文學作品所少的可愛的鄉土人物。一生的敬業和挫而不折，以及子女的成長，老伴的辭世，社會的變遷，都穿插在收工、回家、喝酒、聊天、入睡之間的四小時中，轉接自然。結尾處：「老人卻沒有喜歡不喜歡的感覺」「從來沒想過那些建築是誰的」，更顯示中國傳統的「恬淡清靜」「生而不有」的美德。

〈破曉前〉是一篇由「女兒」敘述自己「母親」的小說。由於父母角色的陰陽錯亂，這位「女強人」型的母親，失去了丈夫、失去了兒子，也失去事業、家財、與夢想，變成了瘋子。震撼力之強，較諸勞勃瑞福「凡夫俗子」，有過之而無不及。「第一人稱敘述法」必然無法面面「親」到；作者安排「林叔叔」說出父母失和之「因」，安排「婆婆」說出小騏之死的「果」，頗見結構經營方面的工力。但母親上吊久而不死，似乎有些不合事實。以作者的才華，應能作更合理的處理。

〈終站〉當然是一則寓言。故事的開始和結束都在火車上，頗有前後呼應的味道。中間敘述老人院的事，人物相當多，而各具個相。可以發現作者在結構組織和人物塑造雙方面的傑出才華。故事的結尾似乎是院長殺人，而作為院長「反對角色」的看護更進而放火，都是交給同一屠夫執行的。如何使小說角色前後更具一致性，和小說主題具有合理性，對作者文學生命的發展，或許是重大的考驗和嚴肅的挑戰。

大學校園之設「現代文學獎」，似乎由臺南成功大學「鳳凰樹文學獎」發端。在國內各大學中文系普遍缺少新文藝課程之際，不失為補救之道。我樂見東吳大學雙溪現代文學獎小說組的豐收，也盼望更多大學中文系亦有類此之盛舉。

中華民國七十三年十一月二十八日《青年日報》第11版

談聲韻學

中文系的同學為什麼必須讀聲韻學？這個問題，一直是熱心中文教育人士關切的對象，一度還曾是文壇論戰的焦點。

首先，我想到可以運用聲韻學解決文字訓詁問題。中國文字的四體：象形、指事、會意、形聲。其中形聲字佔百分之九十以上，懂得聲韻學，就能了解形聲字衍聲的過程，有助於字音的記憶和字義的了解。中國文字的二用：轉注、假借。假借為「本無其字，依聲託事」，固然依賴聲韻學的知識；轉注為「建類一首，同意相受」，仍然著重聲類，也非明聲韻之學不可。在訓詁方面，段玉裁強調「同音多同義」「聲與義同源，故凡諧聲字之偏旁，多與字義相通。」前者為語根之相同，後者為字根之相同，都有聲韻上的關係。如果不明聲韻學，又怎樣能夠了解這些訓詁的條例？

其次，我想到可以運用聲韻學作文學作品的考證。聲韻學的知識可以使我們斷定作品的創作年代。例如〈擊壤歌〉：「日出而作，日入而息；鑿井而飲，耕田而食。帝力何有於我哉?」以「息」「食」「哉」為韻，屬古韻「之部」，不是漢以後人所能偽造的。所以可以據以斷定作於漢朝以前。又如漢武帝與群臣在柏梁臺上聯句作七言詩，後人有疑其偽者；但從押韻上說，全首除「危」字出韻外，其他韻腳非「之部」即「咍部」，正屬漢代古韻。聲韻學的知識還幫助我們判斷古代詩詞的異文。例如杜甫〈秋興〉之四的頸聯：「直北關山金鼓振；征西車騎羽書遲。」「騎」或作「馬」。這一聯對仗很工整。出句「金鼓」雙聲；對句「羽書」疊韻。出句「關山」為旁轉半疊韻；對句「車騎」為旁紐半雙聲。此可見杜甫晚年「詩律」之「細」。如「騎」作「馬」，便缺乏聲韻上對稱的美感了。

最後，我想到聲韻學的知識有助文學創作與欣賞。

以杜甫〈秋興〉之三頷聯：「信宿漁人還泛泛，清秋燕子故飛飛。」為例。讀者通常只感到此聯由於句末用疊字「泛泛」「飛飛」，形成詩句節奏的和諧感。其實，出句的信宿雙聲；對句的清秋也雙聲。構成兩句的雙重平行：首二音節都雙聲；末二音節都疊字。而且出句信、人疊韻；對句清、子雙聲。信、清在第一音節，人、子在第四音節，刻意對稱著，構成兩句和諧之中疊韻、雙聲的變化來。再以李白子規詩三四兩句為例：「一叫一回腸一斷；三春三月憶三巴。」其節奏感建立在疊用三個入聲的「一」字，和三個平聲的「三」字的對比上。

出句由於入聲的短促使全句節奏加快；對句則由於平聲的曼聲吟詠使全句充滿低迴的氣氛，加強「憶」字的效果。近人沈尹默深諳此道，所作〈三絃〉有句：「旁邊有一段低低的土牆，擋住了個彈三絃的人，卻不能隔斷那三絃鼓盪的聲浪。」段、低、低、的、土、擋、彈、的、斷、盪、的，都是雙聲，屬端透定母，模擬著三絃的聲音。其中段、擋、彈、斷、盪，為陽聲字；低、低、的、土、的、的，為陰聲字。錯綜夾用，更顯示出三絃的抑揚頓挫。我發現，不懂聲韻學，既不能從事詩文的創作，也不配作詩文之欣賞。

中華民國七十三年十二月十日《青年日報》第11版

作文與修辭

作文要作得好，並不全靠修辭；修辭的用處，也不只在作文。但是，一篇好文章，卻必須修辭精美而動人。

首先，作文要有充實的內容。把你個人生活的體驗，待人接物的心得，對人類社會、宇宙自然的感懷等等，恰當地表達出來。時時省察自己和周遭發生的事情，加上博學、審問、慎思、明辨，有了卓越新穎值得表達的意思，用文字寫出，才算是內容充實的作文。這是好文章的先決條件，卻並不屬於修辭的範圍。所以，我說作文要作得好並不全靠修辭。

有了充實的內容，然後講求內容表達的恰當，這才屬於修辭的問題。包括穩妥的段落結構，適當的詞語運用，和表意方法的調整，語句形式的設計。

段落結構方面，要如何起頭？如何承接？如何轉折或展開？如何結尾？應先考慮清楚。還有，段落結構常視文體而有所不同。例如，記敘文有順敘、倒敘、合敘、分敘種種方式；議論文也有歸納型、演繹型等等的講究。廣義的修辭學包括段落結構在內。也有把段落結構從修辭學中分出去，獨立為「文章結構學」的。我們中學生，如果能把國文課本中範文的段落大意，逐篇分析，歸類比較，對自己作文時的段落安排，是很有參考價值和啟發作用的。

詞語運用方面，要辨析詞語涵意，使用最適當的詞語。例如，「並不」和「並非」，意思很接近，但涵意微有不同。我們說「內容充實並不屬於修辭的範圍」，可以；但是，「內容充實並非屬於修辭的範圍」，就嫌累贅，要說「內容充實並非修辭的範圍」才是。可見在這句話中，如用「並不」，下面必須有「屬於」；如用「並非」，下面可以省去「屬於」。又如：「親近」「親熱」「親暱」，意思一個比一個重；「寬闊」「廣闊」「遼闊」，範圍一個比一個大；「謙沖」「謙虛」「謙恭」，主賓關係不同；「成果」「結果」「後果」，褒貶色彩有異：這些都要仔細辨別。

法國小說家莫泊桑（Gup de Maupassant，一八五〇－一八九三）在《福樓拜》書中，記載他的老師福樓拜（Gustave Flaubert，一八二一－一八八〇）告訴他用詞遣語的要領說：「在所有動詞中，所有名詞中，所有形容詞中，只有一個動詞，一個名詞，一個形容詞可以表達我的意思。」正是這個道理。詞語的精確運用在修辭學裡稱作「消極修辭」。

王鼎鈞先生寫過一本散文集：《碎琉璃》。書名暗示美麗古老卻已破碎的世界，是一種「象徵」。首篇〈瞳孔裡的古城〉，借具體的「瞳孔」來代抽象的「記憶」；借典雅的「古城」

來代通俗的「故鄉」；採用的是「借代」手法。第一段開頭說：「我並沒有失去我的故鄉。當年離家時，我把那塊根生土長的地方藏在瞳孔裡，走到天涯，帶到天涯。」則在「婉曲」中帶有「夸飾」的意味。余光中先生〈滿月下〉詩最後一章：「那就折一張闊些的荷葉／包一片月光回去／回去夾在唐詩裡／扁扁地，像壓過的相思」。「月光」怎能用荷葉來包，用唐詩來夾呢？這使得月光形象化了。「相思」如何「壓過」呢？這使得相思物性化了。形象化和物性化都是「轉化」。而壓扁的月光「像壓過的相思」，卻是一種「譬喻」。上面說的「象徵」「借代」「婉曲」「夸飾」「轉化」「譬喻」，全屬表意方法的調整。

蔣介石先生在擔任中華民國總統的時候，發表了一篇文告，題目是〈時代考驗青年・青年創造時代〉。很可能從爭辯不休的「時勢造英雄還是英雄造時勢」得到的靈感。後來約翰・甘迺迪（Kennedy John Fitzgerald，一九一七—一九六三）競選美國總統，提出的口號是：「不要問國家能給你們什麼；而要問你們能對國家作何等貢獻！」這些語言，形式設計上具有共同點：利用相同而且有關鍵性的詞彙，回旋往復，構成純粹簡單之美，連續不斷之妙。使人記憶深刻，並且有圓滿的感覺。在修辭上稱作「回文」，為語句形式設計的一種。以上無論表意方法的調整，或語句形式設計，都屬於「積極修辭」。

作文既有充實的內容，又講究段落結構，消極修辭和積極修辭，必然成為膾炙人口的好文章。

上面說過，修辭的用處，並不限於作文。它同樣有助於講話，使人出口成章。更有助於文章的鑑賞和言辭的體會。可以聽出別人言外之音，聞弦歌而知雅意；或破解別人的花言巧語，遁辭知其所窮，那就別有一番趣味了。

生機與活力

國文是什麼？我想，應該是中國文學的簡稱。所謂文學，分析地說：文學的創作，要有一位作者在。文學的內容，客觀方面，是宇宙人生各種現象；主觀方面，是作者直覺感受和想像所得，以及一些卓越新穎的感想。文學的形式，則為優美的文字，和適當的結構。文學的目的，在使之再現於讀者的感官和心靈，而引起共鳴。

所謂中國文學，意指：以中國文字，事實上是漢語方塊字為表達的媒介，以民族文化為其潛在的內涵的文學作品。漢語文字和民族文化的限定，也許有人以為「其器小哉」，世界觀太狹小了。這一思索，不但使我想起泰戈爾和川端康成：瑞典學院諾貝爾獎一九一三年主任委員哈拉多・耶爾涅致泰戈爾的歡迎詞中有「作者本身是運用本國印度的語言的詩人」；而一九六八年頒發給川端康成的理由是：「以其傑出的描繪力，高度地表現了日本人纖細敏銳的感受性，顯示了日本的傳統精髓。」而且我一直認為：以儒家為主流的中華民族文化，最大特色是「包含性」。孔子本身就是位「集大成」者。孔子之後的儒者，過去，曾批判地選擇地接受了道家、墨家、名家、陰陽家、法家的思想；還曾批判地選擇地接受了印度的佛教思想；今天，又正在批判地選擇地接受西方的科學與民主。中華民族文化總是這樣不斷地吸收新知，呈現著歷久彌新的生機與活力，對天地萬物，千秋萬世，付出無限的愛心，永恆的關切。

《近思錄》卷二記宋儒橫渠張載的話說：「為天地立心，為生民立命，為往聖繼絕學，為萬世開太平。」在這新春伊始，我願意追隨在《國文天地》的讀者、作者、編者，暨所有為國文教育勞心勞力者之後，以此相期共勉！

中華民國七十六年二月一日《國文天地》

巧言與修辭

老子說：「信言不美；美言不信。善者不辯；辯者不善。」孔子也說：「巧言令色，鮮矣仁。」又說：「剛毅木訥，近仁。」看起來，言之美和言之信，似乎不可得兼；而巧言與仁，也好像背道而馳。那麼，嘴巴越笨越是好人，又要口才幹什麼？

我想：美言也好，巧言也好，指的都是華而不實的花言巧語。乍聽，好美好巧。所以老子名之為美言；孔子名之為巧言。可是缺少事實依據，非出真心。有一天謊言揭穿，還真作不得人呢！所以老子以為不信；孔子以為鮮仁。

要是言美而巧，且於事有據，出乎真心呢？那就不叫美言巧言，而名之為「修辭」。《周易・文言傳》引孔子的話說：「修辭立其誠。」誠，就是信，就是實。這是分別「巧言」與「修辭」的重要標準：言美而巧，但非出真心違背事實的，是巧言；言美而巧，又出乎真心依據事實的，是修辭。《禮記・表記篇》記載孔子的話：「情欲信，辭欲巧。」不正是這個意思嗎？

43 巧言與修辭

也許你會反駁我說：「有些修辭方法似乎也不見得真『誠』！」於是你舉出了「倒反語」「誇大語」「婉曲語」……作為例證。

但是事實上，從來不會有人因別人說的「倒反語」而會錯了真意，除非他的智商太高了！倒反語並不抹殺「真意」，只是設法促使對方進一步去反省，去找尋這個隱藏在文字反面的「真意」，並且享受發現之後的愉悅與痛苦罷了。「誇大語」也是一樣，主觀方面必須出於情意的自然流露，所以它合乎直覺之誠；客觀方面必須使別人不致誤以為事實，所以沒有人受騙。至於「婉曲語」，只是發現兩點之間，不見得直線最近；而藝術的祕訣，在隱藏藝術。措辭愈委婉曲折，愈能引起對方的注意和追根究柢的興趣。而聽出語言表面所沒有的意義，正是聽者快樂的泉源。假如那麼湊巧，從對方的話裡想起自己一些微不足道的缺失，那還真要感謝對方務不刺傷感情的苦心呢！

附帶說說「辭達而已矣」。此語見於《論語・衛靈公篇》，也是孔子說的。所謂「辭達」，當然是「辭能達意」的意思。不過要注意的是：孔子並沒有說：辭「只」達自己之意；因為辭必須「達」於對方，引起對方心意共鳴才算數。這個「而已矣」真是談何容易呀！

中華民國七十年（西元一九八一年）八月十一日《星島》副刊

談談「說話」

假如現在正當珍珠港事變之後不久，美國人對日本人掀起了無限的仇恨，而你卻不幸地正是一個留居在美國的日本人。早晨，你在一個小車站候車，發覺四周有許多美國人正仇視著你，尤其是一對攜帶小孩的夫婦，瞧，正目光注視著你在喁喁私語著呢！怎麼辦，你將？

下面就是這麼一個真實的故事：

早川先生，一個研究語意學的日本人，他發覺自己處境的窘困，但是一點也不沮喪，若無其事地向那對夫婦走去。他像有意又像無意地朝著他們埋怨著戰爭時期火車常常誤點，終於他和那對夫婦寒暄起來，他讚美他們的孩子，就年齡說，實在是特別胖大和壯健的，他們於是也問起他的家人。早川先生說：「唉，都留在日本呀，戰爭發生，一直沒有消息呢！」就這樣，早川先生博得這對夫婦的同情和友誼，其他的人見他和自己國人談得如此契合，也不再敵視著他了。

早川先生，真是一位懂得「說話」的人，不愧為研究「語意學」的學者。

45
談談「說話」

今天我們所處的世界，由於交通的發達，人事來往的頻繁，早不是「民至老死不相往來」的「小國寡民」的社會。除非像愛因斯坦這種特出的人，能「拉一匹馬拉的馬車」，能用「沉默」來獲致「成功」；對大多數的人來說，實在是無法以「閉上你的嘴巴」來應付一切的了。相反的，許多場合，一個人需要用適當的言詞，替自己解除危困創造成功。剛才舉的早川先生的故事，不正是一個好例子嗎？

在咱們國家，對於「說話」早就有專門的研究。在《易經》上，便有所謂「辭慙」「辭枝」「辭寡」「辭多」「辭游」「辭屈」等等的講究。孟子更加上「詖辭」「邪辭」「淫辭」「遁辭」四項。他們對於說話，都很有研究。但專題研討說話的，卻是那位「為人口吃不能道說」的韓非子。他的〈說難〉一文，首先便提出了「有以說之難」和「明吾意之難」的兩個難字來。於是接著列舉了如何「知所說之心可以吾說當之」，如何避免「自危」，如何「飾所說之可敬而滅其所醜」，以及如何「察愛憎之主而後說之」。說來雖頭頭是道，但太偏重觀察顏色，不免有「巧言」之譏。在春秋戰國那個時代，各家對說話也真多有一手的，墨子的講求邏輯，莊子的連篇寓言，名家的辯論之學，縱橫的游說天才，夠我們後人揣摩研究和欣賞。

不過，那時對說話研究得最透澈而又最會運用的，倒不是「余豈好辯哉余不得已也」的孟子，也不是「為說難而不能自脫」最後在老同學李斯手中死得不清不白的韓非子，而是咱們萬世師表孔夫子。孔夫子說話之妙，全在一個「時」字，公明賈說「夫子時然後言，人不厭其言。」最能說明孔夫子說話的恰當來。根據《論語》上的記載：「孔子於鄉黨，恂恂如也，似不能言者。其在宗廟朝廷，便便言，唯謹爾。在朝，與下大夫言，侃侃如也；與上大夫言，誾誾如也。君在，踧踖如也，與與如也。」恂恂便便侃侃誾誾與與十字，狀盡孔夫子五種不同的說話態度，而表現出他的不驕不卑的謙恭人格來。在孔門四科中，「言語」是其中一種，子貢宰我便是其中的佼佼者。孔子很明瞭說話之難就在乎說得應當不應當。他說：「可與言而不與之言，失人；不可與言而與之言，失言。」因此孔夫子最注意的便是訓練學生成為既「不失人亦不失言」的「知者」。至於「使之四方可使專對」，猶其餘事呢。

西洋人對說話的研究，也許和我們同樣的早，希臘時代，就有了許多「哲士」，靠演說和傳授辯論之術為職業的。想來也必能言善道。十六世紀英國大哲學家法蘭西斯・培根，寫過一篇〈談說話〉的論文，對說話的道理頗有發揮。例如常變換話鋒呀，故事中帶說理呀，問話中有意見呀，笑說中夾正經呀，機智而不流於譏刺呀，多向人請教，多讚美人的長處，多留機會給別人說呀，意見又實際又扼要，真是青年必讀的好文章呢！

介紹了這麼多「說話」的道理，也許有鼓勵說話的誤會了。其實，「巧言令色」，孔夫子瞧不起它，我也瞧不起它。相反的，我贊成孔夫子所說：「君子於其言無所苟」、「君子敏於事而慎於言」。一個人說話，最重要是「需要」和「有效」。可是許多人說話，往往並不由於「需要」，而由於「想說」。結果話說了很多很多，其中的意義卻一點也沒有，全是「無效」的廢話。有人曾打了這麼比喻，把多話的人比作時鐘上的分針，它的話雖跑得快，但所代表的內容卻連時針的十分之一都不到，比喻得很有點意思。多話的人對自己來說，是不設防的城市，常使自己毀滅；對別人來說，是漏了水的船，使大家害怕而逃避。孔格雷夫曾形容一個喋喋不休的人說：「他永不會讓回音有出現的機會，他有著永遠轉動不停的舌頭，一定要等到他死了，回音才能抓到他最後的一個字。」像這樣「廣播電臺」式的人，不停地說毫無需要和效果的話，是何等令人厭煩啊！這也許是大多數有思想的偉人們所以寧願「沉默」的原因吧！

總之，在今日的社會，我們不能不說，又不能說得過多，這實在是個極難求其恰當的事。這篇小文如果能使諸位明白說話的重要和困難，因而引起各位研究「說話」的興趣，那倒是一個意外的收穫呢。

翻譯的遊戲規則

前些日子，國民黨的領導人責怪民進黨，沒依「遊戲規則」來從事政治活動，表示不再「縱容」了。一位朋友頗不以為然。重點不在「縱容」，而在「遊戲規則」。他說：「政治是一種神聖的活動，必須以誠敬、戒慎的心態來從事，怎可視為『遊戲』或『兒戲』？所謂『遊戲規則』，是從英文 game rules 翻譯過來的。其實 game 有競爭、比賽的意思，所以 game rules 與其譯作遊戲規則，不如譯作競賽規則。政治可以是政黨間的競賽；但不可是政黨間的遊戲！」

比「遊戲規則」翻譯得更不堪的是「黨鞭」。這個詞彙由英文 party whip 直譯而來，意指國會中的政黨領袖。在臺灣出現之始，似在經國先生擔任總統的時候。當時雖然還在所謂「威權時代」，老國會仍在；但是許多禁忌慢慢鬆動，傳媒對「威權」也逐漸敢於挑戰。戲稱國會中黨團書記長為黨鞭，實在帶點調侃的意味。調侃執黨鞭的人稟承威權，宣達旨意的頤指氣使；也調侃挨黨鞭的人逆來順受，唯命是從的委曲無奈。這個諷嘲性的詞彙還有一個妙處，就是萬一上頭追究下來，可以向英文一推，英美都這樣說的，還錯得了嗎？（這是什麼心態！）而當時國會諸公對此稱謂也不以為忤，也許是「宰相肚裡能撐船」，也許是自己地位的合法性受到責疑使然。不過，敢於對黨鞭說「不」的，亦仍有人在。記得倪文亞就對黨鞭撂下一句名言：「我是中華民國的立法院長；不是國民黨的立法院長。」

我曾經查過《重編國語辭典》，這是一部由中華民國教育部特別組織了一個「委員會」編成的官方辭書，其中「鞭」字的意義凡五。作名詞的有：「一、古代的一種兵器，有竹節鞭、鋼鞭等。」黨鞭的鞭，如果採用這個意義，雖不滿意，尚可勉強接受，因為挨鞭子的到底還算人。只是希望挨的是竹節鞭，不是鋼鞭。「二、趕牲口、打人的用具，如馬鞭、皮鞭。亦稱鞭子。」這就可能把人不當人看待了。「三、成串的炮仗，如『兩掛千頭百子旺鞭，放得震地價響。』（《兒女英雄傳・第二十八回》）」有點像國會熱鬧場面的寫照嘛！「四、雄性大動物的生殖器，如牛鞭、鹿鞭。」這不但對國會議員們，是種侮辱；作為民意的一分子，我，也不免有被語言強暴的憤慨！「鞭」字的第五種解釋，是動詞。「用鞭抽打，如『鞭七人，貫三人耳。』（《左傳・僖公二十七年》）」我在想，「黨」也許就像那位讓王洛賓驚豔的牧羊女，於是才有人要唱：「我願她拿著那細細的皮鞭不斷輕輕地打在我身上！」真是犯賤！國會早已改選過了，傳媒上偶而仍有「黨鞭」出現；更奇怪的是國民、民進兩黨，有時也自稱國會黨團書記長或召集人為「黨鞭」，真教人氣結！

最讓人難以接受的，是帶有「辱黃」意味的字眼：「黃色」。yellow 所以有「煽情的」的形容詞一義，可能是歐美某些廉價的言情小說喜歡用黃色作封面的緣故。於是有 yellow covered literature, yellow journals 等語彙的出現，直譯就成為「黃色文學」、「黃色刊物」了。國人習焉不察，進一步地把所有涉及色情的，統稱為「黃色」。大陸《新華字典》說「黃」字意指「腐朽墮落」；臺灣的《重編國語辭典》說「黃色」「形容庸俗混亂涉及色情方面的，如黃色小說、黃色新聞。」大陸以「黃」居「黃賭毒」三害之首；臺灣也嚷著要「掃黃」。作為黃皮膚黑眼睛的黃種人，尤其是尊奉「黃帝」為我們始祖的中國人，真是自我作踐，情何以堪！事實上，視覺上的黃，在中國人說來，自古至今代表高貴與尊嚴。所以古代皇帝要黃袍加身；今天公職人員要披黃色綵帶競選。也許把「黃色文學」「黃色刊物」改譯為「色情文學」「色情刊物」會恰當些。1993 年 6 月 10 日香港《明報》有石琪先生〈掃黃何時了〉，6 月 27 日有古德明先生〈也談黃色〉，《詞庫建設通訊》第一期曾予轉載，對「辱黃」的「黃色」一詞提出嚴正的意見，頗使我心有戚戚焉。凌峰先生主持的「八千里路雲和月」前些日子曾以〈黃就是黃〉為片首歌，意氣風發，很能振奮人心，不知為何又換了？

翻譯當然不是文字遊戲，必須遵守「信雅達」的原則。即使用作遊戲筆墨，也得切事切時，合情合理。多多注意中國的國情，仔細琢磨漢語的語彩，也許是從事翻譯者該注意的罷！

西元一九九三年十一月香港《詞庫建設通訊》第二期

走向文學的時光隧道

歷朝皇室中，文名可追三曹父子的，首推南朝梁武帝蕭衍父子。蕭衍早歲遊於齊竟陵王蕭子良門下，與沈約等合稱竟陵八友。蕭衍的兒子：昭明太子蕭統、簡文帝蕭綱、元帝蕭繹，都雅好文學，擅長寫作。昭明太子生長在這樣一個充滿文學氣氛的家庭中，所編《文選》是有許多特色可言的。

先說文學的體認：他非常技巧地以「豈可重以芟夷」為理由，排除了「姬公之籍，孔父之書」；以「不以能文為本」，拒絕了「老莊之作，管孟之流」；以「方之篇翰，亦已不同」，捨棄了「記事之史，繫年之書」：這就劃清了文學作品與非文學作品的界線。於是進一步提出選文標準：「事出於沉思，義歸乎翰藻。」強調了作者構思之深沉與作品辭藻之華美。

再說文體的辨析：《文選》收錄自周至梁一百三十多家作品七百餘篇，歸納為三十七種不同的文體，很實際也很詳盡。或許分類過細和綱目蕪亂為其缺點。序文中對各種文體的淵源和演進，有所探討；於賦、騷、詩三體，辨析尤其精審。在文體論的發展上，具有正面的價值。

說到鑑裁品藻：雖然蕭統認為：「夫文，典則累野，麗亦傷浮。」主張：「文質彬彬」。但是所選作品，顯然文勝於質；偏重辭采。漢賦和六朝駢文占很高比例。他又曾為《陶淵明集》作序，盛讚其「獨超眾類，莫之與京」。但是《文選》中，陶詩入選卻只寥寥數首。這些，可以解釋為：蕭統仍無力擺脫其時代的風尚。不過，《文選》中絕少輕豔之作，格調相當高。「略蕪集英」之功，是可以肯定的。

一千四百年來，《文選》的註釋、評析、論述之書，數以百計，「選學」竟成為中國文學研究重要的一支！

民國七十五年五月七日華副

讀書心得的典範

首先，我們必須重申一個基本的信念：讀書求學，目的在學作人，作一個現代社會中健全的人。因此，具備正確的人生觀，隨時吸收新的知識，擁有足夠的職業才能，自己健康快樂，同時也帶給別人健康快樂：這就是「讀書」有「得」了。而所有能夠自立立人，自達達人的人，都可視為「讀書心得」的「典範」。

狹義的讀書心得，是寫在紙上的，包括讀書筆記，讀書雜感與考證、書介書評、和一部分的學術著作。

說到「讀書筆記」，個人印象最深刻的是：宋末王應麟的《困學紀聞》和明末顧炎武的《日知錄》。這兩本書都是把平日讀書心得，一條一條記下來，分類編集而成。「綜貫百家，上下千載，其術足以匡時，其言足以救世」，內容之充實，固不待言；即使就好學不倦的精神，與隨時作卡片的方法來講，也值得我們敬佩和效法。

當然，書中的話不見得每句都好，每句都對。所以孟子會說：「盡信書不如無書。」對於書中說得不好，說得不對的地方，你當然有權利說你的感想與懷疑，加以考證與糾正。東漢王充的《論衡》，清代崔述的《考信錄》，便是「讀書雜感與考證」中的佼佼者。王充反對經傳諸子中迷信不實的記載。崔述考證先秦歷史的真偽，雖然偶有見解幼稚，證據不周的缺點；但是，他們兩人實事求是的精神，至今仍可以作我們的榜樣。

國人從事「書介書評」的工作，最早而且最有成就的，要算西漢的劉向。劉向校理當時皇家藏書，每一本書校理完成，一定寫一篇「敘錄」：先著錄書名篇目；再敘述校讎的經過；接著介紹作者的生平和思想；然後說明書名的含義，著書的原委，及書的性質；有時還辨別書的真偽；評論思想或史事的是非；並且敘述學術源流，判定書的價值。這些「敘錄」的合訂本，就是《別錄》。可惜《別錄》已佚，不過有些單篇的「敘錄」，因附書後仍然留傳下來，如〈荀子敘錄〉〈戰國策敘錄〉等等。清人編纂的《四庫全書總目》，聯經公司出版的《世界文學名著欣賞大典》，都是「書介書評」中「偉大」之作。至於小本的，唐斯著，彭歌譯的《改變歷史的書》、毛姆著，徐鍾珮譯的《世界十大小說家及其代表作》，算是此中翹楚。朱自清有兩本書：《精讀指導舉隅》《略讀指導舉隅》，不僅評介了一些巨著和單篇，代表朱氏讀書的心得，而且更指導讀者讀書應如何獲取心得。可稱讀書心得的「典範」之作。

有些「學術著作」，如趙岡的《紅樓夢新探》，代表作者對《紅樓夢》的讀書心得；又如馬建忠的《文通》，代表作者閱讀國文，對字句結構的心得。這些著作，融會貫通，自有體系，姑認為「讀書心得」中高層次之作。讀者以為如何？

如是我盼

我祈求：國學界要承認現代文學是這時代文學的主流；文藝界也能把作品植根於中國傳統文化的土壤之中，讓文學作品更能表現民族的歷史經驗，為這個時代留下生動的紀錄。

我盼望：文學批評者，多作一些分析作品、批評作品的工作，使廣大讀者能夠更深入地欣賞文學作品崇高而美好的境界，同時向文藝作家們謙遜地提供一些建議。我相信：文藝創作者必能敞開胸懷，注意一下批評者的意見，當然這些意見還有討論的餘地，而十分可能的是：它們對自己作品的內容之充實和技巧之改進，會有或多或少的貢獻。

我感謝：文藝作家們對人性缺陷，有所揭發，為社會上被忽略的一群，常作呼籲，這些，都是個人與社會反省與改進的最佳刺激。但是，人性的輝煌一面，社會的光明一面，亦可以通過適當而生動的文辭加以表達，使人類能夠更自信地站立起來，在奮鬥前進中得到更多安慰與鼓勵！

我願見：學院裡的教授學者，從象牙塔中走出來，在實際文藝活動的參與中，印證並補充自己的學識與理念。我也呼籲：詩人和作家們，到學院去尋求文藝作品更雄厚的理論基礎，也許你還會是學院中成功的演講者！真誠、敬業，彼此學習、相互期勉。我總是如此盼望著！

東師瑣憶

我是東師普師科第二屆畢業校友，民國四十一年畢業的。一晃快三十年，母校已屆「而立」之慶。記得那時教室、寢室全在當時縣政府的隔壁，好像是借用了臺東鎮文化國校校址。設備十分簡陋，連一個可以洗澡的地方都沒有。因此我雖然吃住都在東師，但每天要回家洗澡。一直到有一天，「雷公」信能格老師用廢棄的木板，把內操場角落手搖壓水機四周圍起來。我們幾個男生看到了，趕緊幫忙。又豎柱子，又釘木板，還用鉛絲綁成一個可以開關的門。從此不必回家，就有洗澡的地方。信老師現在臺北建國中學任教，夏天偶爾會在青潭游泳池碰面，還相對大笑一番。

民國四十年，鯉魚山下的新教室建好了。每位同學都端著自己的課桌椅，又唱又跳地從舊教室到新教室。後來我自己買了房子，搬家都沒有唱啊跳啊的。唯一的遺憾是：我們班上同學，去對面河灘撿石頭，在教室旁邊圍了一個方方的花圃，培植了一些花木。隔壁幾班同學見了，都來模仿。結果花圃一班比一班好。我們算是先來居下了。不過，那年大地震，學校買了竹竿稻草，大家動手搭避難寢室，我們班上搭的卻是最堅實的。至今我向師大學生吹牛：我蓋過臺東師範的學生宿舍。學生們就笑，說我真能「蓋」。這可不是「蓋」的?!寢室也搬到新校址，仿佛是四十一年的事了。這以前，我們每晚在新教室晚自修。到了十點鐘，排隊、點名、唱著：「海洋浩蕩，峰巒翠蒼，巍巍吾校，維文是揚。」回舊寢室睡覺。

班少，師生也少，感情分外融洽。我記得當時導師魏庚老師，外號「老虎」。其實肖羊，很慈祥的。師母比魏老師小十二歲，也肖羊。羊年得子，取名小揚。當時我們戲稱「虎父羊子」。現在回想起來，應該是「三羊開泰」。教國文的是王陶老師。有時我忙著看課外書，作文沒有用心作。大地震後，王老師出了一個題目是：「震後慰花蓮師範同學」。我用電報體，正文比題目字數還少，結果得了四分。王老師笑著告訴我：每字一分，是他分給得最寬的一次。想想也是的。後來我代表東師參加教育部主辦的全國中上學校論文比賽，謹記王老師平日的教益，未敢掉以輕心，因此獲高中組第一名。消息傳來，王老師簡直比我本人都還高興。此外郭佑生老師的地理，謝貞年老師的歷史，崔長逵老師的數學，黃炳才老師的化學，張玉柱老師的音樂，至今使我念念不忘。張老師聽說還在母校任教，不知道還逼不逼同學看電線上的豆芽菜，練習視唱呢?我畢業後在小學教過唱遊，還舉行過唱遊示範教學。投考師大，數學史地都派上了用場。老師們，謝謝了!

我們班上的老級長是林照成，寫得一手好鋼板字。所以班上油印什麼，總是漂漂亮亮，清清楚楚。照成兄很有統御天才。記得一次軍訓總檢，由國防部派何志浩將軍來檢閱。不知誰報數時連錯兩次。林班頭兩次迅速洪亮的「重報」口令，贏得何將軍的好評。湯仕是副班長。他是攝影專長，我現在手頭上可以審視的東師追憶，全是他拍攝的。聽說他常來臺北，卻連電話都沒有撥一個，真不夠意思。每次排球比賽，蔡永恭一跳起來殺球，我知道，我們準又得一分了！那時我們打排球，用手指去托，不知用手掌去擊，真是笨透了。林珠俤的數學好棒，羅昭明的京片子聽不出他是酋長。陳金財是我散步的遊伴，葉日輝喜歡幫我做一些事。黃道修代表班上作國語示範教學，是由我客串做對話者。謝東興是虔誠的基督徒，畢業後我們交換過好多年的聖誕卡。楊安敏在臺北，見面機會多些。其他不同班的，如潘金榜、許岩、費樹澄、雷祿慶、陳存恭、柴松林等，一直保持來往。

四十一年畢業後，分發臺北服務。四十二冬，回臺東一次。後來舉家北遷，才沒有再回去。想起當時種種，真是說也說不盡了。

小說

牛仔褲恩怨記

一

誰能告訴我，天上的雲霞美麗些還是海上的波浪美麗些？誰能告訴我，羅馬的騎士與美國西部的武俠，那一種更為英勇？誰又能告訴我，在世界上各種型式的衣服中，什麼是最為美麗而又能表現是很勇敢的？對末者，韋斯德將會答覆說：黃色報紙似的印著女人大腿和勇士手槍的香港衫，和風靡全臺的牛仔褲是既美麗而又富勇敢意味的。

韋斯德，在二年前，也就是我下面所寫的故事發生的一年，他是十五歲，才讀小學六年級呢！在我教的那班中他是最傑出的人物，借用前任導師的話：是一個問題兒童，是一個太保學生。

當我第一次跨進教室，小朋友異常紛擾，我便在門邊站著觀察他們在幹些什麼？過了二分多鐘，他們發現老師來了，匆忙的坐了下來。一個大個子的學生站起來，也沒喊聲老師，便說：「方麗麗打破玻璃。」這學生就是上面提到的韋斯德。自然啦，是穿著一身報式香港衫和牛仔褲，屁股口袋上還插著一本黃色雜誌。

如果讀者諸君不曾身歷其境，是不會想像到當時教室秩序之紊亂的。小朋友爭先恐後的發言，既沒舉手也不待我的許可，甚至站都不站起來，亂七八糟的你一句我一句的說著，儘是一些：「韋斯德欺負方麗麗，她用石子擲他，才打破玻璃的。」「以前的老師說韋斯德是壞學生」「……」中間還夾雜著韋斯德的怒吼聲，和方麗麗的哭聲。

我預感著將面臨一個訓導上的嚴重問題。一個受老師輕視和同學排斥的學生必然有著可怕的「彌補作用」發生，或是失去自尊心，或是在外勾結……。我沒有再想下去，拿起教鞭輕敲著桌子，大聲叫他們停止爭吵，許久許久，才把他們弄靜。

二

一個教師對所謂問題兒童是必須有耐心作徹底的觀察調查分析和研究。最先盤旋在我的腦子裡的問題是：韋斯德怎樣成為一個太保學生的？老樹不會在一天之間便枯黃了呀！而仁慈的上帝給予每一個受精卵的稟賦是絕對公正的。我應該探討韋斯德生命的全部發展的過程，在這過程中找出一些使他變壞的因素，而能夠對症下藥給以根治，因此去韋公館作一次家庭訪問，是勢所必行。

聰明的讀者也許猜想得到韋公館的外表和內況的。那是一幢精巧雅緻的小洋房，從大門到屋子的甬道鋪著白色小石子，甬道兩旁種著一些花草，原諒我的無知，不能說出它們到底叫著什麼名字；屋旁栽著幾株榕樹和椰子，從筆直的樹幹和修剪成半圓形的榕樹的夾縫中，我看見一座小小的噴水池，也許水壓不大，水噴得很低，更無力的落在浮著荷葉的水池中。客廳在屋的朝東一方，光滑的地板顯然是擦了蠟，我從地板上看見自己稍帶慌張的搖搖晃晃的影子。客廳中，一張寫字臺，一張圓桌，四把沙發，朝裡有一座鋼琴。

我無需多敘這間客廳的佈置，一位屋子的主人出來了，那是韋委員的太太，也就是斯德的母親，下面的事是她告訴我的。

三

斯德出生在上海，從小就接受了繁華的都市生活的洗禮。六歲進幼稚園，八歲開始念小學一年級，學業品行都很好，因此教師非常寵愛他。那時，韋委員是掛牌作律師的，事情很忙，而他媽體弱多病。——有人說她愛打麻將——斯德年紀漸大，便常獨自出外玩玩，有時和一些同學看看一些驚險激烈的武打電影。

民國三十八年，斯德五年級了。隨著大陸的赤化，一家由上海而廣州，廣州而香港，最後到了臺灣。炮火聲中，斯德便休學了，而且逃難的時候，誰也沒有好好管他。一個孩子沒有書念又沒有事作，便整天價地和一些野孩子騎著自行車滿街闖，惹是生非。他爸忙著應酬，沒有教他；他媽的話，更是不聽了。

到了我們學校，起先由一位姓李的老師教他。李老師一向把斯德看作問題兒童，卻不曾有良好解決的方法，於是：「老師都把我當作太保看待了，還作什麼好學生？」斯德更自暴自棄。而使他向太保再靠緊一步，是他爸的一件不智的舉動：為了恐嚇斯德不敢再頑皮，託一個在警察所的朋友派警員把斯德在拘留所關了一天。結果，他有機會認識了一批真的十三太保們，待那些真太保一放出來，難兄難弟居然成群結黨，竟以少年英雄自居了！

這是誰的過錯呢？家庭教育的失策，學校教育的敷衍；教育不良之外再加上社會的因素，硬把斯德從純潔天真品學兼優的學生變化為令人痛心的太保！我能昧著良心把所有責任往無辜的孩子身上一推嗎？而且，能真的心安理得的了卻責任嗎？是的，我應負起責任來，把斯德從太保還原為「好學生」。

四

現實是多麼出人意外呵，當我正在想辦法把斯德「改」過來的時候，而他在外面又闖出大禍來。是昨天晚上，斯德因被訓導主任罵了一頓，懷恨在心，約了一群志同道合的太保們，在路上竟用石頭襲擊他。今晨他包著繃帶去校長室報告這件事，校長立即召集校務會議，討論此事。

斯德是我班上的學生，因此在我心中有著和別人不同的情緒，那不是憤怒，而是悲痛與慚愧。

顯然，校長是異常激忿的，他簡單的把斯德向訓座擲石子經過說了，便提出開除斯德的提議，沒有討論就付表決了。我向四座掃視了一下，除了訓座那隻受傷的手不好意思舉起之外，不贊同的只有我一人。但是，雖然過半數通過了，身為導師的我，卻有否決的權利，何況會議進行中沒有經過討論，表決是不能發生效力的。

校長帶著火的眼睛射向我，似乎在激發我的發言，我站起來。

「校長，各位同事，我們知道，一切獎罰都是消極的，它除了使兒童造成作事全以趨獎避罰為標準外，並無任何功效；而它的缺點卻非常的多。開除更是不可，因為這無異是承認我們的教育無法改變韋斯德，承認我們的教育是失敗了！」我有力而溫和的說。

我看出訓座不屑的表情，校長更用諷譏的語氣說：「黃老師，是不是以為韋斯德是××委員的兒子，怕得罪人？如果像這樣學生不開除了，那麼，所有學生都學他用石頭擲老師，該怎麼辦呀？」聽了校長的話，我並沒有覺得受損害受侮辱，別人的瘡不能貼在我的身上的。

「我得提醒校長，學校是教育機關而不是法庭，因此我們無需把學生看作囚犯，亦不宜根據學生行為的優良惡劣而給以獎罰；我們的任務是改變學生不良的習慣，養成新的良好的感應結。」在溫和語氣中我表現堅決反對開除韋斯德的提案，使校長震驚了。

「那麼，你有什麼好辦法來教他呢？」

「我是不承認遺傳對個體具有什麼影響的，一個人的好壞全由環境來決定的，這個環境應包括母體中的胚胎期在內。斯德的胎兒生活是正常而良好的，他所以變壞——這是指行為的壞而不是人的壞，由邪惡的名詞來形容無辜的兒童，對一個教師來說是種恥辱！——家庭、學校、社會都有責任。一個月來，我對斯德曾作詳細的調查和觀察，發現了下面事實：一、交遊不良青年和看武俠電影使他沉醉於打鬥生活；二、以前教師常用罵和可憎的名詞來侮辱他，致使他失去自尊心，自甘墮落；三、拘留所的生活使他結交了一群真正的流氓，並傲然以不平凡的人物自居。現在，要改變他，必須應用誘導方法，使他向善，而尤須啟發他的自尊心，指導其處理休閒的時間。我願為教育斯德而獻出全部空暇時間來。」我滔滔的說著。

「可是，教育不是教一個人，而是教全班的兒童呀！」這個，是訓導主任開口了。

「我無法看出個別指導和班級教學中間存在著任何矛盾。而且，像韋斯德這樣的太保學生，已成為社會上嚴重的教育問題，即使花了長久的時間，如能獲致問題的解決，也未嘗沒有價值。」我立即答覆。

「那麼，韋斯德全部教育責任，都交給黃老師了？」校長說。

「好的！」我毅然應了下來。

「那麼，本案否決。」校長終於這麼宣佈。

五

開會後，我第一件事是買了一件牛仔褲，穿上後覺得滿意極了，它又堅固又美觀又便宜，而且顏色很合乎作老師們……。正在對著牛仔褲自感得意，韋斯德進來了。他含有滿眶眼淚，他已經知道校長以及全體老師都要開除他，是由我一人的力爭才使他不致失學；他更知道我為了他受盡冷嘲熱諷。

「老師……」才叫了一聲老師，他便哭不成聲了。

「好孩子，老師原諒你，別哭了。」他倒在我懷中，我撫著他的柔髮。

他抬起頭來，晶瑩的淚珠閃著光，「我……我對不起老師。」他斷斷續續的說，接著又是很傷心的哭聲，想不到平日那麼倔強的孩子，竟會這麼……。

「不要緊，只要以後肯聽老師的話，老師就快樂的了。你看看，老師的牛仔褲漂亮嗎？來，一同去看電影。」我強拉著他去了。

影院裡，他端坐在皮椅上，我知道他沒有好好欣賞著電影；也唯有我，才能體會到他的抽泣。

送他回家，我又去班上另一些小朋友家裡，與他們作簡單的談話。我說明韋斯德只是頑皮點，人本是很好的，要小朋友們不要排斥他。第二天，上課的時候，斯德靜靜的聽著，於是我又誇說斯德用心聽，叫小朋友要學他這種靜聽的態度。有時我鼓勵斯德回答一些較為困難的問題，他有條有理的說得很清楚，於是班上其他的小朋友也不再以為他功課壞，而漸漸擁戴他了。

為了怕他還跟太保們混在一起，我特在級中組織讀書會，介紹幾位愛讀書的小朋友多跟斯德一起讀書，碰到放映有價值點的電影，我帶他們一起去看，星期假日，大家一塊兒遊山玩水。

不久，事實證明我的努力不曾落了空。斯德有了濃厚的讀書興趣，不再感到無事可做而跟著太保跑，也不再去看打鬥的影片。他把零用錢積起買書看，我便代他買一些《愛的教育》、《烏拉波拉故事集》、《格林童話》等類的書籍。

斯德畢業後考進了初中，我也轉到陽明山去教書。在不斷的通信中，我知道斯德對自然科學有很大的天賦。

六

今年暑假。韋太太再三請我去他家渡假，同時給斯德和斯德的一個妹妹補習功課，推辭不過，我只得去了。斯德早便在車站等著接我，比二年前高得多了，穿著童子軍服，不再是牛仔褲少年了。

「斯德，長高得多了，怎麼？不穿牛仔褲了？」

「不，我再不穿牛仔褲！」他答。

「為什麼？」

「那是太保的褲子！我不穿。」

「那何必呢！東西在乎人用，毒品鴉片有時尚且可用作救人。在歐洲，牛仔褲是工人學生最歡迎的褲子呢！只是來到臺灣，因為青年都有愛好新奇的心理，所以才成了太保褲了。衣服是給人穿的；人不應為衣服而介意。牛仔褲既耐穿合適堅固，只要不作太保，穿著又何妨？過去，你把牛仔褲看得那麼神氣；現在，卻深惡而痛絕之。這種親之則恩，憎之則怨的心理，都是不對的。」我可以直爽地糾正他的錯誤。

「哦！怪不得老師也買了一件牛仔褲呢！」

「不過，老師穿牛仔褲，卻是為你呢！那時候，我要和你建立感情，使你相信我。因此，你愛穿牛仔褲，老師也就穿牛仔褲，這樣才好教你呀！」

「老師，你太好了，你永遠是我的老師，是我的長輩，是我的好哥哥。」他流著淚說。

我也被深深地感動了，眼中充滿著淚，這樣至誠的話，不作老師是不會聽到的。

民國四十二年（西元一九三五年）一月刊於臺灣省教育廳主編《教育輔導月刊》

愛與麵包

「愛雖不能當麵包吃；但真正的愛卻能使麵包吃得更有味道。」這是一位少女的自述：她嫁給一個以努力為財富的「窮青年」。

「陳皮梅，加量牛肉乾，夾心麵包。」清把帶回家的東西一項一項的放在桌上，然後補上一句：「明兒去野餐，地點隨你定！」

「啊！」清的提議使我感到意外的高興。結婚九個月了，每個週末都呆在這鄉下，省吃省用的，從沒出外玩兒呢！

清和我本是同事，我們同時在師範畢業，同派到這鄉下的國校裡教書；而且我們都喜歡看點書，寫點稿子；都有熱情，富進取心；尤其是我們的境遇相似，同是有家難奔的天涯流落人！三年的相處，彼此間相互的協助與信賴證明了我們之間不變的愛；服務期滿，我們決定結婚了。不久，清又考取大學，繼續讀書。他向大學申請到工讀金，每天幫著抄些講義，恰夠住校的伙食；每個週末回家，我總在他的衣袋裡放上二十三十的，供他零花。就這樣，九個月的時間過去了。生活雖然苦些，精神卻很愉快；尤其我覺得自己能自立，還能幫清上學，更感無比驕傲！也就這樣，婚後的一切應有的遊樂都取消了！今天清說去野餐，能不叫我興奮嗎？

「這麼闊氣：那兒來的錢呀？」對錢的來源我仍感到奇怪。

「你猜！」清故作神祕地說。

「投稿不再打回票了？」

「瞧你的！一猜就著！」清爽朗地笑了起來！

第二天，我們一大早就起身，那時太陽雖然還沒出來，山頭上卻已是一片紅霞，好像蒼天也在為我們的野餐感到愉快！

清今兒穿著米黃色運動衫，白卡其長褲；新剪的頭髮，雖沒上油，倒也很自然的，另有一種風味。我呢，花襯衫，梅綠色大方格裙子，清說我還像個學生呢！

我們準備去碧潭游泳划船和野餐。清把吃的都放在背包裡，大浴巾包好游泳衣吊在背包外面；我在水壺裡裝滿開水，就出發了。

七月的天氣，在臺灣是夠熱的！堤上潭上，已有不少的遊客了。熙熙攘攘的，替這避暑勝地增添不少的熱鬧。

我租好一隻小游艇，清已換上游泳褲了。沒請租船人幫忙，清一把把我拉上游艇，順勢將艇推下水面；我套上雙槳，面對著船尾划著；清就在船尾游泳。

向著上游輕輕兒搖著槳，看著清表演著仰式、蛙式、自由式，喘著氣，吐著水；累了，便把手放在船尾，不住地搖落頭髮上的水，我不禁回憶起——

那是去年暑假，清和我兩人夜遊碧潭的往事。那是一個黃昏，清和我合騎著一輛單車，從十里外的國校向著碧潭進發。盛夏的熱氣已經被和風吹散了，到了目的地，恰好月上樹梢。清是個生長在南國水鄉的孩子，拿著雙漿，讓小艇如意地飄浮著，向前著，轉著、停著；我坐在船尾。我們欣賞著天上的月色星光，岸上的屋影燈火，水底浮動著燈兒和星星，像故鄉夏夜的流螢點點；槳兒輕搖，卻攪碎了月影，發出片片銀光。沉醉在水光夜色中，我們默默相對，不忍讓俗語驚破了這人間仙境！直到租船人的聲音，把我們喚醒，才依依不捨地上岸歸去。單車上，清緊擁著我，忽然一個柔情的吻落在我的臉頰，清把車停了下來……。

我們彼此以心相許。

半個月後，我們結婚了。記得我把這決定告訴我的朋友時，他們都勸我說：

「愛又不能當麵包吃，你真準備跟他去喝西北風哪！這件事，我希望你慎重考慮。」想到這兒，不覺笑出聲來。

「梅，你笑什麼？」清問。

「笑你本領這麼好，游得這麼久？」我隨口地答。

「啊！都快中午了，我們可以野餐了！」清看看天和四周。

急忙上船，奪了槳把艇划向租船的地方，改租了一把大傘，在傘下清把大浴巾鋪好，側身躺了下來，我就坐在他的旁邊。

打開水壺喝口水漱了嘴，然後開始今天最重要的節目：野餐了！天熱口渴，陳皮梅正派用場；加量牛肉乾，既甜又鮮，沒有叫人發汗的辣味兒；大口嚼著夾心麵包，恰好抑住胃液的叫囂。我們都像三天沒吃東西的孩子似的，清故意裝出那股餓相，更使人忍俊不住！

猛然，我又想起了朋友們說的，愛又不能當麵包吃。俯身附在清耳旁低低地說著自己的感想，清轉身把我一抱抱著，激動地說：

「梅，對的！愛的確使我們的麵包吃得更有味兒！」

郵

其實，那是不必問的，克剛不是在電話裡告訴了她說：「喂，信已叫人送到你家了；我覺得你在家裡讀會更合適些，千萬別生我氣呀！」可是，當蓓々回到了家，拉開門脫鞋的時候，還是開口問了：

「薇姐，我有信嗎？」

那個被叫作薇姐的女人出來了。她是蓓々還在×大念書時的同學，現在卻做了蓓々的嫂子了；不用說的，這項婚姻是蓓々的傑作。

「沒進門就嚷著有沒有信，在等誰的信呀？」

「你知道還要問！我不依你！」

「哦，我知道了！克剛，是不是？天天見面，還天天寫信……。」

「呸！壞死了！」蓓々半生氣半開玩笑地說：「看你那時等哥々的信，比我更著急呢！」

這一說，可把薇々說得撲嗤地大笑了起來：「喲！原來克剛和你，就像以前哥々和我一樣了哪！喏！信，這就是！不過，得先請我吃糖！」薇用手把信一揚，蓓々順勢搶了過來，向薇扮了個鬼臉，踏著巴蕾式輕鬆的步子，回到她自個兒的房間。

蓓々躺在她的小床上，兩手輕輕地搓著那封信。她並不像薇所說那般著急地想看它，先猜猜信裡說些什麼不是更有詩意嗎？況且，今天這封信一定是不同往常的，不然，幹嗎用電話先說呢！現在，蓓々又沉醉在愛情的悠思裡。

她想起了：前天晚上，去海濱散步，在防波堤坐下了。那鑲著無數星星的半透明體是天空；浮動點點漁火和閃爍片片波光的是大海，它們向前延伸，終於在遠處凝成一起了。港口的燈塔眨著羞答的媚眼；上弦的月散著柔和的清光……。溫情似乎被更迅速地培養滋長。蓓々半倚著克剛的身體，互訴不完……。

「你的信常讓那些同事們偷看了，真糟，他們還拿信裡的事開玩笑呢！」克剛說：

「那是我們二人之間的祕密呀！你讓人看，我不來了！」

「是別人偷看呀！他們看著信封上寫著你寄給我的，接到就先拆開看了！又都是些老同學，生氣也不是。」克剛在解釋著，雖然他知道蓓々決不會真的不來了。

如果說確有「靈感」的話，那生活在羅曼諦克中的人們是最富有靈感的了。蓓々想到那晚回到宿舍，已是十一點多了，可是，一個「靈感」卻使她沒法馬上入睡。「信封上是克剛的名字，會被人偷看的，那麼，寫上個假名，不就得了？」

可是，給他按上個什麼名字呢？

「克剛姓黃，黃是金的顏色，金色，英文不是高爾登嗎？對，外國就有人姓高爾登的，索性寫上高爾登好了！」於是——蓓々想起自己那晚拿出專給克剛寫信用的淺藍色信紙，特用著綠墨水的水筆，便開始寫著。那親暱的呼喚，溫柔的訴說，夾著歇斯的里的戲謔，千言萬語，無非在證明著古老的恆等式：我的心，恆等於，你的心。

蓓々清楚地記得：自己把信套進：「敬煩克剛先生親交高爾登先生展」的信封，確曾得意地微笑過的。

「他不會真的以為給什麼高爾登的吧！」忽然，一陣莫名的憂慮，掠過她的心頭。但，只是輕微的一陣，便迅速的消散了。

「不會的，克剛最幽默的了，懂得風趣。他決不會這麼傻的！」

是為了證明她的看法罷，這時她的思潮不由得又憶起克剛的一件惡作劇：是在×大念書的事了。克剛和她同系同年，一天，他不知打那兒弄到隻活的小老鼠，裝在信封裡，放進她的皮書包。上課了，當她打開皮書包拿書，老鼠和信封一起滾了出來，在教室裡亂跑，還吱吱吱地叫，像春雷一般。教室裡響起了笑聲，老教授的臉上也露出了春天，近視眼鏡透出亮光，就像秋夜倒映在池塘裡的星光。只有蓓々，笑也不是，哭又不對！事後，克剛還在《青年導報》裡寫了一則花絮說：某同學收到怪信一封，據云內容「活」潑生「動」，有「聲」有「色」！想到這兒，蓓々把拿在手裡的信，貼在胸口上笑了！

一個轉身，她把身體靠左側躺著，趁勢撕開克剛的來信，先掉下一張便條，再是一封信。

「怎麼？把我的信退回了！」蓓々感到震驚，她急忙地看那張便條：

「我很高興有認識你的摯友大名的光榮。只因與高爾登先生素昧生平，託轉信件，歉難代遞。

你的僕人克剛上即日」

這個意外把蓓々從柔情的高峰擲進痛苦的谷底，臉色氣得像她那淺藍色信紙似的，她猛然一摔，把克剛的便條連同退回的信，摔到正走進房門來的薇的臉上。蓓々這才發覺了薇，她急忙把手在臉上一掩，哇地一聲，眼淚就和寫那封信的靈感同樣的湧出，正如那晚大海上浮動的點點漁火和片片波光……。

「啊喲，我說我的好蓓々呀！說說笑的就生起我的氣來了！好！好！我這就算給你賠不是來了！向我們至高無上的女皇，一敬禮！」薇還以為是生她的氣呢。撿起了地下的信，一個九十度，向蓓々鞠了一個深深的躬。

蓓々把手從臉上移開，指著克剛的信委委曲曲地說：「你看，你看，克剛儘欺侮人！」說完又哭著，哭得那麼傷心。

薇被弄得莫名其妙了，她看看克剛的條子，再拆開「高爾登」先生的信：

「想了半天，才想出高爾登可能是我自己，靠著水蒸氣的幫助，總算一點都沒有破地拆開了，可是我得為我的手指感到歉意，它叫水氣燙出大水泡。蓓々，假如我因此也開你一個玩笑……。」

「這是克剛寫的信麼！」薇叫了起來。

蓓々掙開淚珠模糊的眼睛：綠信紙，藍墨水，正是克剛的！

「怪了，怎麼裝在我的原信封裡呢！」蓓々也攪糊塗了，她再一次從薇的手中搶過了信來！

這次輪到薇扮鬼臉了。

心理學權威

當祝尚白第一篇心理學論文發表了以後，雖然他還只是一個心理學系的學生，便已像風霆雷電似的震撼了整個的心理學界，被許多年老的心理學教授譽為最有希望的「新彗星」了。

他研究心理學的方法是極其特別的，揚棄了動物實驗、長期觀察等等耗費時間的方法，甚至也從不經由生理學和社會學來探討心理學的客觀基礎。他認為：前人小說有關心理現象的記述，尤其是戀愛心理方面，足可作研究心理學的無窮資料。因此就從文藝小說的分析上，加上他自己一些生活上的體驗，建立起心理學的理論來。所有讀過他的論文而並不十分認識他的人們，沒有不讚賞他體驗的深刻與分析的精微的。一位發展心理學教授就毫不保留的認為他：「無論從人類最理智的或最感情的，最嚴肅的或最卑汙的行為裡，作者都正確的把握著心理的真實。」這種誇獎使他在班級上大大的出名，他被看作「一個對心理特別是青春期的兩性心理有深刻了解的人」。自然，他因此吸引了班上一些女同學的青睞，他也就迅速地戀愛著他最欣賞最愛慕的一位：毛文麗。雖然大多數的女同學不是覺得他太驕傲，就是覺得他不大方，因為在她們面前，他不但舉動生硬，有時更手足無措，在走廊上與女同學單獨碰面的時候，也是面紅耳赤，連頭都不敢點一下的。

他和文麗的戀情很祕密，一方面固然是他們都有在祕密中享受戀愛甜蜜的愛好；另一方面，文麗是個沉靜的女孩，他怕在同學面前和她太親熱會使她不舒服。少女的心所表現的，並不是規則的弧線，他不能像根據弧線求圓心般的確定她的心裡是否高興。所以他攜手漫遊的只限於人跡罕到的地方：青葱的郊野、淡雅的河岸、或是旖旎的海邊。

至於這位心理學家又認識了賀美影，倒是很有點羅曼蒂克，那是「歡送畢業同學晚會」上的事。

「啊！我說誰坐在這兒呢？原來就是鼎鼎大名的戀愛心理學的權威祝尚白同學。我，外交系，賀美影。」在晚會未開始前，一位小姐向他自我介紹起來。

他朝她望了一眼，長髮披肩，隆胸肥臀，一身運動員的裝束，曲線畢露的，有成熟的美。他請她在鄰座坐下來。因為既是戀愛心理的權威，怎能在女孩面前畏畏縮縮地像株含羞草？晚會後，她請他去喝咖啡，他欣然去了；然後，他自動提議送她回家。

那晚他很得意。

他想：「那些使我見面都不願點頭的，都是些庸俗的女性。今晚我和她不是玩得很自然嗎？」他也不覺得這對自己的情人有什麼不好：「我送她回家只是社交禮貌，這不會影響我和文麗的愛情的。」

他睡得很甜，一直到美影來電話謝謝他送她回家才醒。

接著的發展很出這位心理學家的意外。美影邀他上咖啡館、看電影、野餐的次數越來越密。他開始感到事情不只單純到他所想像的交際交際，他存起戒心來。

「我們在一起的時間是否太多一些？」一個夜晚，他和美影在圓山橋下淡水河邊並坐著，他問美影。

「你不喜歡？」

「我有顧慮。」

「哦！」美影格格地笑起來，她抓住了他的手，把它按在自己的胸口。

「你是否愛上我了？」把手輕輕抽回來，他攤牌。

她一直在瞅著他笑，格格地，吃吃地，漸漸停止，她把自己的頭靠在他的肩上，用一種充滿柔情的耳語似的聲音說：「你呢？」

「我沒有值得你愛的地方，為什麼你會愛我？這不可能的，你不曾發現我對你並非愛情？」

「你知道：『一個少女寧願去擁抱無情的傲骨，而擯拒吻她足裸的男人』。」

尚白苦笑了，因為她引用的正是他一篇論文上的話。

「美影，我很感謝你，永會以你的愛為榮。但是，我已有了女友，我們這樣下去，只有增加你的痛苦。」他把自己和文麗的事，扼要告訴她。

「她比我更愛你？」她的臉在月光下發青了。

「也許，她信上說她願愛我至死。」

他們回去時，誰都沒有說話。

事情的結果更出於他的意外，他收到文麗給他的信：「你愛上別人，你拋棄我，我無所謂。你為什麼竟拿我那些信作為你們談情說愛的笑料？把它退回來，偽君子！到淡水河邊擁抱她去，我不會『愛你至死』了。」

這是何等意外的打擊？他無法解釋，只有盡力地用寫作來壓抑自己的痛苦與悲哀。一篇新論文完成了，在結論中，他指出：「總之，在戀愛上，女人較男人更為狂熱與盲目，為了愛情，她能粉身碎骨，不達目的，她寧求同歸於盡。」

教授們對這篇論文照例大加讚賞，認為作者「對女性的戀愛，獨具銳利的眼光」。

民國四十七年（西元一九五八年）於臺北政大新聞系主編《學生新聞》《新葉》副刊

母親學生

美霞和我，算是老朋友了，三四年前，我們便在一所國校同事。我也認識美霞的丈夫亞平。在師範學校讀書時候，我和亞平便處得很好的。而現在呢，我很榮幸，和美霞是××大學的同學。

美霞和亞平的戀愛經過，據他倆自個兒說，我是知道得最清楚的一個，不過這或許是他倆結婚時按例要報告「戀愛史」時要請我代勞的一種托詞。唉，誰叫我這張嘴比這枝筆更拙，所以，非但當時沒有為他倆效力，到現在也只能說：他倆墮入情網，結婚了，生孩子了。而結婚的時候，亞平在中部一個大學讀書，美霞已進了臺北的×大。

一個光桿要變成二個人構成的家庭，很需要一些時間；但是二個人在一起，生出第三個人來，卻只需年把的時間。小霞便這麼快的來了，來得實在不是時候！

怎麼辦呢？美霞挺著大肚子休學了一年。

美霞待人又大方又溫柔，對事卻堅毅而果斷。她休學時間快滿，我曾經委婉的寫封信給她：「和一些認識你的朋友們坐在一起，就自然而然的談到你們。大家都認為在目前情形下，你還是再休學一年好。」為了怕傷了她的上進心，我趕緊又補上一句：「不過我想，先奮鬥一下也可以。」回信來了：「我不願意大家在談論我們，我只贊成你一句話：奮鬥一下！」於是美霞復學了。

二個人都有職業，帶一個孩子不成問題；一個有職一個無業，勉強帶個小孩也可以；二個都是無業的學生，又都是單身來了臺灣的，要帶一個小霞，問題就嚴重了！「找一份好人家，送了吧！」美霞又堅決的不肯。

在大學附近租房子，找了一個大小孩照料小霞。學分已經選得少得不能再少，一星期還有二十來節課。幸好，房子離學校實在近，聽到打鐘再跑去上課也還來得及，一下課便匆匆回家去餵奶。所以，除了上課，學校裡很難看到美霞的影子。這樣的過了一個多月，美霞累得快倒下去了；亞平呢，在臺中兼了二個家庭教師，好付房租和工錢，不時還得回臺北看看，也清瘦了不少。

一位同學的母親說：「我替你們帶小孩吧，反正我們家人少，有個小孩也熱鬧些。」美霞先是不肯，後來實在不行了，寫信讓亞平來臺北，一起抱小霞去同學家寄養。可是，小孩穿整齊了，尿布衣服都包好了，美霞一滴眼淚滴了下來，兩個人抱頭哭成一團。結果是：謝了同學的母親，小霞還留在老地方，亞平回到臺中去。

不過，一個星期以後，小霞到底還是換了一個環境。同學的母親對她像自己的小孫女似的，小霞也頂乖的，似乎很了解父母為她所吃的苦，從沒哇哇的哭著來添父母的憂心。美霞還留了一大堆奶粉在同學家，好給小霞吃。

吃慣媽媽的奶，小霞的胃對牛奶不很歡迎，才吃一些就吐了出來；同學的母親就改餵她奶糕，小霞對奶糕倒很喜歡，吃得津津有味。美霞知道後卻急了：「奶糕營養不夠，怎麼行？」同學的媽笑了：「你看我這麼幾個小孩，一個個也都這麼大了，男的進大學，女的也嫁了，哪個不是奶糕餵大的？」可是美霞卻不讓小霞吃奶糕，小霞作了二三天的客人，又回到母親的身邊。

現在，一個學期快過去了，小霞長得白白胖胖的，紅潤的小臉常帶笑容。不過，美霞比前稍瘦了些，我擔心她學期考試分數單也會「紅潤」起來。

民國四十七年（一九五八年）一月五日於《中央日報》副刊

釣

慕真把餌罐放穩了，又把魚籠浸在淺水灘裡；上了餌兒，把釣線在手中捲成團，輕輕地把餌鉤連著鉛頭向潭面拋去；然後就在潭邊的大石頭上坐了下來。

平靜的潭面起了一圈一圈的波紋，慢慢地延展擴大；慕真的腦海裡，也被記憶的釣鉤，鉤起了一件使他煩惱的往事——

是一個明媚的日子，大地充滿著陽光，空中散發著新鮮的氣息，他曾和麗麗一起到這兒釣魚來著。麗麗這位文靜而聰慧的女孩，現在正是慕真在××大學四年級的同班同學。正像慕真祕密地鍾情著她一樣，她對具有詩人天才和氣質的慕真，也暗中傾慕多時了。可是，上帝賦予愚人以大膽，卻給智者以猶豫，他們倆個，誰都不敢先把他們的愛情表明出來。

回憶的波紋在延展著擴大著，慕真記起了那天自己穿好衣服，就要走出寢室找她一塊兒去釣魚時，曾經自己對自己說：「我是男孩子，一定要先對她表示自己的愛慕；我不能再膽怯，否則，我將會失去她了。」

慕真雖然讀了不少文學和哲學方面的書籍，可是，浪漫主義者的故事，寫實主義者的刻劃，與那些人生本體和價值的抽象理論，不能給他任何幫助，所以對於「求愛」，他依然一無所知，而且毫無經驗。他想了好久，一次又一次，才想好應該向她說些什麼。於是照著大鏡子，最後一次修飾著他的衣服，同時把那些要說的話在心中重複了一遍：

「麗麗，自從開始了解人生以後，我就在腦子裡構想著一位理想的伴侶。她將是溫柔的文靜的，而且更必須是聰慧的。現在，我終於發現這理想中的伴侶！麗麗，那就是你！請你給我這個光榮，使我能自稱為你的慕真！」

他自己也覺得這幾句話顯得簡單，拙笨，不能完全表達自己的心意；可是，他一時實在再也想不出比這更得體的話來。

他又記起了那天，麗麗先選了一個可以靠背的大石頭坐下來。臉頰紅紅的，朝自己望了一眼，那眼波含蓄著初戀少女脈脈的情愫，表達了她內心隱密的希望與需要。接著，像是害羞又像是含情似的低下頭來，自顧自地放下了她的釣鉤。他本想在她身旁坐下，她不正希望如此嗎？可是，心頭老七上八落的跳個不停。一個到現在自己還覺得有點奇怪的衝動，他竟傻得拿起他自己的整副釣具，找到正是他現在坐的地方來獨釣。在這兒，他只能望到麗麗的那一頭新燙不久的秀髮。

「唉！我怎麼了啊！為什麼總是這樣缺乏勇氣？」他埋怨自己起來。實在他無心釣魚，好幾次，他的魚餌被魚白白地吃掉了，然後他才發覺。

「一條魚都沒有釣到，見了她怎麼好說呢？」

於是，他強迫自己用心去釣。潭水有點清，可以看見魚兒三五成群地在自己釣鉤旁悠悠地游來游去。有時像示威似地翻躍一下，打出一個水花來。有時朝著餌兒嗅嗅，又不屑一咬似的游開去。好幾次慕真要站起來不釣了，好幾次又命令自己忍耐，至少要釣他一條。

好久好久，浮標終於沉下去了。他連忙拉起釣桿，一條魚兒提上來。真洩氣，小得只配饗貓，就只有二隻食指那麼大。他覺得太失望，下意識的把小魚拋回潭裡，悵然站了起來。

「我一定要對她說了」。他收拾了釣具，朝向麗麗坐的地方走去。

他覺得有股熱氣發自心窩，強烈的往上衝上來。心跳，他感到自己的心異常激烈地在跳，也覺察到麗麗的心同樣激烈地在跳。紅暈，爬上麗麗的臉了，也爬上自己的臉了。期待的緊張使麗麗喘不出氣兒來，那神情，似乎向自己表示：「你終於要透露你的愛情了，那麼快吧！」

這逼人的氣氛，他竟完全窘住了，呆站在麗麗身旁，手足無措了。

「說呀！你這懦夫！」他在心中責罵自己！而兩片嘴唇偏怎麼用力也張不開來。

這時，麗麗的釣桿上浮標在急速的往下沉降。

「注意，沉下去了！」打破了緊張的沉默，慕真叫起來，完全不是預備要說的話。

「啊！好重！會是條大魚呢！」麗麗一面回答一面拉起釣桿。

是的，大魚，快提上了。魚在猛烈地掙扎，一個翻躍，拍的一聲，掙脫了鉤，掉回潭裡去了。

「糟糕！脫鉤了！」他才說出了口，就覺得似乎有不祥的徵兆，不覺自己生起自己的氣，他想：「我不要再向她表示了，我也失去向她表示的機會了。」

「運氣真壞，我不釣了！」麗麗不勝失望地站了起來。

熱氣往回沉，紅暈消退了，心弦也和緩下來。像警報的解除，他倆情緒鬆弛下來。

一路上，他們像在課室中許多同學一起聊天般地說了一些話，笑了幾聲，但是，除了因落日引起「青山依舊在，幾度夕陽紅」的感嘆外，他已記不清還說了些什麼。

——「唉！」一聲嘆息，慕真把自己從苦惱的回憶拉回現實來。他自言自語地說：「我一定傷了她的心了。她不會再愛我了，誰會愛個連追求幸福的魄力都沒有的人？是的，不會，不會，我只能坐在這兒垂釣舊夢，唯一的永遠的夢境！」

他頹然地把魚桿插進大石頭的縫裡，曬著煦和的太陽，身體在大石頭上躺了下來，閉上雙眼，又沉入懊悔與煩惱之中。他想起《愛的哲學》中的一句話：「人生三分之二在猶豫；

三分之一在懊惱！」不禁恨憎自己的懦弱了。……。

不知過了多久，忽然，他覺得有人在拔動自己魚桿，他睜開雙眼，陽光照耀得眼前一片燦爛，反使他什麼也看不清了。

「慕真，大魚來了，你卻睡著了，快讓我幫你拉上來！」哦！是麗麗的聲音。這是夢境嗎？他坐了起來，拼命的揉著眼睛，慢慢地習慣了陽光。麗麗，不錯，是麗麗，真實的麗麗呀！

「麗麗，你幾時來了，我正在想你呢！這幾天，我書都讀不下，你的影子老在我腦子裡翻轉。」他吶吶地說。

「我也一樣想著你，把那天釣魚的事一次又一次的回憶。我不知怎麼會走到這裡，你不要生氣，我在你旁邊坐了好久了。」她無限柔情地把身體依偎在他的胸前，那話語，那聲調，那動作，使慕真神迷，突然，他猛力地……

上天所有為愛情與矜持的矛盾所折磨的情聖們，都齊集雲端，高聲歌唱，讚嘆著司智慧的帕拉斯女神和愛與美之女神愛倫娜的終歸於好。而慕真與麗麗在他們的欽羨的歌聲下也完全不再想到那什麼大魚小魚了。

刊出日期處所均失憶

記者招待會

這兒是一群記者先生，他們代表著不同的晚報和日報。他們工作性質是相同的：社會新聞的採訪。儘管社方都希望他們發掘到獨佔新聞，而他們彼此間早混得很熟，並且對合作已有默契。在接到請柬以前，他們中誰也不曾聽說過令嫻這個名字，更不知道她有什麼事要招待他們。因此，他們的好奇心就更旺盛起來了。在開始的時候，他們的心情與參加其他同樣性質的記者招待會並無不同，就像正要去欣賞喜劇的觀眾那樣輕鬆愉快。唯一值得注意的是：記者招待會結束時，主人走了，他們卻癱瘓在沙發上，他們被染上某種難以形容的沉重。而且，他們之中沒有一位曾寫下這則新聞來，因為這是他們的能力所不能達到的。

「記者先生們！你們的職責不是為人們主持正義嗎？」令嫻是這樣開始她的敘述。她，約莫十八九歲的樣子，穿著白襯衫，黑裙子，從年齡和服飾上判斷，她可能是一位高中或大學學生。她臉上露著一種微笑，這種微笑初看起來，足可使一位盛怒的莽漢回復他的溫柔。

從招待會開始直到結束，這種微笑始終不曾改變。雖然在記者眼中，她的微笑的意義是越來越費解，最後甚至顯得可怕了。

「那麼，你們能為我主持正義嗎？」她就在這種神祕的微笑中再提出這個問題來。這種嚴肅的問題怎麼會以微笑的態度提出呢？記者們想：也許是個精神病患者吧。

「是的，報導真相，主持正義是我們的責任之一。小姐：你曾受什麼打擊，需要我們的幫助嗎？」

「哦，我同班有二位和我最要好的同學死了！」她看了一下腕錶，「已經有十八個鐘頭了。」

又是死亡，死亡！永遠是這些：愛、恨、姦、殺！

「這真是一件不幸的事，你能告訴我們，他們的名字，就讀的學校？」記者先生們不約而同地掏出筆和拍紙簿，他們自以為像法庭上的法官在聽原告或被告的自白呢。

「死了的是他們的生命，他們名字並沒有死去，而他們死的時候，他們已不是我們學校裡的學生了。」她的回答多麼頑強而古怪，更證明她必定是一位十足的精神病者。

「你們，記者先生，不是無冕之王嗎？你們可以使一個好人成名，也可以要作惡者自食其果，你們不是輿論的主人，正義的褓姆嗎？」她說這些話時，一點也沒有顯得激昂，她是用微笑的態度冷靜說著的。

記者們想：可憐的女孩，她的精神一定因好友的死亡而受到嚴重的打擊，她應該去找精神病科醫生，一服鎮靜劑才是她真正需要的東西呢！可是，她用這樣不相稱的微笑來招待記者，向記者的筆求助！可憐的孩子，負擔著遠超過她的年齡所能負擔的痛苦。

「把你要說的都說出來，你的心裡會感覺舒服些。我們儘可能給你正義的支持。」記者們用神父般的和藹態度對這位神經質的女孩說。

「是嗎？」她冷冷地又是一笑。

「可是，這是一件很平凡的故事。」

「平凡」這兩個字使記者先生們感到一陣厭惡。他們希望的是刺激、傳奇般的故事，扣人心弦的敘述，加上編者畫龍點睛的標題，引人注目的花邊，才構成一則上乘的社會新聞。

「他們二人一位是男同學，另一位是他的女朋友。要是他的成績名列第一時，那麼女的就是第二；要是他退步成第二，那麼他就可以向他的女朋友祝賀了。」

那真是一對優秀的男女同學，他倆戀愛的成功該像一加一等於二那般確實呀！

「他們怎麼死的呢？」

「在碧潭溺死的。」

「他殺？失慎？」

「不！是自殺。他們在碧潭划船，從上午一直划到滿天星斗。租船老闆急著要收船，在岸邊喊了又喊，他似乎曾聽見回答的聲音，但那只是歸巢烏鴉的啼聲。他最後在一個沙灘邊找到他的船，船上留著他倆身上全部的衣服——社會給他們的一絲一線，他們都歸還社會了。後來，他倆的屍體也撈上來了，他們的手捆在一起，是用她的秀髮捆著的。其實又何必用這些青絲呢，撈上時他們依然緊緊地擁抱著，即使死他倆仍不曾分開。」

「他們的愛情曾受到某種挫折？家庭反對嗎？」

「哦，我不知道應該說是或者不是。他們上星期六在雙方家長同意下訂過婚了！」

記者先生們漸漸顯得迷惑起來，他們曾接觸過社會最深最暗的裡層，熟悉所有悲歡離合的原因和經過。可是，他們精確的判斷力在這未成年的女孩前竟被完全否定了。他們於是交頭私語，這女孩在愚弄他們！或者她根本就是兇手，為了爭風吃醋。

一種帶著嚴冬氣息的、自信的、象徵著必勝的、鎮定的微笑，又從這女孩敏感的嘴角發出，這笑容使記者先生們不安起來。

「訂婚的第二天，他們去度他們一生最美麗最幸福也是最悲慘最痛苦的一個假日。各位先生，你們一定了解，時間對約會前的情人須用萬分之一秒來計算；對約會時的男女卻是邁著巨人的闊步了。他們太快樂太興奮了，所以他們錯過了最後一班回臺北的班車。」

說到這兒，她的目光向記者先生們巡視一圈：「記者先生們：你們操著生殺予奪的大權，尤其對那些敬畏輿論的善良人們，就像我同班的二位死去的同學。你們知道你們的筆有多少羽毛，多少舌頭，多少聲音，它張大了多少隻眼睛！」

「當愛神眷顧了他們之後，死神就向他們包圍了。他們的歡樂——記者先生們，你們不是也大都體會過這種歡樂的嗎？——變成他們死亡痛苦的根源。『男女學生，一夜風流』，只這八字標題已經足夠置他們於死地了，何況，『題二文二轉一』裡有的是比這更厲害的刀筆！他們回到臺北，他們發現：學校佈告牌上出現了他倆的姓名，下面還蓋著校長的簽章。他們立即摘下校徽，羞憤地向這張佈告擲去，但佈告並不因此消失，只使四周除了千萬隻眼睛之外更增加千萬個嘲笑聲。他們從學校奔向家庭，他們雙方的家長正在等候他倆，預備告訴他們，由於他們辱沒了兩姓光耀的門楣，他們已不再被認為父母們的兒女！」

「他倆用限時專送給我一信，對他們僅存的唯一朋友，他們的要求是極其微末的。」她從上衣口袋中掏出一些剪報來，「這些文字是出於諸位先生的手筆，他倆要我奉還給你們。原諒他倆的衝動和冒犯吧，因為權柄和榮耀，全是你們的，他倆已用生命向你們屈服了。」

她微笑地走出了招待會場，但是留下的人們卻久久不能從沙發上站起來。

民國四十七年（一九五八年）六月二十二日《中央日報》副刊

火葬

那殺身體不能殺靈魂的，不要怕他們；唯有能把身體和靈魂都滅在地獄裡的，正要怕他。

——《馬太福音》十章三十八節

一

這是悲劇，主角就是我的表姐。

但是，誰是悲劇的導演？

二

表姐從小住在我家，和我一塊兒長大。從有記憶的時候起，在我的腦子裡就有表姐的形象了。記得小時候還管她叫姐姐的呢。那時正好抗戰開始，姑丈跟隨中央政府在重慶做事，因為帶著小孩逃難不方便，就把表姐寄養到我家來了。媽只有我這麼一個獨生子，她是很希望再有一個女孩的。同時家鄉又在日本統治之下，媽也怕表姐的爸爸在重慶做事讓鬼子們知道會麻煩，於是，表姐順著媽的意思，跟著我也喊媽作媽。我呢，也就喊表姐做姐姐了。那時，誰也沒有告訴過我，她是我的表姐。

表姐比我大四歲，我卻總覺得她比我大了好多似的。小時候，早晨起床，別人替我穿衣我都不肯，一定要她替我穿；洗臉、洗腳，也一向是表姐幫我的。表姐去上學，我常哭著不放她走。她每天要哄我哄得好久，才能使我叫聲再見。有時被我鬧得沒有辦法，便帶我一起去上學。媽覺得我這樣纏著表姐會耽誤她的學業，所以在我五歲那年，索性要我正式去上課。表姐總在老師沒教我以前把書本教得我讀得爛熟，還握著我的手幫我描紅。所以，當時我在班上年紀雖然最小，個子雖然很矮，讀書寫字，卻是全班頂好的一個。老師誇獎我，表姐也就越疼我了。

那時在鄉下，表姐是很愛活動的。她常和一些同學在假日到附近風景區去遊玩，不用說，每次都帶我一塊去的。有時她們還帶了些炊具，就在野外自個兒燒著吃，吃完了更有餘興的節目。表姐的同學們看我小，愛逗我玩，要我表演，這時，表姐常給我鼓勵。表姐自己是個多才多藝的女孩，會演講，會演戲，跳舞唱歌更是拿手。所以，學校有什麼娛樂活動，表姐是個少不了的人物，真是搶盡了鏡頭呢！表姐作人也很討人喜歡，每次到同學或到親戚家玩，大家都喜歡拿些糖呀餅呀給她，我於是也沾了不少的光。

這些甜蜜的童年過得是多麼地快啊！分別的日子接著就來了。正是抗戰勝利鬼子投降那年，一天，我和表姐從學校放學回家——表姐念的初中就附設在我讀的小學裡，我們一向是一起回家的。——媽拿著一封信給表姐，表姐看完就哭了。

「媽！我不要去！我要一輩子陪著你和弟弟！」

我記得媽是這麼說的：

「媽本也捨不得你去，想留妳在身邊。可是，這個小地方沒有像樣的高中，不能叫妳在這兒耽誤學業呀！再說，妳是×家的人，那是妳親爸爸親媽媽！傻孩子，還是去的好，出外多見識見識，是不錯的。」

從那時起，我才知道她不是我的親姐姐；也從那時起，我才知道我有個姑父，剛從重慶回來，省城裡做大官。不像我家，靠田地過活。

該走的終於走了，我哭了，表姐的眼淚也沒有比我流得少些。

三

三年的初中，在孤單寂寞中過去了。畢業的那個夏天，媽要我去找姑丈，好在省城裡繼續高中的學業。離開媽當然有點依依不捨，想到能再看到表姐，也未嘗不是件高興的事。於是，帶著媽千萬個叮嚀和祝福，我也離開了這曾留下我金色蜜味的童年生活的家鄉。

在車上，我一直在想著表姐。唉！三年前，我們在一起生活讀書，多有趣呢！分別的時候，表姐還一直抱著我不肯放。她的眼淚滴在我的頭上，把我的頭髮都弄濕了。一別就是三年，表姐後來連信也很少來，一定是功課很忙吧！現在，她高中已經畢業了，聽說沒有去考大學。奇怪，為什麼不想升大學呢？分別時，表姐已經比我高出一個頭，現在，不知道更高我多少？車子到站，這一切都便知道了……

車子終於抵達省城，一些高大的現代化的建築，和飛速交馳的汽車，映入我的眼簾。表姐竟沒來接我，在車站等我的是一個家鄉人：姑丈的司機老張！

姑丈住的是一所小洋房，汽車沿著鋪著小白石的甬道開進去。首先看到的是幾棵修剪得很整齊的樹木，和一座精緻玲巧的噴水池。車子向右側轉過，停住了。姑母——要不是老張告訴我，我還不知道她是誰呢——出來了，她拉著我的手從邊門走進一間臥室。房子東西很少：只有一張寫字檯，檯上放著檯燈，檯後一張轉椅，另外就是一張小床了。姑母穿得很講究，和家鄉那種藍布短襖的裝扮是多麼不同啊！她態度很慈祥的告訴我：這一個房子就給我一個人住，好靜靜地把考高中的功課溫習一遍。然後問到媽，田裡的收成，和親戚們。她說，姑丈因為恰好有重要客人來，在客廳陪客人講話，不能就來。要我說話輕一些，不要吵了客人。

表姐也進來了，她眼睛望了我一下，沒有喊弟弟，也不喊表弟，靠在寫字檯旁站著，靜靜地不說話。想像中再見的熱烈場面和快樂情形，全沒實現。我像走進一幢缺乏空氣的建築物，感到陰沉、窒息。在鄉下，自由自在地胡鬧慣了，對這嚴肅的環境，怎不叫人彆扭呢！

晚飯後，當只有表姐在我的房子時，我生氣地說：怪不得表姐連信也少給我們寫，原來表姐闊了，不認識我了。沒想到，表姐竟撲到枕頭上傷心地抽泣起來，使我不知怎麼辦。啊，表姐也許受了什麼委曲呢！

在高中入學考試前的半個月間，姑丈請了一位教會大學當講師的李先生幫我複習初中功課。姑母表姐都少到我住的房間來，也沒有如我希望地帶我去省城許多好玩的地方逛逛。我也只有死心蹋地跟李先生讀著 abcd 和算 xyz。高中是順利的考取了，而且是分發到省城裡歷史最久，規模最大，負譽最盛的「安定中學」，表姐高中也是這兒畢業的。

媽的意思，叫我通學，住在姑丈家，有個照應。可是姑丈的不苟言笑，姑母的應酬匆忙，還有表姐的冷淡態度，使我急急乎想離開他們。借著練習過過團體生活為理由，我一定要住在學校的學生宿舍。姑丈姑母後來也就不強留了，只叫我每個星期要去看他們一次，他們好對媽有個交待。

四

雖然我現在明白表姐有她不得已的苦衷和煩惱；可是，當時我的確不很了解表姐，甚至有點恨她忘恩負義。因此，我從不願向同學提起表姐的名字。但同學們到底是知道了，曉得我是她的表弟。

「哼！你那位表姐呀！」有一晚，寢室電燈已經熄了，同室的一位綽號叫做「貓頭鷹」的同學以諷刺的口吻向我嘲笑。

「你說誰呀？」我還想隱瞞。

「別裝蒜了！咱們有三年同學，還是痛快點好！誰不知你是×××的表弟！」貓頭鷹越到夜晚說起話來越大聲。

「好的！是我表姐，她怎麼啦？」我從床上一骨碌的坐起來，似乎預感到今晚是不能睡好的了。

「不用提了，她的大名，嘿嘿！你問小何，還是小石子，嘿嘿！」貓頭鷹怪聲怪氣地笑著。

「別那麼陰陽怪氣的胡扯，要說就說好了！」

「嘿嘿！你自己說吧？你的看法……。」

「要說就說，不說就算，吞吞吐吐，我不理你這一套！」我有點發火，想躺回去，睡自己的覺。

「你真還不知道？」說得比較正經了。

「知道了要你講？」我說。

「嘿嘿！」他又打起這陰森嚇人的聲調：「不是我背後說你表姐壞話，嘿嘿！」這聲音使我毛孔都跳起舞來！

「算了算了！我不聽了！」

「嘿嘿！你聽我說呀！你表姐，看表面倒很沉默的像個規矩人。我說嚒，越像我愛講話的人心越直，越是不說話的人心眼兒越多！嘿嘿！老弟！你不要生氣呵！你的表姐就是這麼一個人！」

「說了半天，就是這些不著邊際的話，我建議你還是去醫院動動手術，把舌頭削短點好些！」

貓頭鷹沒理會我對他的反感，他繼續在說：「她和英文老師談戀愛，要人家帶她私奔。你不知道？」

「戀愛？私奔？」表姐性格我清楚，這不可能的呀！

「瞎說！我表姐不是這樣的人！」

「不信？去問初中在本校讀的同學吧！」他幸災樂禍地說：「還把我們偉大的××長，你那位親愛的姑丈給罵慘了呢！說家庭是墳墓，家裡的人是冷血動物，是活屍！」

「別說了！別說了！你在誣賴好人！」我覺得受了莫大的汙辱，全身發抖，倒下床去。

談話固然就此停止，思潮卻不斷的在我腦海裡洶湧著。我把在家鄉時候的表姐和住在姑丈家的那半個月的情形加以比較，表姐似乎變得多了：沉黑、淡漠。姑丈姑母似乎對她很不開心。難道她真做出這些事嗎？整夜裡，一個又一個的景象，表姐兩種完全不同的臉孔，活潑的與鬱悶的，再加上姑丈姑母的臉孔，還有鄉下和城市的形形色色，這一切，像構成萬花筒的彩色玻璃碎片，合併，分離，旋轉，排列，造成一幕又一幕的回憶和幻覺。寢室走廊的大時鐘敲著一點、二點，我一直沒有合眼。後來迷迷糊糊中發現表姐一個人爬到高山上，突然一隻黑色的怪物出現了，向她撞去。表姐驚慌地向我跑過來，她沒有注意到在我們之間的懸谷，我大聲喊表姐，想提醒她的注意。可是，噹的一聲，她已經掉在懸谷中了。我驚叫起來，竟是個惡夢，走廊的大鐘正敲著，已經是三點了，於是一夜心有餘悸，再不能入睡了。

五

我實在非常希望能把這謠言澄清，看來這位貓頭鷹口中，是再也長不出象牙來了。問誰呢？姑丈姑母，想到他們威嚴不可侵犯的樣子，我就夠怕的了，實在沒有這膽子。問表姐自己，不行，她怎肯說實話呢？況且，我恐怕她又撲在枕頭上啜泣。問其他同學吧，他們又能知道什麼呢？只是道聽途說罷了。

終於，我從司機老張的口中探聽到這件事的原委和經過。人不親土親，老張，這位帶有濃厚家鄉氣息的老實人，是我到了省城後最談得來的一個。

雖然姑母曾再三吩咐我每個禮拜要回去一次，可是我搬到學校快四星期了，還沒有去看過姑母他們。這天是星期日，我收到媽的信，說匯了一筆錢在姑丈那兒。我身邊的錢早用個差不多了，便去取錢，順便看看姑丈姑母和表姐。一進門，就碰到老張，他劈頭告訴我：

「姪少爺，你來得好，大小姐下月出嫁了，姪少爺知道不？」

「出嫁？和誰？」

「就是替姪少爺補習過功課的那位李少爺，人頂忠厚，學問又不錯……。」

「表姐自己作的主嗎？」

「好像是老爺作的主。」

「婚姻是自己的終身大事，怎麼可以由姑父代作主？況且表姐年紀還小，她不反對嗎？」

「姪少爺講話輕聲點！」老張緊張地向四面看看，幸好四周沒人，他便輕輕地對我說：「大小姐還好，沒有說什麼不願意的話。老爺也是為大小姐好。大小姐也不小了，在老家十六七歲的姑娘，早就做媽媽了，大小姐今年都十八歲了！李少爺是信教的，人品好。老爺想大小姐脾氣大，跟別人怕會吃虧，只有李少爺忠厚，會體貼！」老張滔滔地講著，我雖然覺得表姐婚姻完全由姑丈作主，與我當時的想法格格不合，但聽說表姐自己不反對，也就不說什麼了。

「姪少爺，兩個禮拜前，他們已經訂婚了！」老張張開牙齒笑著補告我。

「嘿，那等著喝酒好了！」我也笑了笑地說，接著把題轉過，乘機問他：

「喂，老張，我們學校同學說了表姐許多壞話，什麼和老師談戀愛啊，罵姑丈啊，到底怎麼回事兒呀？」

「姪少爺怎麼聽到的？唉，說來話長了，以後有空再說罷。姪少爺這兒站久了，還是先進去看看太太。姪少爺搬去學校就沒回來過，太太都著急了，前幾天還說要我幾時去學校接你來一趟呢！」老張在催我進去，我不好拂他的意，就說：

「那麼，吃了晚飯，我到你房子去看你，再詳細告訴我吧！」姑母怪我這麼久不去看她，說：「要是你媽知道你一個月都不來一趟，一定說我們虧待了你了！」表姐結婚的事，姑母也提到了。表姐看來比前反而快樂些，似乎也很願意這件婚事。於是，我心裡原先那些憂慮便無形打消了。

姑母興致很好，他們家裡平時菜就很不錯，今天還特地叫老張宰了隻雞，要李媽殺了燉起來。姑母自己也下廚做了最拿手的家鄉菜，魚蝦肉絲，浸過蛋清，顯得嫩極了。晚餐吃得很愉快，吃完飯天已晚了。姑母在叫老張說要用車送我回學校，我連忙說：我自己找老張去。便告別了姑母和表姐，溜到老張的房子去。

老張一邊在沏茶，一邊說：

「自從大小姐接回來，當時，大少爺，二少爺都去讀大學了，不常在家，家裡只有大小姐一個孩子，老爺太太不用說是很疼愛她的。」老張把茶端給我，說：

「姪少爺，桂花茶，是家鄉帶來的，你喝一杯，解解油膩。」

「謝謝你，接著說下去吧！」端過茶，呷了一口，我說。

「可是大小姐蹦呀跳的，說話又大聲，太太有心臟病，不能吵。」老張自己淘出一支烟捲兒，劃了一根火柴，他的臉被火光照亮了片刻，又隱藏在青色的烟霧裡去：「大小姐慢慢地想得多起來，以為太太從小不喜歡她的，所以把她送到你們家，不要她。現在把她接回來，還是討厭她。」老張猛吸了口烟嗆了起來，咳了兩聲，接著說：

「真是想得太多了！」

「後來呢？」我問。「有一次，說是野餐，是叫野餐吧？」老張說。

「對的，就是在野外吃飯，表姐小時候在我家就最喜歡野餐的。」我補充地說。

「大小姐領了一些同學到家裡來，男的女的一大堆，要自個兒在廚房燒些菜帶去吃。又碰上家裡正在請客，李媽忙不過來，太太親自下廚幫著，又是炒又是燒。看見男男女女嘻嘻哈哈就煩了。再看到大家擠在廚房礙手礙腳的，當時就說了大小姐幾句。」老張張開嘴吐了幾個煙圈，好像在想什麼似的。

「再說下去呀！」我聽得屏息了，催著他快說。

「大小姐以後就很少有話說了：老爺太太問她一句，她答一句；不問她，從不啃氣兒。好像不久之後，大小姐在學校就出事了。還是那英文老師人好，把事情告訴了老爺知道。要是碰上壞人，老爺的臉就丟不起了！」

本來我希望是謠言，天！竟真有這麼回事呢！

六

偶然一個衝動，我去拜訪教了我半個月書的李老師，不，我該喊他表姐夫了。他很高興接待我，對於這件婚姻，他似乎很感愉快，很有信心。在談話中，他暗示著我：表姐在姑丈家得不到溫暖，所以脾氣古怪。婚後，他會以感情來治癒她創傷的心靈，同時要憑上帝的意旨去整個改造她。我深深地感動了，為表姐的前途慶幸。

婚禮趕上考期，表姐說：「沒什麼好看的，你還是準備你的功課去。考完了，我再另外補請好了。」我就沒有去參加了。接著表姐又蜜月旅行去了，直到回來後的第一個週末，我才去表姐夫宿舍去看他們。

才到門口，就聽到表姐在大喊著：

「我聽夠了！我聽夠了！」接著一陣嘩啦啦的聲音。

房裡東西已摔得亂七八糟，滿地上都是碎石膏片，白瓷片，夾雜碎玻璃片。表姐眼珠射出一種兇惡的光芒，是我從不熟悉的光芒。表姐夫臉色一陣紅，一陣白。

「表弟，你快勸勸表姐，快勸勸表姐！」表姐像沒有看見我，她的怨毒的言詞像噴泉似的射出：

「我是蛇！是惡魔！我是撒旦的奴僕！我是情慾的化身！我不孝父母！你是聖母！你是上帝！可是你為什麼要娶我？和撒旦結婚？」表姐自壁上撕下一張耶穌的像：「你代表上帝，為什麼不能從撒旦手中救出祂？」嗤地一聲，表姐手上的人像分成二片，扔在地下，她狠命地用腳重重的踐踏，接著又在桌上拿起一座水晶的擺飾：

「這是你的主宰，你的生命，你的一切，每天你跪在她面前，讚美著她無暇的子宮孕育著所有的生靈！你不害羞！現在你要不要親親她？來呀，親親她呀！她才是你的聖母，你的情人，你的妻子呀！」

表姐夫氣得全身顫動，臉脹著，眼珠突出，面色由白變紅，由紅而紫，然後變成鐵一般的青。他向前走到表姐面前，那威嚴神聖的儀態，連表姐也嚇住了。表姐夫一手把水晶聖母像搶過，一手重重地摑了表姐一只耳光。

「憑著上帝的聖名，我處罰你！」他憤怒地責叱表姐。

「哈哈哈哈！上帝讓你打人，聖母使你打人，哈哈哈哈！」表姐發狂地笑起來，聲音震動了所有的門窗。突然，她收住了狂笑，她問表姐夫：

「我撕了耶穌像，你該讓我再把聖母像摔壞！你天天說的《馬太福音》五章四十節

（註），你怎麼自己忘了呀？」接著表姐又狂笑著：

「哈哈哈哈，你也會打我了！教徒打太太了！」

像一闋金鼓齊鳴的音樂忽然停止，換上弦琴的嗚咽，表姐回復低低的啜泣。最後，像發洩夠了，走到臥室，反扣了門，吶吶的祈禱聲從房裡透出。從門縫看進去，她竟跪在十字架前面，誰能想像她剛才在撕耶穌的像，汙辱聖母的名呢？表姐夫那時兩手掩住臉忍不住哭了，我撿起房子裡的碎片，心裡充滿著惶惑。

七

在表姐夫的耐心感化下，表姐似乎好一些了。在家裡按時禱告，熱心著教會事業。好幾次我還看見表姐在教堂門口勸過路的行人進去聽道。

寒假我回到家鄉，和媽一起過年。媽聽我說完表姐的事，嘆了口氣說：「也許是在鄉下媽把她寵壞了。現在她既找到好的歸宿，希望她會好起來。」

趕返省城是開學的前兩天，仍是司機老張在接我。

「大小姐病了，姪少爺還是先去看她，安慰她吧！」

「病了！我回家過年前她還好好的呀！」

「是半個月前得的病！」

「什麼病呢？」

「醫生說叫做精神分裂，你看看就知道了！」

「精神分裂！那不是瘋了？」我記起那天她和表姐夫吵架的事。

房裡意外的靜，除了臥榻旁邊的小桌上多一些打針的用品：酒精燈、酒精瓶、注射器、消毒器、藥棉盒等等，其他樣子沒有改變。表姐坐在床上，棉被遮住了下身。眼睛失了神，瞪得直直的。人瘦了，也憔悴一些。頭髮沒有梳，散披在肩上。她看見我進來，起先一無表情，彷彿沒看到我般，久久之後，叫了我一聲弟弟。來省城以後，她還是第一次用弟弟稱呼我。

「弟弟，你回家去過了？媽好嗎？」表姐言語很清楚，看不出精神分裂的樣子。

「很好，媽說希望你好好跟表姐夫……。」

「是的，我也想好好的跟他。弟弟，你知道不？我對父母不孝順，我罵過他們。我和你表姐夫吵架，哦，我竟敢撕毀——汙辱——。」表姐說著啜泣起來。

「姐姐！不要想太多，不要哭了。」我安慰她說，其實我自己的眼淚早含在眼裡，都快衝出來了。

表姐抬起頭，突然她臉色變了，顯出異樣的恐懼，向我肩膀靠來：

「蛇！蛇！蛇！爬過來了！爬過來了！一條，啊，又一條，啊——！」她淒厲的驚叫起來，把手蒙住眼睛。我用手扶住她，照著她所指的地方找蛇，我要打死牠！可是，怪了，那兒有蛇呀？無論如何都沒找到。

「姐姐，你別嚇我，沒有蛇！」我說，搖著她的臉，她眼睛從手縫中睜開，慢慢地再把手放下，可是她又立刻再遮住眼睛，叫得更大聲了：

「喏！更多了！你看，滿地都是蛇了，伸著舌頭爬來了！」

「姐姐，你看花了，實在沒有。我坐在你旁邊扶著你，有我會打死牠的。」

她慢慢地恢復平靜，又向我說著：

「因為我被蛇包圍，因為我罵過父母，虐待丈夫，上帝就向我顯現，祂責罰我。」

「不會的，誰都有錯，你想得過分了！」我想說服她。

「可是，沒有人的罪比我更重！」她才說了一句，臉色又變成一種憤怒而威嚴的樣子，她用男人似的聲音叫著斷斷續續的片語：

「我告訴——凡問——動怒的——審判——凡罵——是——加拉——地獄的火——」漸漸這聲音由不合語法的片語變成完整的句子：

「看哪！耶和華必在火中降臨，他的車輦像旋風，以烈怒施行報應，以火焰施行責罰。」這聲音陰森、恐怖。我嚇哭了，我叫著：「姐姐，你把我嚇哭了，姐姐，你靜靜！」表姐沒有理我，她非常緊張，毛孔全豎起來。她在掙扎著，我只有死力的抱緊她。她叫著：

「你聽，那隆隆的聲音，是天雷的震怒，地也在震動了，看啊，日頭變黑，像毛布，滿月變紅，像血，天上的星辰墮落於地，人子的兆頭顯在天上了。」

「沒有！沒有！沒有打雷，沒有地震。我們在房子裡看不到太陽，看不到月亮，也沒有星星。姐姐，你累了，你躺下歇歇！」我使力地推她倒下去睡，她卻異常有力的靠著床背，繼續大聲的叫：

「我觀看，見有寶座設立，上頭坐著亘古常在者，他的衣服潔白如雪，頭髮純淨如羊毛，寶座是火焰，其輪乃烈火……。」

「不要再叫，你叫的聲音嚇壞我了！」我大聲請求，我已經沒力氣能抱緊她了。

「從他面前有火焰像河發出，事奉他的有千千，在他面前的有萬萬！他座著要行審判，案卷都展開了！」她停了一下，言語模糊了，回復到不成句的片語：

「你看——第一位——天使——就有惡——而且毒——第二位——海變成——血——第

三——第四——用火烤——以色列——雅各的——大怒——七碗——倒在地上——末日——」表姐面色發黑，昏倒在我的臂上。

我叫，我哭，表姐真的瘋了！

八

這是不可避免的末日。我從學校註完冊，趕到表姐夫的宿舍，一幕使人不忍卒睹的慘事發生了：醫生正預備給表姐注射鎮靜劑，消毒器下的酒精燈的火焰跳動著。表姐忽然伸手，一把抓住那瓶滿滿的酒精。她把酒精燈靠近自己的臉，用一種無法形容的神聖的眼色注視它。醫生想搶回，表姐一拉，瓶裡和燈裡的酒精都倒在身上，火立刻燒著她的衣服和棉被。她跳起來，穿著內衣跑下床，發出淒慘的喊聲，像豬的嚎叫。火舌攢動，爬上她的臉，她想跑出房子，大聲的叫。

「以烈怒施行報應，以火焰施行責罰了！」

大家被這景象怔住了。醫生狼狽地退出房子，姑母昏倒下來。沒人敢攔她，沒人能救她。青中帶黃的火舌伸上她的頭髮，火焰旺起來，在頭上跳舞！臉歪曲著，抽搐著。她用手去撲臉上的火了，火舌又黏著她的雙手。焦臭的氣味鑽進每個人的鼻裡，淒厲的慘叫刺進每個人的耳膜。現在她變成一個火團，繼續走了二步。倒下來了，又掙扎爬起來，終於匍匐在地上：「主呀！主呀！」她吐出最後的微弱的聲音，蜷曲在火團之中。

你能說：這是她的父母或丈夫害死的？那太不可想像了！那麼真如她生前所說她是有罪的人，耶和華忿怒的以火焰施行責罰？她又有什麼重大的罪呢！耶和華我從沒見過！可是，表姐死了，就這樣活活地被燒死了。

一九五八年三月三日完稿於師大

（註：表姐瘋時叫的話，我後來在《舊約》的《以賽亞書》與《但以理書》及《新約》的《福音書》與《啟示錄》中都找到了。《馬太福音》五章四十節經文則為：有人想要告你，要拿你的裡衣，連外衣也由他拿去。）

在臺灣省漁會所辦之××日報刊出

她會哭嗎？

路在山坳裡繞著繞著。路旁長著些垂著氣根的大榕樹和一些亂七八糟的野樹，枝交著枝，葉疊著葉，一動都不動的，黑壓壓地遮住了月光和星光。泥土的路面上有腐葉和青苔，滑溜溜的。沒有一絲兒風，空氣中充滿青草敗葉和牛糞的氣味。

漸漸地有沉沉的流水聲，路終於繞出了山坳。天上有濃密的雲，十五的滿月現著血水般的悽慘的暗紅。前面橫躺著一條廣闊的河水，到對岸足足有半里多哪！在矇矓月光下，似乎顯得還要遠些。從來不曾有過橋，連渡船也沒半隻。除了颱風和驟雨來後，河水是不會滿過膝頭的。行人在路尾站了一會兒，彎下身去把發臭的白膠鞋脫下，把褲管兒捲起，赤著腳走向河去，一股涼意從腳底直鑽上心頭。

行人穿著白布衫。手上提著一個包袱，似乎並不很重。假如不是留著長長的髮辮，光看這身服飾簡直會以為這夜行人是男的呢。

她正在吃力的涉著水。身體擺動得很厲害，左右兩腳彷彿是二隻沒有知覺的機械似的，不停的交互的向前邁動著。合手捧著包袱，河水也是暗紅色的。

在河當中，她站住了。回頭已看不見剛才走的路，只望見有一片黑漆漆的山影。喘了口氣，身體又向前移動著。

稀疏的燈光在遠處閃爍；漸漸地分辨得出零零落落的房子。行人心裡明白，她已快走到鳳林鄉。現在她又看清楚離光復國校校本部只有二百多步了。行人是光興分校的教師，這時她已把膠鞋穿上了，她是去校本部找師範時代的一位老同學，然後還預備再趕夜路。

她走向有一排整齊的大窗戶的建築物，這兒的房子，除了派出所和學校外，全是開著火柴盒般小窗子的泥牆茅屋，而且派出所也遠比學校小。

走過操場，電燈的亮光和孩子的笑語聲從竹籬透出來。小孩們似乎正在央求母親講故事。行人好久沒有見過這麼明亮的電燈光，也好久不曾在夜晚聽到這樣爽朗天真的該子笑語了。分校孤零零的在一個山坳裡，沒有電燈；天晚學生散了，半里的圓圈內看不見任何炊烟，簡直靜得像幽靈遊魂們的世界。她在籬門口站住了，用當手杖的樹枝敲著籬門，小孩的笑語突然停下來，一位壯年女子的聲音：

「誰呀？」

「罔市，我，你還沒睡嗎？」在光興分校，天一黑便睡的。

咿呀一聲，竹籬門開了。

「哦，是素思呀！快進來，快進來。」她一面想接過行人的包袱，一面叫她的兒女們：「文子武雄姐弟倆叫楊阿姨呀！」

較大的女孩聽了媽媽的吩咐叫了聲楊阿姨；小的男孩卻顯然記不起來了，呆呆的站起來，看看媽媽，又看看這奇異的行人。素思淡淡地應了小孩，包袱仍拿在手上。

「唉！我也真替你難過，今天在報上看到令尊亡故的消息，實在不幸哪！你接到家裡的通知不？」媽媽拉著行人在說。

「沒有，我也是今天下午才從報上看到的；我那兒報紙總是下午才到。」行人說話的表情很奇特，臉上筋肉抽搐了一下，接著現出一種陰沉的麻木的含蓄。

「那麼，你是否去看一下？」

「是的，現在只希望還沒有葬，能見著最後一面好了。」

「這樣，你在我這兒歇一晚，明早坐火車到花蓮，再轉車到臺北。你把包袱放下吧！」

「不了，今晚我想步行到花蓮去，才可以趕上明早蘇花公路的班車，再遲就來不及了。」

「夜晚趕路，這怎麼行呢？」

「沒關係，罔市，我來你這兒是請你代向校長請個假。分校只我一個人，這幾天請校長找人代一代，我很快就回來的。」

「請假的事不必放在心裡；只是趕夜路，我不會讓你走的。」

「罔市，你的好意我很感謝。這幾年，我不知自己怎樣才活下去的，對一個青年女人來說，還有什麼會比單獨一個人留在山坳裡生活更可怕呢？謝謝你，我必須走了。」這是什麼樣的悽涼與哀怨啊，像一陣寒氣似的透過了罔市的心，她顫慄了，也染上了那無比的沉重與悲哀。

「可是，你不認得路呢？」罔市說。

「沿著鐵路走，總不會錯的。」

罔市沒有再作聲，情不自禁地抱住了素思，眼中噙著滿泡的眼淚。二人默默地走出了校門，她要陪著夜行人走一程。

「謝謝你了，罔市，你回去看孩子吧！前面是一座長橋，我們就在這兒告別。再見吧！」

「素思，路上要小心。」

行人向前走了幾步，回過頭向她老友淒慘的一笑，這笑啊，比哭含有更多的痛苦更多的哀愁！於是她就拖著沉重的腳步一步一步踏著枕木走過橋去。枕木與枕木間的大空隙下，是十多丈深的懸谷；她的心，卻比這懸谷更深更深，更陰沉與更幽暗喲。

罔市趕回宿舍，孩子們仍在籬笆內的院子裡等著她說故事。

「饒了媽吧！今晚媽沒有故事好說了。」

「可是媽答應今晚一定要講故事的。」她的兒子說。

「明晚再給你們講吧，今晚媽心裡很難過，不講了。」

「媽，說過不做叫做不信實，不信實的小朋友是壞小朋友；媽媽說講故事又不講，媽媽是不信實的媽媽，就是壞媽媽。」女兒文子把媽媽在公民訓練時說的全引出來了。

「好啦，好啦，別吵啦。媽今晚講個故事，一個真正有的故事，你們好好聽著。這個故事，媽放在心裡快十年啦。」

孩子們把椅子移近母親，一個抱著母親的腿，一個把臉貼在母親的膝上。媽媽的故事說得很可悲：

「從前，已經記不起是那一年了，有一份人家，家主人是在社會上很有地位的人。有一天，這份人家裡發生一件喜事，家主人的妻子生了一個女兒；但這喜事馬上被接著來到的慘事淹沒了，他的妻子卻因為難產死去了。

「可憐的女兒，一生下就沒有了媽；而且爸爸也不愛她，因為爸爸一看見女兒就想起妻子來；假如不是生這女兒，他的妻子是不會死去的，因此他不喜歡這女兒啦。這個從奶瓶裡的牛奶餵大的女孩，也就這樣地從小失去大人對她的關懷，過著寂寞孤單的生活。

「她的爸爸又娶了後母，小女兒也有了可以叫媽媽的人了。可是，媽媽從來不罵她，更不打她，也不抱她，因為媽媽從來不理她！

「媽媽生了弟弟了，弟弟好幸福啊！爸爸喜歡他，媽媽也喜歡他！有次，她在門邊偷偷地看，媽媽抱著弟弟，嘴哼著催眠歌，弟弟在媽手上睡著了，媽媽輕輕地把弟弟放在漂亮的小床。小床上，弟弟一定有個很甜的夢吧？她想去看看弟弟做夢是什麼樣子，媽媽卻不讓她看，媽媽說：你看你多骯髒，以後不許進這房間來。

「小女兒回到自己的房間，沒有人陪她玩，沒有人和她講話。忽然，她看見已經玩舊了的洋娃娃，就抱起來，學著媽媽抱弟弟的樣子，嘴裡也像媽媽那樣唱著唱著，假裝著洋娃娃和弟弟一樣睡著了，把她放在自個兒的床上，用手帕當作被子蓋好，躡手躡腳地走開。接著自己打起哈欠來，倒在地板上睡著了。

「小女孩六歲了，上學了。她多喜歡上學啊！學校裡有許多年紀和她差不多的小朋友，和她一起唱歌遊戲，寫字讀書，學校裡還有許多老師，有時會把她抱起來，吸！在她小臉上親了一下；她也在老師臉上親一下，老師格格地笑起來。笑是多美啊！可是爸爸媽媽從來就不向她笑。

「一回到家，她又感到孤單了。白天，學校裡的老師講了許多好聽的故事給她聽，她很想自己能把這些故事講給別人聽。誰會聽她的故事呢？還是講給洋娃娃聽。於是她把洋娃娃放在椅上坐好，開始講著故事。洋娃娃真笨啊！總是呆呆的一動也不動，頭都不點一下。她說到最好笑的地方，洋娃娃都不肯笑一笑。老師講到這兒時，小朋友們就沒有一個不笑的。

「小學畢業了，她成了初中學生。她的家住在臺北的近郊，學校在臺北市裡面，每天坐公路汽車去上學。那時候她已漸漸懂得爸爸不喜歡她了，也知道自己媽媽死去了，現在的媽媽不是自個兒親生的媽媽。她慢慢地變成緘默的孤僻的女孩，整天沉醉在一些夢也似的幻想裡。

「一天，下著大雨，在車上她又呆想著，忽然車猛地停住。濛濛的雨使她看不清是什麼站，她以為到了，跳下車去。沒有帶雨衣，用書包遮著頭就往前跑。奇怪，路不對喲！不是回家的路喲！天越來越黑下來，她害怕起來，一直轉著轉著，最後她碰見一位同學的哥哥，才知道下錯了站。同學的哥哥送她回到了家，她就放聲大哭起來。

「但是她聽見媽媽對爸爸說：『這麼雨天，和男朋友鬼混到現在，回家還好意思哭！』

「像一把鋒利的尖刀，插進了她的心頭。她發抖起來，大叫一聲，她暈倒了。病了，發冷又發熱，整天說著胡話。過了二個月，病才好了。以後，她更沉默了，臉上的笑容就再也沒有出現過。初中畢業，她考進女子師範，就離開那墳墓似的沒有溫暖的家，搬到學校宿舍去住。

「一個秋天，正是開學的時候，她在師範已讀到三上，快畢業了。傳說很久的增加師範生公費的事終於實現了，本來暑假沒有公費，現在也照發了。許多錢一起發下來，每個同學都喜氣洋洋，有的去買書，有的添新衣，有的買皮鞋。她想：我這些錢作什麼用呢？她想：把自己賺來的錢全買東西給爸媽，好讓他們知道，不管他們待自己多不好，她仍是孝順他們的。那麼，買些什麼送爸媽呢？領帶？袖釦？戒指？口紅？考慮了好久，她決定還是給媽媽買一件旗袍料。她充滿著興奮和希望，希望爸媽因此會了解她喜愛她，她那好久被封著的心解開了，活躍起來。

「孩子們！故事快完了。事情的結果是極出她的意外。媽媽沒有接受她的禮物，爸爸嚴厲的責問她，不曾給她一點解釋和分辯的機會，咬定這件旗袍料是那個曾在雨中送她回家的同學哥哥給她的。爸爸問她要不要讀書了？他倆交情多深了？這個最後的致命的打擊，她再也無法忍受了，她氣憤憤地承認了這一切，於是，她與家庭決裂了。師範一畢業，她就離開臺北遠遠的，在一個最偏僻的山地裡教書，那個學校沒有校長校工和其他教員，就只她一個人。

「時間一天一天地，一月一月地過去。起先，她每個晚上都會很傷心的哭，後來，眼淚慢慢哭乾了。這樣十年過去了，她的爸爸死了。她聽到這消息，她的心是怎樣的呢？仇恨？悲痛？別的？她連夜走路趕回臺北，明天，她會看到十年不見的爸爸，但爸爸再也不能看見她站在他的面前了，因為女兒仍活著而爸爸已死了。」

「好啦，媽今晚講的故事完了！」

「可是，媽，她見了她死去的爸爸，會不會哭呢？」大女孩問著。

「爸爸死了，那有不哭的道理呢！」弟弟搶著回答。

「哦，也許會哭，要是她還有眼淚沒有哭乾的話。天不早了，你們先進去睡吧！」

孩子們打著呵欠，進去睡覺了。說故事的人卻毫無睡意，眼中潤濕了，她在想：「素思還在趕路呢，茫茫的黑路還很遙遠呢！」於是一個孤女在火車鐵軌橋的枕木上行走的背影，在她腦裡晃動著晃動著。

民國四十八年（西元一九五九年）一月一日香港《大學生活》四卷九期

碎

媽告訴過我，三姐近來心情不好，要我不要惹三姐生氣。我一直記著媽的話，照著媽話做。可是，你瞧！三姐的氣也太大了。今天，我根本沒做錯什麼，沒有一點事得罪她，就無緣無故發起脾氣來，對我那麼兇。呸！我才不稀奇呢，不理我，我找二姐玩兒去！壞三姐，壞三姐，我再不跟她出去玩兒了。

吃了晚飯，三姐說心裡很煩，要去張伯伯家，媽就叫我陪三姐去。張媽媽對我多好啊，拿一個又大又紅的蘋果給我吃。又不是我向人家要，張媽媽自己拚命塞在我手上的。可是，三姐就生氣了，說：「貪吃鬼，一來就拿東西吃，好像在家就沒讓你吃夠似的。不害臊，快跟我回家去，回家啦！」就緊拉著我回家來。抓得我那麼緊，到現在我手上還紅腫的呢，我恨死三姐了。

一到了家，三姐就氣虎虎地走進了睡房，燈也不開，撲在枕頭上哭了。黑漆漆的，我有點怕，把燈開亮了。三姐不講理嚒，從床上跳起來，眉毛豎著，眼睛瞪得好大，說：「誰叫你開？誰叫你開？」拿起一本書，就把燈泡敲碎了。難道房間這麼黑，還不該開燈嗎？是不是不講理嚒！

哼！我才不是貪吃鬼呢！有次李哥哥帶三姐和我一起出去玩，又是給我買糖，又是給我買蘋果的，我都不要，死也不肯拿。都是三姐說：「快謝謝李哥哥，拿來就是了，推來推去多不大方。」我才拿了。人家李哥哥不頂熟的人給我，都要我拿；張媽媽是爸媽的好朋友，我們在他們家吃的飯都數不清了，給我一個蘋果，拿來有什麼錯？三姐就發脾氣罵我，把我拖回家，真是不講理，一百個不講理！

提起李哥哥，也真奇怪，以前每禮拜天都到我們家來的，有時帶三姐和我一起出去玩，有時只帶三姐一個人出去玩，現在為什麼都不來了呢？李哥哥以前來的時候，總是帶些餅乾糖果或者洋娃娃送我的。有時也請我和三姐一起出去，看電影，在館子吃飯，還帶我們去螢橋划船。李哥哥好喜歡我啊，問我高不高興他和三姐在一起，我說高興，他就笑著把我抱在懷裡，三姐就打我。李哥哥真好，三姐最壞了！我多希望李哥哥還能像從前那麼常來我們家。有次我問三姐，他為什麼好久不來了，三姐說：「提他做什麼？他死了！」說的時候，三姐鼓起腮，繃著臉，嘴唇翹起來，不像難過，倒像生氣的樣子。三姐就是壞，李哥哥死了她也不關心，好像李哥哥對她不好似的。

今天，張伯伯家的毛毛告訴我，李哥哥根本沒有死，三姐紅口白舌咒人死，最要不得了。

三姐一直和張媽媽在講話，說什麼店衣服做得好，又便宜。又說什麼電影的女人頭髮樣子好看，現在正流行了。講著講著，丟下我不管，就像我沒陪她來似的。我只好自個兒和毛毛一起找圖畫書看。忽然一翻到了李哥哥的相片，旁邊還有一位穿新娘子衣服的人，我說：「李哥哥死了，怎麼又會和這個人一起照相呢？」毛毛說：「李哥哥那裡死了？今天上午還帶新娘子來我們家玩呢！這張相片就是他們倆自己送來的。」毛毛還說：「李哥哥前幾天結婚了，請好多人去喝喜酒，媽媽帶我去，穿了新衣裳。」我不相信，拿著相片給三姐看，我說：「三姐，三姐，我告訴你一個好消息。李哥哥沒有死，結婚了。三姐，什麼是結婚呀？毛毛說這是結婚照片。三姐，你看嚒，這是李哥哥呀！三姐，李哥哥沒有死，一定還來我們家玩吧？」三姐沒有講話，我又說：「三姐，是李哥哥嚒，以前常常來我們家的呀！有一天，你在廚房，我要他帶我一個人出去玩，他一定要在客廳等你洗好碗，三個人一起去看巨人，還去螢橋吃西瓜，你怎麼忘記了？」三姐撅著嘴說：「我不認識！」真怪了！三姐記性怎會這樣壞！我想她讀書一定沒我好，我什麼都不會忘記，李哥哥和書本，都不會，我每次考試都一百分！我想再提一件李哥哥的事，就講那天李哥哥給我蘋果我不要的事。才說了一半，張媽媽就拿蘋果來了，對我說：「小妹，這個蘋果大不大？紅不紅？小妹乖，去看圖畫書，小妹好，小妹吃蘋果。」張媽媽一手塞蘋果來，一手把我手上李哥哥的相片拿走了。三姐站起來，生氣了，拖著我回家。

哼！我今天才知道，李哥哥沒死，做了新郎，三姐咒人，還騙了我，最要不得！蘋果又不是我要的，張媽媽一定要給我的，三姐實在兇死了！回家還打碎了燈泡，太不講理。稀奇！我一輩子不和三姐出去玩兒了。

可是，這些碎了的燈泡，要怎麼辦呢？三姐只管在床上哭，好像碎了的不是燈泡而是她的心。

刊出日期與刊物失憶

帶手銬的人

工廠的煙囪、派出所尖尖的屋頂、以及大王椰子不規則的弧線，隨著夜的來臨，漸漸在透明的藍空中變成了模糊的暗影。星光撒落在工廠的煙囪上、派出所尖尖的屋頂上，也撒落在大王椰子飄動的葉子上，和浸沉在淡水河的波光裡，撒嬌似地搖動著。

這條流動著的怪物，在白天顯得那麼汙濁與喧鬧，現在卻變得清靜安詳和神祕了。河水唧噥私語著，像戀人低沉溫柔的聲音。在一處樹林茂密的河岸，拐了個彎兒，晶瑩亮潔有如少女的手臂，擁抱著優美的岸灘。

愛情的星辰，在年青人的心天裡閃爍著。一對一對的情侶，攜手在淡水河畔出現了，又一對一對在密林裡隱沒。在草地上，他們並肩坐下了。螢橋斜橫在天際，橋燈懸掛在星空中，竟不知是橋燈增添了星星，還是星星幻成了橋燈？橋上汽車燈光，來往地移動著，似精靈打著燈籠，引導著情人們飄蕩著的靈魂，漫遊在天堂裡的伊甸園，人間裡的溫柔鄉。

時間在情語綿綿中，在柔情繾綣中，隨著浩蕩的河水流去，夜漸漸深了。樹林中，草地上，儷影也漸漸的減少著，終於只剩下大偉和小薇。他倆被幸福灌醉了，貪戀地享受夜的幽靜神奇和甜蜜。

一票精靈打著的燈籠，搖呀搖搖呀搖近了，耳邊可聽到金屬物相碰的聲音，啊！那不像銀鈴的清脆嗎？

強烈的燈光竟照耀在他們臉上，使睜不開眼睛來，說話的聲音響了：

「晚安，先生，晚安，小姐，我抱歉打擾了你們！」

「是哪一個捉狹鬼！」躺在草地上的那對情侶這麼想。用手遮住了光，差不多是同時地笑著說：

「把電筒拿開，別開玩笑好不好？」

電筒熄了。星光下，站著的竟是一個帶手銬的陌生人。穿著黑色的制服，在粗濃的眉毛下，藏著狡猾的眼睛，賊也似地在他倆身上溜轉著。他的左手拿著電筒，右手搖動著手銬，鏘鏘作響，這是照花了他倆的精靈的仙燈，這就是迷惑了他倆的清脆的銀鈴。他們像在伊甸園中被逐出，從溫柔鄉中醒過來了。

「你們在這兒幹什麼來著？」帶手銬的人用微含嘲弄的聲音說，有點演戲的味兒，就像拿穩今晚可以碰見了倒霉的一對，而把話像臺詞般地準備好了。

「只是乘涼來著，沒幹什麼。」

「哼！乘涼？一男一女半夜三更在這兒乘涼？可不很妙嗎！請你們看看手錶，幾點鐘了？」在他這種身分的人，並不是全沒有親切的勸導，可是他不幸只是用使人反感的刁難口氣在責問著。

大偉看著他的夜光錶，兩針在右上角，展開一個扇形。

「才十二點多呢，先生。」大偉回答說。

「十二點多？似乎你的錶也是為情人們特製的，能延長時間。」帶手銬的人把手電筒在褲袋一插，從大偉手上拉下手錶來，熟練的動作像有長久的經驗。他把手錶湊向大偉的眼睛，用叫人啼笑皆非的親暱神氣說：

「這才是短針，三點差五分，老弟，別把長針當作了短針。」

「不相信嗎？」他轉向小薇，「你的錶也不妨對一下。」就像變魔術似地，一大一小兩隻手錶就在他的手上並靠在一起了，他瞥了一眼，說：

「一點也不錯，三點差五分。只好委曲一下，跟我來派出所吧！」他把男女二隻手銬裝在上衣口袋，作勢用手銬來銬小薇和大偉，他輕薄地把臉挨近了小薇：「這是鐵打的紅線，再也拆不開你倆了！」

「幫幫忙，我們馬上回家好了。」小薇被唬住了。

「回家？派出所有你的家，讓拘留所作你倆的新房吧！」帶手銬的人獰笑起來。

「我們只是玩遲了些，並沒有犯法。」大偉爭辯著。

「明兒送你倆上法院，法官會告訴你倆是否已經構成了妨害風化！」他挨近大偉一步，曖昧地說著：「這樣也好，不去派出所也行，把身分證讓我檢查，登記一下。」

「我們忘記帶在身邊。」大偉翻了下口袋，沒找到。

「那更不行了。」帶手銬的人又兇起來，接著歪著頭，像在想了一下，擺出一付債主放棄了債權般的大度，他說：

「瞧你們初次犯錯，算是法外開恩，明早你們拿身分證到派出所來，換回你們的錶。」

「先生，你是哪個派出所呀？」

「好，我開給你！」他摸摸上衣，想找鋼筆，接著突然記起沒有帶來，小薇把大偉送她的派克六十一掏出來借給他。

「臺北市溪洲派出所」他一面寫著，一面說：

「我姓章，立早章，單名林，章林。明天帶身分證來派出所找我，上午來，下午我不在。」他把鋼筆插在自己口袋上，補充著說：

「鋼筆明天一起給你們。」就把字條交給了小薇。

「溪洲？臺北市？不對，該屬臺北縣啊！騙子！」突然，一種疑惑閃現在大偉的腦中，並且答案立即出現了。

「我跟你去派出所，現在！」他扭住了帶手銬的人，大聲喊起來。

四面有三三兩兩的燈光，又來了一些聞聲跑來的穿制服的人，他們沒有刁難的態度，戲劇的表情，甚至身上連手銬都沒帶，但他們銬回了應該銬回的人。那囚徒自己帶來了手銬。

刊出日期與刊物失憶

爬出陰溝的人

路在前面延伸著，延伸著；正午的太陽惡毒地曬在石子路面上，腳下的鵝卵石像剛從沸水裡撈出的硬蛋。

一個小小的市鎮已在眼前呈現。行人曾經來過這個地方，那是五年以前的事了，而且僅僅只有一次。但行人對這市鎮仍有著親切的感覺，就像在寒冬找到的以前遺失的皮手套。

白膠鞋的後跟，染著圓圓的血漬。有如一支插反筆套的自來水筆，把暗紅色素滲透過白布面，血漬向四周均勻地擴大。行人發黑的嘴唇，看起來像一塊隔月的陳麵包皮般地枯焦；他的眼色，透露著浮躁、恐怖與不安；而他蹣跚的腳步，令人很容易想起了一隻受傷的鴨子。是何等的飢渴和疲乏消耗了他的活力，以致連他自己都懷疑能否走到那前面的市鎮，而不會中途倒斃在滾燙的路面上。

拐了一個彎兒，行人終於掙扎地到達市鎮了。他走向一間食店，那是在一條小巷搭著的簡陋木房，兩邊卻是現代建築的旅社；即使讓一個盛裝的美婦和襤褸的老丐牽手站在一起，也不會比這有更尖銳明顯的對比。室內冒出煤烟蒸氣和油烟，空氣中夾雜著火油和大蒜的氣味。他進去了，揀了一個黑暗的角落坐了下來。

「陽春麵，快一點！」他對站在他前面的食店女老闆說。當女老闆肥大多肉的手掌在油黑烏亮的圍裙上擦著走向店門旁的鍋爐，他又補問一句：

「下一班去××的公路車是幾點幾分？」

「早著呢！下午一點五分才有，歇歇！」女老闆堆滿笑容報出汽車時間，露出一排金牙來。顯然她對這位憔悴焦急的客人也覺得有幾分奇怪。

這時一位穿黃卡其警服的人向這間食店走來，向女老闆咕嚕了一陣。行人心裡一怔，臉色變得像陳年的黃紙，他拿起一張報紙看著，那是隔日的舊報，剛好遮住了他的面孔。顯然他並非對昨天的新聞有什麼興趣，當警察走開了，報紙也放下來。

他叫朱起明，是個逃犯。今天清晨，乘著看守員一時的疏忽，他從洗臉間的陰溝中爬了出來。現在已足足的步行了六個小時了，他打算往××去，那兒有他岳父的家。

他的身體感到極度的疲困，但是心卻緊緊地抓住思索的黑翼無法自馭地飛奔著。此刻他的思想活動起來，格外清晰，更加敏活，無比深刻，絲毫不受意志支配，自由的發展著，似乎已離意志而獨立了。

他記起六年以前，自己曾經經過這個地方。那時，他正當人生過程中最注意修飾自己的那種年紀，當然，他不會在現在這間小店進餐，他住在隔壁的大旅社，他還帶著漂亮的妻，她和他一起去看她的父母呢。

想到妻，他便感到一陣痛苦，臉上的肌肉也不禁抽搐起來，那是夾著慚愧、悲哀、和痛苦，他的想像跳躍到三年前的情景了：

「我不能死，我死了，薇薇怎麼辦……」

「你要答應我，好好照應薇薇……」

「我不能死啊……………」

妻臨死時的聲音在他耳旁響著，竟由微小的懇求聲變成呼喊了。他把手指插進頭髮裡，用力的攥著，像要把它們連根拔起。

一碗陽春麵實在不夠填肚子，他真沒想到自己有只能吃陽春麵的一天。以前在臺北，不是燈紅酒綠下，敬一杯酒，賞臺幣百元地花著錢嗎？於是他又想起路娜了。

「你不是說永遠愛我嗎？」

「你得永遠有錢呀，總不能叫老娘養你！」

卑鄙的女人！他一手遮住了雙眼，不願再想下去。但像一個不會游泳的溺水人，拚命想把頭透出水面，但笨重的身體卻把他拖下水底。血淋淋的景象在他波濤洶湧的心潮中呈現了：他看見一個酒瓶，在路娜頭上開花，白酒和鮮血流下他的手、他的臂，染紅了他的衣裳……最後是監獄與死刑的宣告，逃獄，……驀地他警覺的環視四周，額角滲著冷汗。

忽然，他的目光被那張昨天的報紙上一幅相片吸引住了，那不是他女兒的相片嗎？怎麼像在病室裡照的，他本能地抓住報紙，天啊，正是薇薇：

「刻初審判處死刑而在上訴中的殺人犯朱起明，他的四歲女兒薇薇患血癌症臥病臺大醫院。你看，這可憐的女孩在喊著爸爸，說：我只要見到爸爸就好了！」

相片下的說明使他全身感到震動。薇薇垂死的臉，妻垂死的吩咐，在他眼前和耳邊轉動著。生的慾望，死的畏懼，親的情感，愛的天性，在胸中交互起伏著。他面臨著一個以生命為代價的抉擇，啊！啊！啊！他衝出了小店，他不再想坐公路車去××，他向火車站跑去。他要去看他的女兒，即使因此而被逮回去坐牢。

太陽照耀在大地上，在人世的陰溝裡，終於有一點人性存在，滋長為一朵出汙泥而不染的白蓮。

（作者附註：本文取材於報紙上的一段新聞）

民國四十八年（西元一九五九年）五月二十七日刊於《中央日報》副刊

撿字紙的小孩

站在我前面的是一個中學生，出納員正把稿費數給他。是聽到了背後有人走著罷，他本能地回過頭來，朝著我看了一眼，露出一副迷惑的表情，直瞧著我不把頭轉回去了。莫非是在我身上發現吸引人的東西嗎？或者是要在我身上尋找一個浪漫的故事？我對他淺淺一笑，心裡想，也許明兒，我便成為他筆下一個可笑的角色：亂頭髮，歪嘴巴，坍鼻子，全成了他描寫的材料。

出納員把稿費遞給他，他倒退著走了二步，身子碰到了坐在出納員後面的一位辦事小姐。於是，狼狽地接過錢，向大門匆匆忙忙地走了。到了門邊，還回頭瞧了我一眼。真是個怪學生。

舒了一口氣，這樣地被人釘著看真是有點吃不消。現在我慶幸自己從被監視的感覺中解脫出來。

走出報社，到了×路公共汽車站，真是的，站在我面前的竟又是他，有如一隻夜航的飛機落入了探照燈的光芒中，他的兩隻眼睛已在注視著我，使我無法再躲開了。

我決定開口：

「同學，我們好像面熟。」其實我知道自己從未見過他，至少自以為如此。

他顯得很慌亂，囁嚅著說：

「是的，我們像是認識。先生可不是××嗎？」

我驚奇而迷惑了，他怎麼知道我是××呢？我點點頭。

「啊！」他興奮起來：「那麼，你還認識我嗎？」

我苦笑著，攤開雙手，並聳聳肩膀。

一輛公共汽車來了，但沒上幾個人便客滿開了，前面隊伍依然是長長的。

「記不起來了？」顯然他很失望。「也是暑假，當你在臺×師範讀書的時候，有一個撿字紙的小孩，在你寢室撿走一張報紙，那上面有一篇文章，是你第一次……」

他是撿字紙的小孩，我記起來了。

那是好幾年前的事：

暑假沒事，我練習寫了一些小說；幾經退稿，我終於在副刊上看見自己的作品。我把那張報紙留下來，炫耀地放在書桌上。但是，這張報紙過了幾天竟不見了。哪兒去了？我到處找，同學們也幫我找。

「一定是被風吹到地下，讓撿字紙的小孩撿走了。早上我看見他來撿字紙的。」一位同學告訴我。

「小鬼，簡直討厭！」

我找到撿字紙小孩的家，低低的木房，只有母子倆住著，床邊一個大圓竹簍，滿滿地裝著廢紙：簿本，破書，報紙，信紙。小孩把紙倒在地下，幫我一張一張地找。

「這一張有××的名字，是不是？」他高興地找著了，把它遞給我，手上的汗把報紙弄濕了。

這個現在站在我面前的中學生就是那撿字紙的小孩嗎？這個剛才在報社中領稿費的少年作者就是那撿字紙的小孩嗎？

他抓住了我的衣服，我拍拍他的肩膀。

「不要等車了，我們走走。」我說「你長得好大了，現在哪兒念書？」

「臺×師範，就是你以前讀的，我還恰巧住在你住過的那寢室呢！」

「真是巧事。媽媽還好吧？」

「好，謝謝你！」

「她供你上學嗎？」

他紅紅臉。「媽媽還在幫人洗衣。」他說。「那年暑假，我小學畢業，我撿字紙，本來不肯再讀書了；媽媽一定要我考初中，後來又進了師範。不過現在好了，明年師範畢業，媽媽就可以不要幫人洗衣服了。」

「這點孝心很好。」我怕他自感慚愧，又補上一句：「我在臺×師範讀書時，也送過報紙呢！」

「你現在是？」

「在×大念書。服務期滿後，我考進×大。」

「難考吧？」

「你要考一定中！」

「我不考。我有媽媽！」他低下頭，羞怯地說。

「你可以兼家庭教師。啊，還可以寫稿呀！真不錯呢！剛才領的稿費，是篇什麼文章？」

他掏出報紙，指著上面一篇：〈撿字紙的小孩〉，說：「這是我生平第一篇在報上刊出的文字。」

那是一篇自傳式的文字，我讀後深深地感動了。我不再感到他是討厭的小鬼，也不再覺得他是古怪的學生了。這孩子不只是撿有字的紙張，更吸收了紙上的文字。

民國四十八年（西元一九五九年）八月二日刊於《中央日報》副刊

附帶一件事

友白看看手錶，已是下午六點五十多分了。他急忙從書桌前站起，換上整齊的衣服，張老伯請他七點半到家吃便飯，算來只有四十分鐘了，剛夠趕車的時間。

隔壁王家的小孩聲音響起來：「大哥哥，你的電話。」

友白想：「一定是張老伯來電話催了。」他衣鈕都來不及扣好，便到王家去接電話。

「喂，友白嗎？」是女人的聲音。「是的，是的，伯母，我正預備上你家來了。」

電話裡傳來一陣嗔怒的聲音：「誰是你的伯母！」

友白這才聽出是艾娟的口音，連忙道歉著。

「放假沒事，為什麼老不來我們家坐坐？是不是沒有專誠請你？」

「好，我有空就來看你們。有事嗎？」

「假如不給你電話，我猜你會記不起我們了。」艾娟慢條斯理地說著。

「喂，你找我有事嗎？」

「沒什麼事，主要就是請你來玩。伯年前幾天還問起你，他現在去……」艾娟從她的丈夫伯年去南部說到孩子們；那慢吞吞的語調真叫友白不耐煩，對著話筒「唔」一聲「噯」一聲的應著。他看看手錶，五分鐘已過去了，最後，艾娟話似乎說完了。

「如沒有事，那就再……」友白還沒說完「再見」，艾娟又打斷他的話：「急什麼嘛！你這個人呀，簡直是時間的奴隸！喂，友白，附帶一件事：後天××中學返校日，伯年去南部沒回來，他臨走說請你代他到學校看看，把學生暑假作業代收一下，幫他改了。」

好一件「附帶」的事！友白真想拒絕掉。電話裡的聲音繼續：

「在任何情形下，你不能以任何理由拒絕我。你知道，我有小孩，自己不能代伯年去學校。好了，主要的還是請你來我們家玩玩，伯年下星期回來，大家一起聊聊。」

友白只好答應下來。當他放下話筒，時間又過去五分鐘。他急忙叫了一輛三輪車跳上去。張老伯已等他好久，隨便談了一下新聞和天氣，就請他用飯。席間，張老伯似有意又似無意地直說他那上高一的女孩功課不好，張伯母卻只忙為友白揀菜，還叫她女兒揀菜給友白。

「張伯母可別是想當我的岳母吧！」友白開玩笑似地想。

友白吃了飯，吃了水菓，就起身告辭了。張老伯一面親自送他，一面叫女兒也來送。快走到門口，張老伯像突然記起了似的，說：

「附帶一件事，還沒有對你說。」

「附帶一件事？」友白心裡一驚，想：「這頓飯吃得可不好消化了！」

張老伯咳了一聲，指著他的女兒說：

「這孩子以前在××念書，每天坐火車來往不方便；這次報名插班臺北一女中，過幾天就考試了。你反正暑假沒事，務必抽些時間幫她溫習溫習。」

友白想：暑假後，先是替王家小孩補功課，接著李老師一本談美學的書要他校對，自己一大堆計劃要讀的書都還沒翻過呢，張老伯卻以為他「暑假沒事」！

但是，怎樣又好意思說沒有時間呢？人家要他為她補習也是瞧得起他呀！況且，飯已吃了人家的了，友白也只好沒奈何的應承下來。

回到家，有封信正在書桌上橫著，一瞧那字跡，他就知道是他的女友寫來的。昨天她才來過信呢。他雖然奇怪她今天為什麼又給他信，但是心裡卻甜蜜蜜的。

照例，信裡有親切的呼喚，歇斯的里的戲謔，綿綿的情語，無非要證明著一個偉大的恆等式：她的心，恆等於，他的心。

翻過三張信紙，她才依依不捨簽下芳名。名字下面，還有這麼一段：

「附帶一件事：妹妹要你代她寫一篇文章，題目是『述志』。因為我沒給她寫，她說要恨我一輩子；如果你再不幫她寫，她說也會恨你一輩子呢！」

又是附帶一件事！友白跳起來，接著頹然倒在床上去。

他想忘了這一切，把「附帶」的丟在腦後吧！「主要」的他該讀讀自己要讀的。於是抓起枕邊一本朋友編的週刊來解悶。天啊，簡直是勒索！編後話上竟有：

「附帶一件事向讀者報告：友白先生久已答應為本刊撰稿，均因課忙未果；現值暑假，已有暇執筆，下期將有作品與本刊讀者見面。」

民國四十八年（西元一九五九年）八月二十九日刊於《中央日報》副刊

榜上人

燈光往上一跳，兩旁和平東路的綠燈才變為黃燈，前面新生南路紅燈還沒換下呢，吳忠就一腳跨過了單車，箭也似地闖過了路口，向新生南路飛馳而去，險些撞上了一輛大卡車。

龍安國校，兵工學院，一下就過了。一排整齊的鐵欄杆呈現在他的眼前，欄杆裡面廣大的操場，有些學生在踢足球；還有三兩個人，在高大建築物旁的路上走著。吳忠以前不止一次地經過這兒，從不曾有什麼特殊感覺。但這次，意義全不同了，他感到無比的親切，就像經過自己愛人家的門口。

這真是不可思議的事：他和二弟分別足足十年了，不是嗎，三十八年分別，現在是四十八年了，算起來還不止十年呢！啊，不對！不對！他忽然記起五年前，有一次他在公共汽車裡，看見街上有一位軍人，很像二弟。於是一個鮮明的記憶湧現了：他記起自己向窗把頭一伸，腳也不自覺地向前踏了一步，正踏在一位女乘客的白鞋上。他紅著臉向女乘客道歉，再看那街上的軍人，已走得老遠了。但從背影和走路的姿勢，他依稀覺得有點像二弟。車一停，他急急下車找，卻怎麼也找不著那軍人了。後來連著幾夜他都夢著二弟，於是信心越來越大。他在報上刊了一個尋人廣告，足足刊了七天，始終沒有消息，才慢慢灰心了。現在，居然，他發現弟弟在臺灣，還考上這有名的大學！

單車轉過石油公司的加油站，彎進碉堡式的校門，在兩旁椰樹夾持下的柏油路上馳過，停在行政大樓的門口。

吳忠走進了教務處，幾個職員正在悠閒地看著報紙，靠門口的一位卻獨自在吸著烟捲兒。吳忠向他探問新生的住址，他放下烟說：

「新生？才放了榜，一切資料還在招生委員會，沒送過來呢！你有什麼事這麼急著查？」

興奮使吳忠變成可笑的樣子。他結結巴巴地說他和二弟分別了十年，這次在榜上竟發現了他。上句不接下句，說得意思都連不起來。但那職員畢竟弄明白了，並且為他的熱情大大地感動，自告奮勇地為他打電話去招生委員會調查他二弟的住址。

「新竹市東門街五十四號」。

吳忠千謝萬謝了出來，拉起單車騎上去，格地一聲，鋼絲斷了一根，他實在應該先打開車鎖！

單車奔向羅斯福路，經過一家文具店，他又記起一件往事來：啊！不是嗎？分別的那年正是二弟上初中的那年，戰亂使家庭正鬧著貧窮。當然，年小的二弟還不能明瞭這一切，直嚷著為什麼大哥一上初中就有派克筆，而他只能有父親用舊了的金星！「當時，我實在該把自己的派克讓給他的」，來臺灣後吳忠老是這麼遺憾著。「現在我可以彌補自己的遺憾了」。他停下車，走進文具店，口袋中錢並不很多，只能買一枝老派克。「也好，正和當年二弟想要的一樣」，於是也就覺得心安了。他吩咐店員刻上「恕弟考取大學紀念：大哥贈」的字樣，就匆忙地趕往火車站去了。

三個小時後，吳忠已站在新竹市東門街五十四號的門口。此刻，他已完全無法抑制自己洶湧的情緒，他一直想哭又一直想笑，他覺得血全要冒出嘴巴來，心也要跳出胸口來。在門前站了好久，簡直發呆了，終於抬起發抖的手，用力按在電鈴上，就像自己按的是一個可以打開藏寶之庫的暗鎖。

一個女孩子在屋內探頭出來，似乎是女傭。

「先生太太都不在家！」那女傭說。

「我是找一位名叫吳恕的人，請問吳恕是住在這兒嗎？」

「你是誰？」

「我是他的大哥。」

「我好像沒見過你？」

「是的，我和他分別十年多了，今早在榜上才知道他來了臺灣，住在這兒，所以從臺北趕來了。」

門開了，「請客廳坐！」

女傭說。他在客廳坐下，汗一直冒著，他感到呼吸急促。是多麼令人興奮的事啊！他知道馬上可以看見二弟了。在家鄉，二弟最愛吃蠔，他計劃著見了二弟，帶他去臺北玩，首先去圓環把蠔仔煎吃個飽！二弟還愛看武俠小說，今天忘了看電影廣告，想來《錦繡大地》還在上演吧，二弟看起來一定合胃口的。當然他們還有許多話要說，譬如說：二弟怎樣來臺灣的？怎樣又再上學了？但這一點，吳忠心中有一點印象：他不是看見二弟曾穿著軍服在街上走？那麼二弟一定是跟軍隊來的了！後來二弟退伍，偶然認識這個家庭，或是這兒的先生太太幫助他上學，或是二弟在這兒半工半讀。啊！何必再想呢？二弟一出來就知道了。

奇怪！三分鐘過去了！二弟還沒出來。他急了起來，可不是二弟忘了我這大哥了吧？

客廳外響起一陣腳步聲，吳忠站起來，他決定二弟一進來就抱緊他！眼淚已湧在眼邊了。

進來的是一位小姐。

「我就是吳恕，你是？」

昏眩，窒息，手上筆盒落在地上，吳忠囁囁嚅嚅著：

「我是找我的弟弟，他名叫吳恕，我十年不見他了。」他一邊說一邊往門外退。當他退到門口，他猛然發現自己鬧的是多大的笑話，一轉便跑出去。

「先生，你的筆盒掉在我們家呢！」

「那是送給你的，上面刻好你的名字了。」他說。猶豫了一下，他喊著：「弟弟！」那從今早看榜後在心中呼喚過千萬次的稱呼，不禁又脫口而出。

刊出日期及刊物名均失憶

獨身主義者的怪行

林公綽教授，一位卓越的作曲家和小提琴家，在音樂學院許多師生的眼裡，是一位標準的怪物。

說起音樂的學養和技能，即使林公綽的敵人們也不得不承認是無懈可擊的。他的音樂論文和交響樂作品，經常在維也納和巴黎的著名音樂期刊上發表，並引起了英國皇家交響樂團的敬仰和邀請指導。他的小提琴演奏，發掘了隨莫札特的逝世而埋進墳墓的技巧。在獨奏中，他奇妙地發揮了這種樂器特有的優美柔和的效果；在與其他管弦樂的協奏中，無論作為主題，或者作為裝飾插句，他都能緊緊把握樂曲的精神而拉動著弓弦。由於此種學識技能雙方面特出的造詣，使他在音樂學院畢業之後才短短五年，便高居於教授的位置。這時，他還只有三十多歲的年紀。

作為音樂女神的生徒，林公綽是使人羨慕的一個；但對於愛情女神，他卻是一個不可赦免的死敵。正像貝多芬、尼采、笛卡兒一般，這些大藝術家大思想家往往同時是一個頑強的獨身主義者。所以林公綽，雖然正當壯年，有卓越的才能，事業蒸蒸日上，還保持著單身的生活，而且看樣子會終身的保持。他喜歡嘲笑那些荒謬的戀人們：誰教你們說出那種願望？是肉慾？孤獨？需要？或者根本由於盲目？他可憐那些不做別的事，只管跪在一個小偶像之前，使自己雖然不像獸類一般為飢渴所驅使，卻甘願為眼前美色耳邊嬌聲所支配的人們。眼睛與耳朵原為更高貴的目的而創造的啊！對世俗的愛情，他也任意糟塌著：你們中誰真了解了愛是什麼？在你們豈不只是一種佔有的慾望嗎？你們以為自己在戀愛時候最不自私，事實上所謂犧牲自己利益，只不過為著要將對象最後永遠地佔為己有！他於是舉出比才的歌劇《胭脂虎》為例，董若瑟為什麼殺死卡爾門？還不是因為她不能為自己單獨佔有？可憐的人類，儘可能把性器官隱藏得最嚴密，而一切行為背後的中心，正為了性器官的需要！

當然，對於林公綽如此荒唐的理論，學院裡不會缺乏批評的。尤其本身缺少才華的人，總不能忍受別人的缺憾。而且他們永遠不能了解那些智慧較高者行為的動機，抓住外表的末節或細微的矛盾，便加以誇大而攻訐。謠言一邊傳播一邊增加它的力量。有人說：這是失戀之後一種在心理學上叫作酸葡萄的作用。瞧他微跛的腳，一拐一拐的，誰會愛上他？更有一個自稱非常了解他早期生活的人肯定地說過，他曾和一位下流的女人有著不三不四的親密關係。而最聳人聽聞的，要算下面的謠言了：就像尼采和他的妹妹曖昧關係一般，我們樂壇怪物和他的姐姐有著不可告人的關係。許多人都聽到他在夢中痛苦的呼喊過：「姐姐」——「我害了你」——「我坑」——「你一輩子」——等等斷斷續續的片語。

在音樂學院的學生中，他最賞識而又能好好相處的要算何剛了。沒有投考音樂學院以前，何剛是一個國民小學的音樂教師。就像這年頭所有小學窮教師們一樣，他的薪俸還不夠上小館子，月尾便只好用冷開水送下硬麵包。好在他的胃並不因此感受委屈，這位年輕人從不介意物質生活的窮困。雖瘦得像沙漠中兀立著的無葉樹，但每一條暴露出來的肋骨和肢骨都堅硬得有如混凝土裡的鋼筋。他既不怕風吹，又不懼日曬，忍得住寒冷，也耐得過飢餓。只是感到把生命浪費在時間的販賣上的可惜，對命運不很服氣。現實社會的大爐子，燒熤了許多不夠堅強的木料，也鍛鍊出少數熬過了高熱的金鋼鑽。當林公綽在木料的殘灰中發現了這顆鑽石的光采時，何剛一生的幸福便開始了。在林教授的指導下，考進了音樂學院。在林教授的演奏會，幹起伴奏或協奏的工作。終於他的名字與林公綽聯在一起。而這位青年又較懂得謙虛的美德，一般同學都覺得他比他瘋狂的老師平易好處，大家都願意與他接近。

是五月一個週末的下午，何剛正在宿舍閱讀西洋音樂史，突然二位同學進來，他們臉上閃著神祕的光采，向同室的同學宣布一個重要的發現：他們在淡水河邊散步時，看見林公綽竟走進「風化區」的一所房子。

——嘿！咱們偉大的小提琴家可別是向女神們演奏小夜曲去吧？

——也許天才作曲家要像約翰・斯屈勞茲般地，為創作〈黃色淡水河〉到那兒去捕捉靈感呢！

——還捕捉花柳和梅毒！

——原來這就是維持獨身主義的法寶！

笑聲接著向哄雷般地散開了，這正是他們期待已久的發現；比哥倫布期待陸地的發現更焦急，魔鬼早就為期待浮士德的動搖而不耐了。

對這些惡意的攻訐，何剛養成了充耳不聞的態度。他深信他的老師雖瞧不起世俗的道德，卻與所有真正的巨人們一樣，擁有高尚情操，那出自人類靈性的自動噴泉，永無休止。道德算什麼？充其量不過對庸夫俗子獸性的消極約束而已！他斷定他的老師不會有這些違反靈性損害情操的事情。而且，他相信這位音樂巨人對他毫無祕密，至少他們相識後是如此。他們交換過生命和生活上常人最不願表示的意見，在許多最嚴重的問題中毫不顧忌的互相爭辯，他了解老師如了解自己，而老師也沒有必要單把這件事情瞞著他。

可是，有一次，當何剛在淡水河邊散步的時候，他發現林教授正向風化區走去。清朗的天地突然昏暗，平靜的洋底突然狂嘯，他的心粉碎了，感覺著被騙。即使發現昨夜還和自己山盟海誓的女郎今早倒在他人的懷抱，即使十字架上那唯一的男子化身為魔鬼，都不會令他更吃驚了。他睜大眼睛，再仔細一看，走路拐著拐著，正是那畜生！偽君子！他正想上去責問，但是人已走進一間屋子去了。他按捺著噁心和怒氣，返回音樂學院。

晚上，他和林公綽在飯桌旁對面坐下。他的老師照例地又向他肆無忌憚地批評已故的音樂大師來，在以往他以何等的熱情和興趣來注聽這些話！林公綽把李斯特比作一個貌似神聖的祭司，其實只是一個馬戲班的騎士，他的鋼琴曲在理想色彩中會夾雜著技巧的賣弄。修伯特湮沒在自己的敏感性中，猶如湮沒在明淨無味的水裡。但當他說完韋白的作品是片無彩澤的光，正要批評華格耐的《羅恩格林》時，他的學生不耐煩地打斷了他，把話題急急地轉變到性和婚姻的問題上。

——愚蠢的男人，在向女人求愛的時候，自願把世界上所有的一切奉獻給她。他們不再認識自己，也不能看清對方，愛情啊愛情啊，纏綿著，繾綣著。結婚後，他們才睜開眼睛，夢清醒了，於是一個成為暴君，一個變為奴隸！

林公綽馬上用鄙夷的口吻接著滔滔地談論著，完全忘形了，儘量地刻薄著為愛神箭鏃上的毒藥弄得顛三倒四的男女。把男性比作授精後甘願作對方餌食的蜘蛛，將女性比作懷孕後便失去雙翅的雌螞蟻。他嘲笑結了婚的男人是賺錢的機器，而女人便成為生孩子的工具。

年輕的何剛再也不能忍耐了：

——這就是你高唱獨身主義的理由嗎？這就是你去風化區的理由嗎？今天下午你去哪兒回來？

林公綽被這突來的問題怔著了，當他弄清是怎麼回事時，他慢慢鎮定下來，二片嘴唇終於再行張開：

——年青的孩子，不要太激動了吧！熱情在這世界比寶玉更為珍貴，所以你應當愛惜不能濫用。請看看我的眼睛，從那兒你不難了解我的靈魂。難道你要和淺薄忌才的生物一樣認定我敗德無行，惡劣不堪嗎？你以為我去那兒就因為肉慾的衝動嗎？你怎能相信久已把慾望昇華到音樂的聖潔境界的人會如野獸一樣受本能的支配？聰慧善良的你竟不能找出更高貴的理由來解釋我的清白嗎？

這痛苦的生靈從心底所發出的誠實的聲音，衝擊著何剛的心。聲音在繼續著：

——是的，在你我之間的飯桌上，現在擺著糖醋鯽魚，麻婆豆腐，咖哩牛肉，開陽白菜，還有奶油番茄湯；你以為我從來就這樣享受著生活嗎？孩子，你曾告訴我，在你未遇到我之前，你每月的月尾必須用冷開水沖麵包，或者在最骯髒的小吃館忍受著叫陽春麵時所受的白眼；但是，你那時的生活仍是值得慶幸的，因為你還有陽春麵和硬麵包！

哦！這天才啊，也曾有一度苦難的日子哪！何剛已深深地感到自己剛才未加深思的指責很可能是不公平的。他囁嚅著：

——這和你去那個地方有什麼關係呢？

——孩子，我能這樣叫你嗎？雖然我們年紀只差十來歲。聽完下面的故事吧，你會發現其中的關係的。

下面就是他所說的故事。

——在我還沒有爬上今天的地位以前，我可以和任何一個人比較他所接受的痛苦。十年以前，我從一隻載滿難民的船隻剛踏上這兒的泥土，我是極端的貧苦，除了船上認識的比我大七八歲的那個同鄉女人之外，在這塊土地上便完全陌生了，哪兒有我可以工作的地方？哪兒有我們能投靠的朋友？她身上帶著少許的錢，只能維持兩人一個星期的飯食；而我卻一無所有。如果必須舉出我還剩下什麼，那只是不能抵抗寒冷的破衣，絞痛內臟的飢餓，以及一把跟隨我已十年之久的小提琴，與我善良進取的意志。

——在那些日子裡，白天我們在街頭奔走，跑遍了各種性質的職業介紹所和傭工介紹所，報上所有求才的廣告都記在簿子裡。不論家庭教師，商店店員，工廠僱工，或者廚子，我們都曾低頭爭取過。那時我們甚至買一張公共汽車票都認為是奢侈與浪費；穿著漏洞的皮鞋，從這一條街走到那一條巷；到處的詢問，到處的碰釘。我的兩月沒理的頭髮，她的破了沒補的衣服，嚇壞了所有可能的僱主。晚上，在火車站候車室坐著過夜。當貧窮和飢餓的鷲鷹用牠的巨啄和利爪深深地插入腸胃的內壁，睡眠不成睡眠，安息不成安息了。我雙眼發昏，兩腳酸軟。啊，我渴望死去，我渴望死去！而命運似乎認為死對我是過分的寬大。我甚至想像著：假如我正在駛進站來的那輛火車中，而突然出軌翻倒，所有的乘客都奔向快樂的天堂，我卻偏會從窗口爬出，眼巴巴只好向火車頭狠狠地踢上兩腳，憎恨我為什麼不能同享永眠的幸福！

——有人說：回憶是種享受，即使往事並不幸福。可是我至今一想到那些日子裡悲慘的生活，身體便不由自主的發抖，呼吸急促起來，心跳加快起來，雙手撕開胸前的衣服，心靈陷入絕望的痛苦之中。我記得她可憐的一點首飾賣去了，她的大衣賣去了，當她最後把長長的髮辮變成了臺幣，她已沒有什麼能變賣的了。而我當時是那麼愚蠢，竟從沒有想到我的小提琴還可以使我們再活幾天，直到她不得已向我提醒。於是她陪我走到當舖，那時高櫃臺後的矮子連正眼都沒瞧我們一眼就說他並不收買舊木料。我們只好去樂器店，啊！十年的老友，十年的忠實伴侶，三千六百多的日子裡，它安慰我度過風雨之夜，它協助我引發創作的火花。在奏弄中，我發現自己的靈魂所在，寫下了生命的曲子。它每一根弦和每一道痕都曾有動人的故事。現在卻必須出賣了它！出賣自己的靈魂吧！出賣自己的生命吧！在拿到那幾張破爛的鈔票時，我流淚了，突然決定去死，活下去還有什麼意義呢？我衝向一輛疾馳而來的汽車，失去了知覺。

——醒來時，我已躺在一間外科手術室裡，這小室看來像一所很衛生的屠宰場，到處都是浮著血漬棉花的水桶，到處都是留有血跡的刀剪夾子和繃帶，彷彿鮮紅色素在對一切潔白色素大聲抗議。空氣中有濃烈的酒精及藥味。大夫正為我包上石膏。那個女人滿眼淚珠站在我的身旁，異常地蒼白消瘦，手上還拿著我的小提琴。我又暈過去了，是羞愧使我再暈過去的。

——病房的日子倒很舒適。我的腿骨沒有斷，醫生保證出院後能自己行走。只是流血過多，但已輸進五百西西的血液了。當時，我不確知五百西西的血是哪兒來的，正像我不確知所吃的甲等病人伙食從哪兒來，與贖回小提琴的錢從哪兒來一樣。我一直感激輾傷我的汽車主人，這些東西不是他的賜予更會有誰？而那女人也正是這麼說的。

——出院的時間一步一步的逼近，我的心也一天一天地恐慌起來，為以後的生活躭心。我住在什麼地方去呢？是否又要回到火車的候車室呢？我拿什麼來換取溫飽呢？可是這一切，姐姐都替我安排了。（這時我已喊那女人作姐姐了。）她替我租好一間小小的屋子，屋內除一張單人床外，有一張寫字檯，一個可以放書的壁架。整個的房間看起來是多麼清潔而明亮啊！正如許多在艱苦中慣了的人對突來的幸福所常持的懷疑一樣，我實在不敢相信它真會是我的住房。她說她自己已找到職業，就在那兒有得住。不過，她每天仍來看我兩次，替我煮中飯和晚飯。並且預備了新鮮的雞蛋和麵包，給我第二天自己作早點。我不知道她自己是否曾如此地吃過！她把我的髒衣服拿去，洗淨熨平了又帶回來，就像她是我的僕人般的為我工作。我不讓她這樣作，因為我也有雙手，但是她說，我的雙手有更值得做的事情該做。她要我繼續學小提琴，每天總聽我拉完一曲才走。一切的日用品，她都為我購買得齊齊全全。她給我買日光燈，為的我晚上常作曲至深夜。她給我買補品，怕我太用功了傷害身體。她還拿錢給我，要我考音樂學院。為了曾勸我賣去小提琴的事，她痛哭了好幾次，要我原諒。善良的姐姐，倒求我的原諒呢，我原該請求她的原諒才是啊！

——沒有一個同胞姐妹比她對我照顧得更細心；甚至沒有一個慈母比她對我看護得更富母性。對於她的勉勵，除了聽從又能怎麼呢？我考進音樂學院了，學習作曲。四年中，她一直不讓我兼差，按月供我錢用。其中有七八個月，她因職業關係要去南部，就請便人帶錢給我。而我把這一切都接受了，就像接受上帝或父母的賜予般的自然。我每次說要去她住的地方探訪她，她都說和其他女同事住在一起著，男的去不方便，委婉的推脫了。而我單純的腦子裡也就不懷疑什麼。我相信有一天我能把我的光輝成就獻給她，不，那實在應該稱她的光輝成就，只是借著我去完成罷了。沒有她，我早就在貧苦的陷坑中折磨死去，在汽車輪下流血死去了。

——在我音樂學院畢業的一天，也就是我一篇談對位與和音的論文在維也納得獎的電訊傳來臺灣的一天，我的敵人變成了我的朋友了，我的相識變成了我的知己了，他們不斷地湧來向我祝賀，要我請客。卑鄙無聊的東西！就像我是他們培植出來，他們擁有確定的權利向我索取報答一樣。但是我真正的恩人卻徘徊在我的門外，不敢進來！直到我把那些諂媚的傢伙趕去，她才壓制著興奮進來看我，衷心地為我高興，半點居功的顏色都沒有，當我吶吶說著感激的話，她還像自覺不配般地阻止了我呢。她和平時一樣沒有很多的話對我說，把被那些趨炎阿諛的動物弄亂了的房子整理乾淨，含笑地走了。那笑，只有在宗教畫上的聖母臉孔才會找到，我永遠記住她的溫柔純潔與倩美！

——誰能想像到我再見她時是在什麼地方？我從前自殺獲救的那個醫院！她吞下大量的安眠藥，數目多得足以殺死一隻巨象！她永遠安眠了。我伏在她身上痛哭，生前我卻連頭髮都不曾碰她一下。醫生告訴我，她這樣的決定是最幸福的選擇，因為她患著第三期的梅毒！上帝！梅毒？對啊！梅毒！她這幾年一直用出賣肉體來養活我，因為她貞潔的靈魂充滿著對我愧疚與期望，沒有別的更迅速的方法能找到大額的錢使我在汽車輪下救活過來！沒有別的更簡單的道路使我在貧窮困苦中踏上成功！現在，她的期望實現了，她不再感到愧疚。上帝可證，愧疚的該是我！於是她悄悄地永遠離我而去。她留給我一封信說：她一生從沒有比此刻更快樂的時光，因為她終於看到我的成功；她說她並不曾死，因為我身上有她五百西西的血！

——你讀過尼采的《查拉圖斯特拉如是說》吧？在那本書裡，有這樣兩句很有名的話：

人的偉大在於他是一座橋樑而非一種目的；人的可愛在於他是一種變遷或者一種毀滅。

她的一生就作了這格言的最好解釋。沒有一絲佔有的慾望，不含半點肉體的衝動；完全母性的愛情，毫無條件的賜予；徹底的自我毀滅與犧牲，無比的堅貞純淨與虔誠。如果這世界真有一位聖女存在的話，誰能比她更配被稱為聖女？而她的職業：妓女！

——我找到她生前操業的地方，並且知道她生過一個小孩，就在她告訴我去南部的那七八個月中。但是先天不足的孩子生下來不久就死去，我奪去了小小生命應有的營養。我既不能奉養我的姐姐或者在她兒女身上表示我的懺悔羞愧與感激，我便把她生前住的用的一切都買下來。我相信沒有一個人的遺物像她的一樣為人這麼細心保管著。每當慾望在蠢誘著我時，每當我厭煩了音樂時，我便去那兒靜坐。於是我發現自己的渺小，我要更努力更努力更努力，因為我的生命不全屬於我。孩子，曾經被這樣一位聖潔的女人所眷護，曾經擁有如此完美高尚的愛情的人，對於世俗的婚姻，肉慾的歡樂，還有什麼留戀？讓巴里斯王子接受愛倫娜的金蘋果罷！孩子！你現在該明白我為什麼堅持著獨身主義，為什麼又去那個地方了吧？

淡水河在叢山夾阻中滾滾奔流，經過城市的外郊，經過美麗的原野，急促的節奏從河水的澎湃中奔騰踴躍，無數的樂音隨著節奏而激發。每當何剛跟著那位獨身主義者夜晚從風化區的房子裡出來，便靜坐在河邊上。他們似乎聽見鋼琴的鏗鏘，提琴的嗚咽，短笛的婉轉纏綿。在浩蕩的波光中似乎有一個美麗溫柔的女郎微笑著，呼喚他們的樂思，引起了他們的靈感！

當然音樂學院裡的師生們，又多了一個攻訐的對象，許多看見何剛和他的瘋狂老師一起在風化區走動的人們，都認為這青年人不但繼承林公綽的音樂知能，更繼承他的敗德和怪行了，他們都這麼嘆息著。

民國四十八年（西元一九五九年）十二月一日，香港《大學生活》

天氣陰多雲

浪花撲打在礁石上，高高地濺起了白色的泡沫，又落在海裡去；接著另一個浪撲打在礁石上。海浪這樣反覆的衝擊著礁石，永無休息，好像這是它的脈膊與呼吸。礁石的左側有一道小小的海灣，灣水平靜得有如溫柔的女郎，安祥地讓陸地伸出雙臂環抱著她。黃昏，許多漁船就停泊在這灣內的岸灘。幾株椰子樹昂立在靠海不遠的地方，樹葉背著海風飄舞著，使人想起了美人臨風飄舞的秀髮。零零落落一些茅屋，它們的炊煙常繞在那椰樹的頂梢。再遠一些，有些瓦屋和樓房，那兒住著醫生漁商和一些較有錢的漁人——他們的船都裝有馬達。

清晨，漁夫們背著桅帆和網，手上的提燈發出一團團小小的光圈，於是漸漸地遠近的海面此起彼落地響起了槳聲和馬達聲，漁燈在黎明前的大海的波影中，上下地浮動。黃昏，漁船一隻隻地歸來了。岸上的人也隨著忙碌起來。老人們幫忙著取下漁帆和網；婦女和小孩提著魚桶回家；年壯的漁夫們，便把船拖上了岸灘。

他們的生活是與海息息有關的：當晴朗的日子，和風輕吻著海面，他們的笑容便像柔波似地展開，閃爍著燦爛的光輝。在暴風雨狂虐地鞭策著海洋的時候，他們的心底也洶湧著痛苦的波濤：霧帶給海以憂鬱，也帶給漁夫以迷惘。海，就像漁夫們的母親喲，供給他們生活的資源，也與他們共擔著快樂和痛苦。漁夫們關心海洋，遠勝於對陸地的懷念。

海風吹來開始有點涼意。太陽辛勞地運行過整個藍天，現在低垂在水平線上，顯得疲乏的樣子，已無那巨大的威力了。

漁船正紛紛歸來，鼓滿了風的白帆像新月樣顯出優美的弧線。一隻裝著馬達的漁船迅速地趕過了它們，馬達咕咕地響著，漸漸地駛進灣來了。船頭抛出一根繩圈，在石碇上拴住了。

「正雄叔，好運氣啊！」岸上一個女人向這馬達漁船上的漁夫打著招呼。

「還不是老樣子。」那漁夫捲起了袖，一面捆漁網，一面回答說。

「我那阿明快回來了吧？」

「喏！後面那隻就是呢。」

這時，正雄指著的那隻帆船也駛進灣來，那個和他招呼的女人走開了，向那帆船搖動她的手。正雄羨慕地瞧那女人一下，於是剛才愉快的心情突然消失了，一陣陰霧浮上他的臉孔，似乎那勾引起什麼傷心的事。

正雄，看來大約三十歲的光景，高個子兒，飽受風吹日曬的皮膚，亮得像塗著一層黑色的油彩。他披著一件外衣，前面敞開著，露出有毛的胸膛，並且像少女般地鼓出雙乳來。他一手夾著漁網，一手提著魚桶，臂上一塊塊凸出的肌肉都繃得緊緊地。邁著穩健的腳步向家走著。

走了半路，他放下魚桶，休息一陣，看看自己發酸的雙手。他的手是很醜陋的，就像被彈片割傷過似的，有數不清光滑的疤痕，手紋都模糊不見了，這些就是他拉網的成績。但他從不咒咀這些傷痕，他不是忘恩負義的人，很明白靠著它們，才能在這船上裝了馬達，才能拆了茅屋蓋瓦房，當然，別人更替他加上一項，那就是在城裡娶了一個漂亮的女人。

提到自己家裡的女人，正雄心就越紛亂了。憑良心說，他的女人是美麗的，這一點，由村裡所有成年的漁夫，每次和他說話時，總愛看他妻子幾眼，便可充分證明了。還有，她是很精明的，這並非指幫他下海打魚或能幫他收拾漁船，而是在他被五六種魚和魚價弄糊塗時，她會很快代他算了出來。他的妻子沒有嫁他之前，本來就是在城裡魚市場上幫她父親賣魚的。只不過，他感到妻子，唉，他不知怎樣說，實在他只希望她在他打魚回來，能像剛才看到的那女人般在岸邊等他；在他回家後，能給他一杯熱茶喝，和不要他自己動手煮晚飯。

現在，正雄已一步一步走到家門口了。

「春花！」他推開門，喊著妻子的名字。半響沒有回聲。於是他把魚桶放好，嘴裡咕嚕了一陣，雖然聲音很低，但顯然在埋怨什麼。

他走進了臥室，一個洋娃娃坐在床上，他的小女兒秋子卻倒在地下睡著了。前幾天跌的青塊還沒有消，今天臉上又添了一道紅痕，加上滿臉的泥土，又是紅，又是青，又髒。正雄打了一盆水來，絞乾了毛巾，抱起了他的女兒，替她擦臉。

秋子醒來，發現自己在爸爸的懷裡，笑容便展開了。她雙手掏著了爸的頭，她的臉正被爸長著鬚的臉吻著，癢癢地，微微地感到有些痛，而又異常舒服的。

「寶寶，怎麼臉上又割破了？」他問，並從口袋裡拿出萬金油替她擦上。

秋子只瞅著爸爸笑，說不出怎樣割破的。她常常跌倒或割破，以致於麻木得再也不覺到痛，也不知道怎樣割破的。正雄又嘆了一口氣，叫他女兒以後在床上睡，不要躺在地上，那會著涼生病的。這些話他實在已說過很多次了，對女兒也對妻子，可是，有什麼用呢？除非自己照顧她。

那天晚上，他的妻子到半夜才從開魚行的張家打完牌回來。他說了她幾句，她便和他吵起來了。他的妻子照例把張家的男人怎樣能幹，怎樣賺錢，怎樣走私發了財，怎樣建了冰庫開起魚行來，說了一大套。然後罵他沒出息，將來怎樣養妻子和女兒。

他記不清他的妻子第幾次說這些話了，起先，他沒有想它。他的父親，他的祖父，他祖父的父親，他祖父的祖父，全是打魚的，也養活了一家，他不想改變祖先傳下的生活。可是，現在，卻也不得不想想了，他不能老讓妻子埋怨呀！他不能老讓女兒受苦呀！「人家張家少爺小姐，小時有保姆帶，上學了請家庭教師，你給女兒些什麼呢？」妻子的話擾亂著他，思潮漲落著，一夜都沒睡著。

接著幾天都是陰沉沉的天氣，海上迷漫著大霧，正雄也好幾天沒有下海打魚了，秋子在她父親臉上看出一些奇怪的表情來。她的父親近來常常要緊緊地抱著她，像是怕再也看不著她了。

「寶寶，爸爸以後再也不打魚，在家陪你好嗎？」

「寶寶，爸爸過幾天出海賺大錢，爸爸要好幾天不能看見你了。」

她還看見爸爸流淚了，她第一次看見爸爸流淚。

她真的好幾天沒有見到爸爸了，她的爸爸在一個霧天下海去了，卻把漁網留在家裡。

一個星期過去了，秋子每天去海邊等著她的父親，她的父親沒有回來。

一個月過去了，秋子還是每天去海邊等她父親，她的父親沒有回來。

一年過去了，秋子隨媽媽住到開魚行的張家去了。張家的哥哥姐姐欺負她，說她父親在海裡淹死了。她流著淚，去海邊等她父親，她父親仍沒有回來。

又是一個天氣陰多雲的黃昏，暗黑色的霧氣從天上降下來，從海上升起來，從四面八方湊緊過來，翻滾著，沸騰著，變化著，像灰塵般蒙蔽著整個的世界，椰樹，茅屋，像是若有若無的怪獸，在她背後蹲著。她面前的黑夜在濃霧下變得可怕起來，波浪高高地濺起來，帶著魚腥味的浪花撲在她的臉，她淚光模糊了。忽然，一切都似乎靜止了，她看見海上有光。啊，那必定是父親的船，她看見父親在向她揮手了，她走向前去。

啊，天氣依舊是陰多雲，海水卻是溫暖的，溫暖的，溫暖的。

這是我大學生時所寫的最後一篇小說，發表在臺灣省漁會所出版之日報副刊

短論一

中央日報副刊「知言」專欄

肯定自己

在各種不同的生命型態中，我們應該慶幸自己生為萬物之靈的「人」；在各種不同的文化範疇裡，我們要以身為「中國人」而驕傲；尤其值得高興的是：生為「現代的中國人」，我們能有最佳的機會為和諧的人類社會而努力。

人的可貴，在與其他生物所共有的「食色之性」之外，更有人所特有的「仁智之性」。我們知道怎樣去作一個「人」；怎樣建立和諧、進步的人類社會，而人的智慧也總是輔助人的「仁性」朝這一方向而努力。

作為一位中國人，至少有三點足以自負：第一是我們有適合紀錄全國各種方言的方塊字。所以儘管語言上有北方、西南、下江不同的官話，吳贛湘皖粵客閩北閩南種種的方言；但形於文字，卻無東西南北的歧異。於是，在這種共通的文字下，民族的意志溝通了，民族的感情融洽了。全中國人團結起來，形成統一而和諧的民族。其次，我們有偉大的先師孔子，教訓我們如何推己及人，以夫婦、父子、兄弟為基礎，進而有君臣朋友，朝向天下一家的理想社會而前進。第三，我們還有悠久而豐富的史籍，國有正史，地有方志，族有族譜，使我們牢記祖先創業的不易，歷史盛衰的法則，和繼往開來的方向。

今天，我們所面臨的，是東西文化的激盪，新舊時代的突變。以基督教為代表的希伯來文化，以科學為特徵的希臘文化，以儒家為主流的華夏文化，已成世界文化的三大重心。融合三分而邁向一統的，憑藉什麼呢？是連續五百多年的「十字軍」？或是玉石俱焚的「核子彈」？歷史證明，只有儒家思想，合名墨，納陰陽，兼法術，融佛老，有容乃大，與時俱進。因此，吸收外來文化，領導思想主流，這個責任，只有我們這一代的中國人才能承擔起來。人，必須肯定自己的仁智之性，然後對人類前途才能充滿信心，而一切文明也必須在這個基礎上始克建立。而充分認識因而肯定自己國家文化之悠久與優美，以及自己今日肩負承先啟後，融合東西責任之必然，才會表現出一種泱泱大國民的風度，與舍我其誰的氣概來。

中華民國六十五年五月十九日

披文入情

開春以來，文壇有一次激烈的論戰。序幕由夏志清教授一篇〈追念錢鍾書先生〉揭開。此文副題為「兼談中國古典文學研究之趨向」。於讚美錢鍾書的《談藝錄》為「中國詩話裡集大成的一部巨著」「研究生入手必備的批評寶典」之餘，對於「近年來，在臺灣，在美國，用新觀點批評中國古典文學之風」，表示「隱憂」。這種意見，在正在臺灣提倡「新批評」的顏元叔教授看來，何異「要把我們根基給挖掉」。於是，一篇題為「印象主義的復辟」的反擊文章出現了。駁斥「傳統的詩話詞話便都是印象主義的批評」，「失之於朦朧晦澀」。因而堅持「採擷西洋的批評理論與方法，審慎納入或配合中國已有傳統」。接著夏教授又有〈勸學篇〉一文，強調新批評「自命科學而顯已過時」，而美國「近二十年來最感興趣的無疑是文學家的傳記」。因此，顏教授致〈親愛的夏教授〉一文中，除「新批評應否在臺灣推廣」之外，更提出「文學批評與文人傳記對文學孰重」的論題。以上是這次論戰的主要內容。

很明顯的，這是一場「傳統的」文學批評和「新觀點」文學批評之間的爭論。對臺灣文壇，勢必產生一定程度內的影響。

大致上說，傳統文學批評，如詩話詞話，重視文學作品的外緣關係，例如作品與作者、時代、環境的相互關係等等。對作品本身，則偏向直覺的感受。這是夏文所贊同的。而新觀點的文學批評，則把文學作品看作一種完整獨立、超越時空的藝術結構，而孜孜於其內在成分的分析。於是，字質的研究，意象的研究，多義的研究，結構的研究，便成文學批評家興趣之所在。這是顏文所提倡的。

個人的淺見，以為文學作品，原就是作者將自己主觀意識觀照之下的客觀現象，以及自己對客觀現象卓越新穎的觀感，通過文字的媒介，以優美的適當的結構使之再現。「夫綴文者情動而辭發；見文者披文以入情。」（《文心雕龍．知音篇》語。）文學作品的最重要的部分是作者的「情」，亦即作者的「意識」和「觀感」；而文學批評最重要的任務是發現和批評作者的「情」，亦即探討作者的「意識」，批判作者的「觀感」。新批評所標示者，主要的是根據文學作品的文字和結構，來探討作者的意象。其材料是原始的，其手法是分析的。這當然是披文入情，直探文心最主要的方法。而傳統批評視文學作品為其人生活與時代環境的一種反映。把作品落實於歷史背景中，來確定它的意義。於是，文學研究的基礎擴大了，成果也更豐碩了。

除了新批評和傳統批評之外，神話與原型的批評，表象的批評，心理學與社會學的批評，語言學與發生學的分析，對於「披文入情」，也都具有某種程度的功能。兼用則善，執一則偏。質之夏顏二教授及讀者諸君，以為如何？

民國六十五年六月十一日

直覺與分析

當我們欣賞優美的文學作品時，究竟應該著重在朦朧形相的直覺感受，讓「靈魂在傑作中冒險」？或者應該直接地把作品作科學的分析，由字質、結構、而探討其意象及多義？這個疑問，長久存在於許多文學愛好者的心頭；而夏志清、顏元叔二教授今年展開的筆戰，更使辯論呈現一個新的高潮。

注重「直覺感受」的印象式的批評，弊病不僅僅在「朦朧晦澀」，更嚴重的缺點是「把快感誤認為美感」。而注重科學分析的新批評，冷酷解剖之餘，往往又斵喪了文學作品的生命。《莊子．應帝王篇》所言：人皆有七竅以視聽食息，渾沌獨無有。嘗試鑿之，日鑿一竅，七日而渾沌死。這個寓言，十分值得從事新批評者的警惕。

那麼，文學批評將何去何從？

重讀《陳世驤文存》中一萬二千字的長文：〈中國詩之分析與鑑賞示例〉，覺得陳氏的論點，頗有助於此問題的解決。

首先，陳氏認定：在文學鑑賞過程中，「分析」與「直覺」是相輔相成，同等重要的。他說：「要鑒賞一首詩，我們的程序不是以分析開始的，也不是以分析為終極目的。在分析以前和終了以後，另有一番心靈作用，夾著分析的過程而且幫助分析的過程。這心靈作用，無以名之，只好稱之為直覺作用。」陳氏的話，雖指的是詩；其實其他一切文學作品，又何嘗不是如此？

接著，陳氏以為：文學鑑賞，始於直覺，繼之以分析，終於斯賓諾莎所謂「直覺智境」。詳細地說：詩和其他文學作品的欣賞，起初要以「直覺經驗」為基礎，「立定一個興趣的焦點」；在進行分析時，「我們的直覺就暫時停起來，讓我們的客觀的，推理的官能去執行工作」；到最後，終於「這種感受變成了更有條理和秩序，我們的心靈對所經驗之美，更明確地警醒，更了悟此種美感各部分的成份構成的微妙」。

陳氏這番意見，使我想起吉州青原惟信禪師告訴學僧的話：「老僧三十年前未參禪時，見山是山，見水是水。及至後來親見知識，有個入處，見山不是山，見水不是水。而今得個休歇處，依然見山衹是山，見水衹是水。」（《指月錄》卷二十八。）所謂「見山是山」，正是直覺的印象；到了「見山不是山」，已由直覺進入分析；最後「見山衹是山」，便是「直覺智境」了。

當我們由直覺感受始；然後把整個的性靈、知識、智慧，投入作品，分析它，探討它；最後對作品作整體的、綜合的觀照。這樣，我們所認識的，將不再是朦朧晦澀的，出於快感的直覺；也不再是支離破碎的，缺乏生命的零件；而是能充分與我們美感經驗相證合的鮮活完整的作品。

中華民國六十五年六月二十五日

國學新途徑

提起「國學」，常常使人聯想到「食古不化」「抱殘守缺」。這種聯想，固然是一種誤會；但是研究國學之需要新闢途徑，卻也是刻不容緩了。最近聆聽了臺大中文系教授屈萬里先生演講：「以實物證經義」；欣賞了師大國文系教授邱燮友先生編採錄音的：「唐詩朗誦」；和拜讀了高雄師院國文系教授黃永武先生新作：〈中國詩學設計篇〉。感發良多，滿心歡喜，不吐不快。

陳寅恪序《王國維遺書》，概括王氏學術，凡有三目。首標：「取地下之實物與紙上之遺文互相釋證」。屈先生推廣王學與陳說，以為實物不必限於地下。於是以西北人民的穴居，說明《周易》「入于穴」的意義；以涇渭二水沉澱物，判斷《詩經》「涇以渭濁」的真相；以臺灣山胞用碎貝編織披肩，推測《尚書・禹貢》「璣組」的實況。並且舉例說明殷墟甲骨、商周彝器、簡帛封泥等等，每能藉以發經義之祕，決千古之疑。屈先生用實物來解釋證明經義，是十分富於科學精神的。

唐詩可以吟唱，從王昌齡、高適、王之渙旗亭會唱，便可證明。只是唐人的聲調，如今已不可得聞。不過，中原宿儒，寶島詩人，結社吟詩，既常有擊缽吟唱的雅集，亦時有煮粥聯詠的盛舉：都別有一番腔調。邱燮友先生積多年之努力，廣事蒐羅，錄成卡帶，記譜成書。使河南河北、江浙皖贛、閩粵客桂各地吟詩的旋律，及省內天籟、瀛音、仰山、東明、中壢、桃園諸詩社吟詠的節奏，藉現代科技而永存。其中有獨吟，有齊詠；還有各地方音的輪唱，現代朗誦和古詩吟詠的合唱，可以比較古今南北吟詩方式的不同。抉微闡幽，繼往存絕，使今人吟誦唐詩的聲音永留後世，其價值自隨時日而俱增。

一切文學作品，從造意、結構、音響、修辭、到神韻，總是具體存在著美；詩尤其如此。我國傳統的詩話、箋釋之類，雖然也曾嘗試解說這些美；但是體大思精之作，始終闕如。近年由於西方「新批評」的傳入，與我國傳統文學批評互相激盪，文藝美學的園地，呈現一片欣欣向榮的氣象。黃永武先生的〈中國詩學設計篇〉，便是此中的奇花異果。作者選取中國古典詩作實例，分析說明：意象如何浮現？時空如何設計？如何濃凝字句以求密度？如何橫硬氣勢以求強度？音響之中藏著什麼奧祕？筆墨之外如何表現神韻？如何藉「反常合道」而締造詩趣……。作者的雄心，要使：「古典詩由於新批評的沖激，而拓開了鑑賞的視野，重現其非凡的光彩；新詩由於古典詩的剖析，而找到了自身活水的源頭，與紮根的土地。」

實際事物與紙上遺文的結合；外來觀念與傳統學說的結合；科技成果與文字研究的結合：這應該就是國學研究的新途徑！

中華民國六十五年七月十四日

比較文學會議

全國第一屆比較文學會議，已於七月十日至十二日在臺大文學院會議室舉行。站在文學愛好者的立場，我對這次會議的成功表示由衷的慶賀！

由於交通事業的進步，國際來往的頻繁，今天，已沒有任何一地的文化可以隔絕於世界文化之外，孤芳自賞；作為人類文化活動之一的文學，自亦不能例外。我們可以認定：整個人類是分居在地球各處的「大家族」；各地文化是這大家族各構成分子所顯示的個人風格；而一切文學作品之間，或是縱的繼承，或是橫的移植，都具有某種程度的血親或姻親的關係。比較文學便是在這個基礎上建立並且迅速發展起來的。

比較文學的意義，主要指一國文學作品與別國文學作品的比較；亦兼指文學與其他文化活動的比較。因此，各國文學主題、風格、及其發展的比較，文學作品的翻譯，一國文學作品對別國文學作品的影響，以及文學與符號學、語言學、心理學、社會學、考古學、民俗學、美學、藝術、倫理學、哲學、甚至自然科學的關係，都可納入範疇。

這次會議除了日本、美國、香港等地漢學報導之外，宣讀並予以討論的研究論文計十二篇：〈英語世界的紅樓夢〉〈從戲劇的主題結構談竇娥的「冤」〉〈從詩文分合關係看中國文學的演進〉〈李商隱詩的月意象〉〈唐代番胡對文學的影響〉〈陶淵明詩的和諧境界〉〈陶淵明讀山海經十三首的神話世界初探〉〈中西文學裡的火神研究〉〈翁方綱肌理說與藍森字質結構說之比較〉〈比較文學的影響研究〉〈紅樓夢與卡拉馬助夫兄弟們兩個家族的比較〉〈悲劇情感與命運〉。內容幾乎遍及比較文學的每一成分。

我必須特別指出：這次會議在參加人員方面，顯示出二項特色：第一、這是以中文系教師為主的比較文學會議。記得國內曾開過兩次國際性的比較文學會議，參加者以外文系教師為主，用英語發言。因此，國內各大學中文系很少教師參加，其影響也相對降低。而這次會議，參加者中文系與外文系大約各佔一半，全部用國語發言，建立了以中文為重心的比較文學的研究型態。第二、由於主辦人員的熱心，能夠普遍地邀請到臺大、師大、政大、中大、興大、成大、師院、輔仁、東吳、淡江、文化及香港中文大學中外文系教師參加。奠定了比較文學在國內學界的雄厚基礎。美中不足的是：為什麼不在學院之外，邀請廣大文壇實際寫作人參加？

我深深盼望：由於這次會議的成功，使我們對文學有更遼闊的視野，更開放的胸襟，與更謙虛的態度。讓我們能更愉快地欣賞異國文學花朵之芬芳；也讓我們更自信地播揚中國文學果實之甘美。

中華民國六十五年七月二十一日

中國人的智慧

對於宗教，我恆存尊敬之心；尤其對佛教和基督教。這裡，我只借用《聖經》中的一個小故事，來說明中國人的大智慧。

《舊約・創世紀》第十一章記載著：挪亞的子孫，往東遷移，到達了示拿平原。於是燒磚石、製灰泥，建城造塔。耶和華看了，說：「看哪！他們成為一樣的人民，都是一樣的言語。如今既作起這事來，以後他們所要作的事，就沒有不成就的了。我們下去，在那裡變亂他們的口音，使他們的語言彼此不通！」自此之後，天下人的口音，被上帝變亂，產生了種種不同的語言，情意無法彼此溝通了。

當然，這只是一個神話，象徵著先民對於人類語言分歧此一事實的解釋。但是，人類語言之分歧，從而導致情意之隔閡，合作之困難，甚至使民族分化，國家分裂，卻也是不爭的事實啊！

以印歐語系來說：波斯語、印度語、希臘語、拉丁語、斯拉夫語、日耳曼語……，既有大別；同屬日耳曼語的英語、德語、冰島語、丹麥語，同屬拉丁語的西班牙語、法語、意大利語、羅馬尼亞語，亦有小異。又因為西方文字是拼音的，於是由語言之異，進而有文字之異。歐洲的人口與面積，略與中國相近。卻分化為許多民族；分裂成十幾個國家。語言文字的不同，是最主要的原因。至於古今音變，諸如現代英國人沒有多少能讀古代英文，更不在話下了。

中國人真聰明，儘管境內方言複雜，但是形諸文字，卻無古今南北的區別。於是，口頭上不同的語言，在書面的文字上統一了。北方人寫的字，南方人懂；古代人寫的字，現代人懂。中華民族所以能有五千餘年不絕的文化，融合七億人口的民族，形成統一完整的國家，文字之功，實不可沒。否則，閩語與粵語之別不下於英語與德語；方言與官話的歧異更可比之於梵語與法語。假如造字之初，中國人就採用拼音文字。那麼，福建有福建的文字，廣東有廣東的文字。中國不分裂成十幾個國家，來個英法百年戰爭才怪！上帝變亂了天下人的口音，阻撓人類的合作；但是中國人卻以適合於記錄各種方言的統一的文字，團結了整個民族，而全世界具有這種與上帝抗衡的大智慧的人，也唯有中國人！

我不諱言中文也有它一些缺點。例如：中文輸入電腦的困難，科學名詞中譯的困難等等。

這些，都可由科學家和文字學家共同商討研究解決，而不至影響我們文字的基本原則的。

中華民國六十五年八月七日

根本解決

九月三日中副上，看到王鼎鈞先生的〈紀念品〉，使我聯想到兩件往事。

第一件，是我在大學唸書時的事情，我和舍監發生的精彩爭辯。起因是我晾在床架上的內衣褲不見了。我知道一定是舍監檢查內務時收走的。但是，我故意去向舍監「報案」：有人「偷」走了我的衣服。舍監說：「是我收走的。難道法官判決犯人徒刑也算是妨害自由？」這句話可被我逮著漏洞了。我反問：「學校到底是教育機構還是司法機構？對於學生的行為，我們應該不問理由地禁止？還是找出行為的原因而加以疏導？要是宿舍裡有安全可靠的曬衣場，我何必把衣服晾在床架上發霉？」我十分佩服那位舍監的雅量。非但笑著把衣服還我，而且由於他向校方反映，不久，宿舍中設置了有人看守的曬衣場！

另外一件事發生在某女中。一位女校長才接任，發現學校的男老師早晨總是汗衫短褲，足趿拖鞋地在走廊，一面洗臉刷牙，一面向早到校的女生回答著「早」。這位女校長連眉頭都不皺，裝著沒看見繞道走到總務處，告訴總務主任說：「老師們寢室裡是不是沒有自來水龍頭和搪瓷臉盆呀？那麼，快些請工人裝上呀！要求老師們每天早晨先穿著整齊再到走廊洗臉刷牙是很困難的呀！」從此，某女中每間老師寢室都有盥洗設備。當然你在這座女中見到的男老師，也總是衣履整齊的了。

這二件真實故事，告訴我們：凡事要追求原因，以求根本解決。光憑「禁止」，不是辦法。

民國六十五年九月九日

寫給新鮮人

大專聯考榜已放了，對於即將踏入大學之門的新鮮人，我謹致祝賀之意。

回憶四年的大學生活，雖然由於師長的教誨，學了不少東西；但是，自己的努力，顯然缺少計劃。這幾年，留在母校任教，並且有機會擔任大一學弟學妹們的「導師」。檢討自己，勉勵同學，自有許多話要說。

我十分了解：多年的升學壓力，使得同學們進入大學後，渴望生活輕鬆自由些。但是我必須提醒同學：大學是從事高深學術研究的學府，學習是你進大學最重要的目的。「學些什麼？」這幾乎是每一個新鮮人急切要問的問題。個人多年思索反省的結果，答案是：以學校每年所開科目為圓心，以自己的精力時間為半徑，適度地擴展自己學習的圓周。舉例來說：假如你是讀中文系的，學文字學的時候，你就不妨趁機讀讀文字語言學方面的書籍；同時儘可能把《說文解字》從頭到尾圈點一遍。此外，訂一份與自己所學有關的權威刊物是十分必要的。以地理系為例，「國際地理雜誌」實在可作你學習中的良伴。不論學校是否開有「書報討論」的課程，與同學定期舉行新書討論，不僅擴大了學習的廣度與深度，同時也增進了知識的鮮度。

許多人以為朋友是少年時交的好，進入大學交不到知心的朋友。這個看法十分錯誤！據我個人體驗，中學同學固然情同手足，生死不渝。但是，由於所學相同，所以，只有大學同學才是學問上事業上志同道合的良朋益友。交幾位知心的朋友吧！我甚至樂於見到你們相互觀察了三年四年之後，能在同學中找到「終身伴侶」。

初入大學，面對著五花八門的社團，你也許會不知所措。我建議你慎擇其一參加。選擇的原則有二：一是興趣，喜歡什麼活動就參加什麼社團。一是需要，譬如體力弱的，不妨參加登山社、太極拳學會；個性內向的，不妨去參加話劇社、土風舞社，藉此鍛鍊自己。你必須在大學四年裡學會一種以上的正當的娛樂休閒活動。如：打球、游泳、拉小提琴、書法、繪畫、寫作……。

祝福新鮮人，四年之後，學有所成，在同學們的攜手合作下開創一番事業；同時養成一種有益的嗜好，使一生生活，又健康又快樂。

中華民國六十五年九月十五日

我愛空餘

基隆市和平島和一路，九月一日上午發生大火。基隆地區的消防車十多輛迅即趕到。但是違章建築阻塞了巷道，消防車開不進去。二十六棟木造房屋全部燒光，造成了一五九人無家可歸的困境。六天之後，九月七日下午，臺北市信義路三段五十六巷，又有火警。北市消防大隊立刻出動了二十六輛消防車，但因巷道窄狹、施救困難，毀屋三十多間。唉！要是當初能留出防火巷，多好！

臺灣這幾年來，影印古書風氣很盛。藝文印書館影印南昌府學本《十三經注疏》，合四頁為一頁，每頁分上下二欄；啟明書局影印《資治通鑑》，合九頁為一頁，每頁分上中下三欄；開明書店影印殿本《二十五史》，合十六頁為一頁，每頁竟有四欄之多。閱讀之餘，想作眉批，那是不可能的。每見宋版書，本大字大，天地廣闊，古人氣度，真不可及。

我曾經擔任過家庭教師，陪著我的學生演算學校發下來的「課外作業」。每近深夜十一點鐘，我的學生一面在演算，一面說著：「死掉算了！死掉算了！」政大一位教授，真的就為了不忍看到自己的女兒為功課所迫、徹夜苦讀，竟親手扼死自己的小骨肉。造成了慘絕人寰的悲劇，轟動社會的新聞。為什麼我們就不能留給我們民族幼苗一些康樂活動的時間？

大人們有了黑白電視，又想彩色電視；添了錄放音機，更要立體音響；買了照相機，再買攝影機。至於有了別墅，怎能沒有汽車？有了地毯，怎能沒有吸塵器？拍了影片，怎能沒有放映機？於是忙著兼差，忙著賺錢；於是，也永遠沒有坐下來享受享受，或者出去遊山玩水、照照相的時間。想起小時候的生活：夏天傍晚，大家就搬椅子到院子裡，乘涼、聽故事。十分懷念。而對牛頓之能有靜坐樹下，看蘋果落地的悠閒，更是羨慕之至。

有些一知半解的人，常常喜歡誇大核子威脅的恐怖，環境汙染的危險。言下之意，科學家一味胡謅，沒有思想，將引導人類走向集體毀滅。進而全盤否定了科學。而少數研究自然科學的，也鄙視人文，不屑一顧。以為藝術家游手好閒，哲學家無補實際。部分從事國故整理的，瞧不起新文藝；於是少數從事文藝理論與創作的，也就視文字聲韻訓詁為敵人。有些學詞章的，不滿考據；有些學義理的，輕忽詞章……。這些過分「充實」的心靈，蔽於成見，不能騰出一些空間來容納異己；也平白失去了日新又新的樂趣。

我喜歡門前遼闊，有青山，有綠水；我喜歡日子悠閒，親人團聚，朋友聊天；我喜歡書房寬大，架上書不滿，房內可踱步；我喜歡自己稿紙紙大格大，每頁只寫一兩行，隨時可續可補。

中華民國六十五年九月二十四日

聯招決定教學

滿懷著豐富的學識，燃燒著教學的熱忱，一位大學才畢業的青年，跨進一所中學，擔任國文的課程。但是他的才華和努力，並不曾得到學校當局的支持、學生家長的擁護。理由是：他的教學方式無助於學生的升學。於是，在種種打擊下，他倒下去了。讀了七月十五日中副，梧鳳先生這篇〈子曰先生之死〉，像自己的胸口被狠狠地打了一拳。我沉思良久。

你能責怪學校當局？中學法上明文規定高中教育為大學教育的準備，升學是高中理所當然的目標！你能責怪學生家長？誰不望子成龍，望女成鳳，希望子女考上大學？你甚至也不能責怪聯招的制度；聯招足以使任何「八行」和「臭包」不得其門而入！

問題在：聯招國文測驗的內容及方式，與教學目標脫節！

依據「高級中學國文課程標準」，高中國文教學目標是：壹、提高學生閱讀及寫作語體文之能力。貳、培養學生閱讀淺近古籍之興趣及寫作明易文言文之能力。參、輔導學生閱讀優美之課外讀物，以增進其欣賞文學作品之興趣與能力。肆、灌輸固有文化，啟迪時代思想，培養高尚品德，加強愛國觀念，宏揚大同精神。

試問：聯招國文試題，對於教學目標所示：閱讀、寫作、欣賞、以及精神陶冶，在內容上，是否能普遍涵蓋？在方式上，是否能準確測定？

測驗是一門專門而且精深的學問。理想的聯招國文測驗，應由國文教師、測驗學者、統計學者共同負責。由國文教師提供應測驗的內容；然後與測驗專家共同編定測驗的題目；最後還須由統計學家統計測驗的結果，以作下次改進的參考。

閱讀測驗部分，可以利用電腦閱卷。有人以為電腦閱卷會使測驗偏重記憶，忽略理解，其實未必。譬如，要測驗學生是否了解「故西伯幽而演《易》」中「幽」字的意義，列舉可能答案：A幽囚；B幽靜；C高深；D玄妙；E隱藏。要考生五選一，固有偏重記憶之嫌。但是，如果列出五個內含「幽」字的句子，要考生指出其中哪幾句中的「幽」字，與「幽而演《易》」的「幽」意義相同？那就非靠理解莫辦。寫作及欣賞部分，則可兼採申論、作文方式。不過，閱卷之前必須製定詳明的「量表」。這種種，都需要測驗學家從旁協助。

聯招之後的成績統計必不可省。平均數可以看出測驗的難度；標準差可以看出全部成績的分布是否合理。理想的成績分布曲線應為鐘形常態分配：這些，都可作調整命題深淺的參考。測驗題、申論題、作文題之間的相關係數，亦須一求。至於作文部分，每一評分者給分的平均數，標準差，以及同一篇作文不同評分者給分的相關係數，對個別評分者調整評分尺度，以求公平，更有其必要。

我深信：聯招國文測驗的改進，對高中國文教學的全面革新，必能產生決定性的影響。

中華民國六十五年十月一日

科學的中文

「科學中文化」的討論，很熱鬧過一陣子。這討論很有價值；尤其是參加討論的人士，最後幾乎一致肯定了中文用於科學亦足勝任，結論令人鼓舞。借這機會，我想談談一個相關的論題：科學的中文。

首先，我要說：中文最好認。日本研究幼少教育的學者石井勳在其所著《漢字による才能開發》（講談社出版）中，有一個很富啟示性的小統計。高速公路名牌閱讀時間：羅馬字為一·五秒；日本假名為〇·七秒。漢字為〇·〇六秒。漢字閱讀速度比日本假名快十一倍多；比羅馬字快二十五倍。這證明了中國字最好認。推其原因，可得三端：一、司視覺的瞳孔是圓的，網膜是圓的。所以，方形的中國字比長條的拼音文字更便於視覺感官。二、人看東西，總是先看全體，後察細節。我們看臉，決不會先看清眼睛、鼻子、嘴巴、耳朵，再合成一張臉。所以形體獨立完整的中國字比好幾個字母湊成的拼音文字更合乎視覺心理。三、拼音文字，要先在心裡暗暗拼成語言，再轉換而得意義，不如中文直接訴諸視覺，見形知義。

中文之合乎科學，此其一。

其次，我要說：中文最好學。我們知道：新舊兩種學習情境中，具有相同的元素和原則越多，學習的正向遷移越大、也就越好學。以中文「請」字為例：由「言」，知道它一定和言語有關；由「青」，知道它一定和「青」聲音接近，同時可能和「晴、清、倩、精、菁、彭、崝、靖、情」等字同樣含有「美好」的意義。知道單詞「請」的音義之後，再進一步，還能很容易地了解：請託、請客、請教、請柬、請求、請示、請坐、請安、請益，以及邀請、聘請、敦請、敬請……等等複詞的意義。中國文字詞彙之間，實具有最多的相同元素。而且，中國字的構造，百分之九十左右為形聲。除相同元素外，還具有相同的造字原則，所以好學。此外，中國語言是孤立語，沒有字尾變化，所以音節短，甚至多為單音節。西方語言是變形語，字尾多變化，所以音節長。因此，無論發之於脣吻，或書寫於紙面，中國語文所佔的時間或空間，都遠比西方語文為少；學習起來，也相對的更為經濟。中文之合乎科學，此其二。

一九七三年，日本神戶大學附屬醫院一位中風病人，日本假名全部忘記，漢字仍然能看能寫。此點似可解釋為中文適於記憶。因為醫學界對此事解釋仍在假設階段，為免乞貸論證之嫌，此存而不論。

至於中國文字之適於紀錄中國語言，我在八月二十五日〈電腦的啟示〉一文已談及；中國文字有團結民族之功用，我在八月七日〈中國人的智慧〉一文亦已語及。不贅。

中華民國六十五年十一月二十九日

驚嘆

據說宇宙開始於渾沌的星雲；導致人類文明的那朵原始的星雲，也許就是驚嘆了。

語言起源於人類對自然界的驚奇，因而發出的第一聲嘆息，這就是有名的語言起於嘆聲說。驚嘆的反覆節奏，產生了詩歌。音樂同樣地源於情緒興奮時語言的聲調；舞蹈也一樣，每一個比較強烈的情感的興奮，都由身體的節奏動作表現出來。《詩經・大序》說：「情動於中，而形於言；言之不足，故嗟嘆之；嗟嘆之不足，故永歌之；永歌之不足，不知手之舞之足之蹈之也。」就指出「嗟嘆」和「言語」之間密切的關係，是「永歌」「舞蹈」的源頭。

先民們面對宇宙的神奇，人生的莫測，於是想像中幻成了雷公電伯，生死輪迴，而向創造世界的上帝發出一聲由衷的讚嘆。科學家在驚奇嘆息之餘，追根究柢，於是才有事實真相的逐步揭發。我常常想：假如瓦特不驚嘆於沸水之掀起壺蓋，也許他不會發明蒸汽機。哲學家更企圖對宇宙人生各種問題，作全般性的深入研究，求其根本的解決，而成立系統的理論。這樣看來，宗教、科學、哲學，又何嘗不淵源於對宇宙對人生的驚嘆呢？

從兩三歲，我們就開始對周遭新奇事物的驚嘆了。「這是什麼呀？」「哪裡來的？」「有什麼用呢？」問個不停。然後，我們懂得問：「為什麼？」「怎樣？」「什麼時候？」由名物方面的問題，進而注意到因果方面和時間方面的問題。就這樣，我們補充了豐富了自己的經驗；充實了自己的知識，心智也逐漸趨向成熟了。

遺憾的是：長大之後，我們之中絕大部分的人，忙碌於柴米油鹽，忙碌於電視電影，忙碌於應酬交際。對周遭事物失去了新奇感。為宇宙間一顆新星的出現而驚喜？沒有這回事！對整個人類的前途懷憂？那簡直是杞人憂天了！對民族，對國家，對親戚，對朋友，許多人逐漸消失了關懷。除了家人，除了自己，再也沒有任何其他的事物可以引發他一聲讚嘆了。心靈由於封閉而枯萎，永與創作發明絕緣。這就是莫大之哀的「心死」。

中華民國六十六年五月七日

虛榮

莫泊桑有個〈項鍊〉的故事，從一張教育部長的宴會請柬引起。當部裡一個小公務員拿著請柬給他美麗的妻子時，他的妻子發愁起來，因為她既沒有像樣的衣服，又沒有傲人的首飾。她的丈夫於是花了四百佛郎為她趕製了一襲新衣，她自己又向朋友借了一串用金鋼鑽鑲成的項鍊。宴會中，她成為最漂亮的女賓，吸引了所有男賓的注意。可是當她宴後回家，在容貌衣飾雙重勝利的幸福雲霧中醒過來時，她發現失去了那串鑽石項鍊。於是她的丈夫變賣了祖產，還拖了一身的債，湊足三萬六千佛郎另買一串完全相似的還給項鍊的主人。她自己受此打擊後，也辭退了女工，含辛茹苦地做了十年家庭粗工，才把債務還清了。這個故事結尾，是非常幽默的，她偶然又遇見了借給她項鍊的朋友，說起從前借項鍊的事：

「你是說你從前買了一掛鑽石項鍊賠我那掛嗎？」

「對的。你當時沒有看出來。唉！它們是很相同的。」

「唉，不過我那掛本是假的，頂多值五百佛郎啊！」

這個故事告訴我們：虛榮何價？一夜豪華，十年貧苦！

也許你以為這只是個故事，或者以為虛榮的只限於少數無知的人。可是事實上，你、我，許許多多其他的人類都帶有或多或少的虛榮，連寫那篇〈項鍊〉來諷刺虛榮的莫泊桑，也不免在他得意的作品上簽下他的大名炫示於世人呢。

我有一位朋友，只要書店有什麼「名書」出版，他是非買不可的。從《二十五史》、《十三經注疏》、《說文解字詁林》起，一直到《莎士比亞全集》和《大英百科全書》，「名著」總是買全了。但是這些書他從不曾翻過，只為書架增加一件裝飾品而已。又有一位朋友，每個禮拜天進教堂，還打扮得漂漂亮亮的，手上一部燙金《聖經》，永遠是新的。有次我問他一件《羅馬書》上的事，他卻在《舊約》上翻來翻去；我相信他從不曾把這一部每禮拜天拿著的書大略地看過一遍，更不要說仔細的研究了，如不是為了炫惑於基督徒的美名，為了滿足一種奇妙的虛榮心，又能有什麼解釋？

對於虛榮，法蘭西斯・培根似乎並不很反對。他說：「虛榮能激發人的勇氣，鼓勵人做出許多英勇的事蹟。虛榮的性格，在從事大規模和富有冒險的企業的時候，能使人勇往直前；而莊重樸實的性格，只能使船平穩，不能使船遠航；也就是說，只能使事業穩定，卻不會有什麼大發展。」言下頗有讚美虛榮的意思呢。

培根所說的虛榮，有點近乎榮譽了。虛榮像一顆反射其他星球光芒的衛星，它的光芒，並不由於本身優美的性質；而榮譽卻似一顆恆星，內在的德性在永恆照耀。

輕虛的，飄浮在水面的，雖引人注目，但終被流水捲走；堅實的，沉沒在水下的，雖難以發現，但永存不朽。儘可能拋棄一切的虛榮，作一個實實在在的人罷，即使別人以為那是平凡。

慎體罰

老師可不可以體罰學生?這問題，最近又熱鬧起來。北市議員建議適度開放;各報社論專訪亦表支持。教師和家長有贊成的，有反對的;省市教育主管意見亦見仁見智，不盡相同。主張可以體罰的，認為體罰「速效」、具有「罰一儆百」的作用，何況哪一個人小時候沒挨過打?有些教育學者，還搬出桑代克的「效果律」來:若某項行為為個體帶來滿足的效果，則刺激反應之間的關係加強;反之，若得到的是煩惱痛苦，則關係減弱。這樣，體罰更有了學理上的基礎了。

個人服務教育界近二十年。教過小學、中學;現在仍教著大學、研究所。接觸過優秀青年，也接觸過問題學生。累積經驗，深思熟慮，對體罰期期以為不可。

體罰最大毛病不在對被罰者身體的傷害;而是使被罰者迷惑了行為本身的價值觀，以及心理上的傷害!我們所以要小孩「飯前洗手」，因為這件行為本身具有衛生的價值;所以要學生「把字寫正」，因為把字寫正具有性格陶冶的價值;而且，字寫正了，別人易認，才能發揮文字傳達情意的功能。我們教導學生不要說粗話和毆鬥，因為這些行為使自己或他人造成身心的損害，影響人我關係的和諧。教育者應該隨時啟發學生對行為價值的正確評估，從而發現行為的準則。假如採用體罰，以及其他任何獎懲的手段，都易使兒童忽略了行為本身的價值，凡事以邀賞避罰為目標。馴至喪失分辨事理的能力，形成媚世的奴性，使整個民族道德觀念和創造能力消退。「罰一儆百」對被罰者心理傷害尤深，對人格發展亦將有不良影響。

某些家長和教師喜以「掃地」、「抄書」作為體罰方式。於是：「今天又沒作錯事，為什麼要我掃地？」「哥哥今天一定犯了過，所以他在抄書！」等等怪論，常出於兒童之口！至於因反抗體罰而毆打師長的，懷恨糾察而多年之後仍要尋仇報復的新聞亦時有報導。更可看出體罰非但無效，而且有十分嚴重的後遺症。無父母生育養育之恩，而行父母扑打怒罵之責，那是很難使受罰者心悅誠服的。

依個人觀察所得，喜歡體罰的教師，或係年輕氣盛，或缺專業訓練，或因工作繁重，情緒欠佳。因此，提高師資教育至大學程度，調訓未受專業教育的師資，減少班級學生的人數，增加班級教師數的比例。使教師有能力也有時間了解學生過錯的原因，而予以根除，這才是正本清源之道。至於問題兒童背後，多有一個問題家庭；以及大眾傳播節目暴力鏡頭過多，抵消了學校教育的成果，則非本文所能盡論。

中華民國六十六年六月十二日

短論二

聯合報副刊「快筆短文」專欄

蛇

到香港擔任客座一年，最使我觸目驚心的字是：蛇！

從「香港」和「蛇」一路聯想下來，你也許以為我要談「蛇宴」了。「蛇宴」倒也確是在香港開葷的。臺北的錦蛇湯，整段整段，始終不敢嘗；香港的蛇羹，把蛇皮蛻去，蛇骨剔光，切絲和北菰絲、雞絲、菊花一起作羹，直到吃完，主人宣佈是蛇羹，我才知道自己嘗過蛇了。不過，這夠不上「觸目驚心」。

使我觸目驚心的「蛇」，事實上是指我自己的父老，我自己的兄弟，我自己的姐妹，我自己的同胞——從大陸偷渡來港的中國難民。

翻開香港的報紙，每天總有幾條「蛇聞」，警方掃蕩「蛇穴」，逮捕「蛇民」若干，可惜走掉「蛇頭」之類。所謂「蛇穴」，指的是偷渡的中國難民聚居之處。「蛇民」，指的是沒有香港身分證的偷渡客，當然說的是中國人。而「蛇頭」，便是帶他們非法入境的「頭子」了。而最使人悽惻的是：不斷出現的「蛇婦來港產子」的新聞。依照香港法律，在香港出生，就算香港人。但產婦生子之後，必須遣回。母子方生即別，親情悲劇，全在這兒了！最近香港人對付「蛇婦」的辦法是：未生先驗證；無證不接生，送回去。

這也不能怪香港人絕情。香港彈丸之地，住了五百萬人口，移山填海之外，房屋還要伸向天空，鐵路必須深入地下，已經上窮碧落下黃泉，山窮水盡了。而偷渡客不斷湧入，非但降低了香港人的生活品質；而且在香港打架的、搶劫的，幾乎都是這些偷渡客，這也製造了香港的社會問題。無怪乎香港人視之為「蛇」，深惡痛絕！

對於臺灣，香港人就頗有好感了。他們特別羨慕臺灣住的寬大。許多在臺灣各大學畢業的，對於臺灣工作時數少而待遇也不低，表示嚮往；抱怨香港人浮於事，合適的工作不好找。所以許多香港僑生在臺灣留下來；而香港每一次「風吹草動」，臺灣的地價也會漲那麼一點點。

我想：要是中國大陸的生活水準和臺灣一樣高，大陸上的同胞就不會游水或攀著火車底冒死奔向香港，香港也就不會有「蛇」患了。說不定那時香港人還樂意回大陸定居，就像現在許多香港僑生樂意留在臺灣一樣。但是，怎麼樣才能使大陸生活水準趕上臺灣？這又要等到哪一天呢？

民國七十一年二月五日

電視你我他

到朋友家裡，一面看電視，一面談家常。朋友的孩子，也一面看電視，一面聽我們說話。新聞節目結束，我的朋友忽然對他的孩子說：「電視看夠了，進去讀書！馬上要參加聯考了，還不知道用功！」孩子仗著有客在座，也悻悻地頂嘴說：「爸爸自己整晚看電視，就不許我看！」這下子，我的朋友生起氣來，怒聲喝道：「你還年輕，應該努力讀書，自強不息；爸爸年紀大了，看看電視，消遣消遣，你要厚德載物，體諒爸爸呀！」然後朋友臉朝向我：「你看看他，你看看他，居然頂起我來了！」一幕電視前面的你我他，就這樣展開。

「自強不息」「厚德載物」，都出於《周易・大象傳》。〈乾大象傳〉曰：「天行健，君子以自強不息。」〈坤大象傳〉曰：「地勢坤，君子以厚德載物。」彷彿記得清華大學校徽上，還特別把這八個字寫在上面，當作校訓。我的朋友把它拿來教訓兒子，文順句暢，引用得天衣無縫。只是，《周易・大象傳》的原意，似乎不是這樣的。

「自強不息」重點要落在「自」字上，是用來勉勵自己的；「厚德載物」的重點要落在

「物」字上，是用來寬恕別人的。我的朋友以「自強不息」責其兒子，又希望兒子對自己能「厚德載物」，正好把《周易・大象傳》的本意顛倒過來。套句熊十力常用的詞彙：這算不算「迴轉乾坤」呢？

常有人說：評斷行為不應採取雙重標準。我反對這說法。不過在雙重標準中，要求自己的標準不妨定得高些；要求別人的標準不妨定得低些。所謂「以責人之心責己則近仁；以愛己之心愛人則近恕」。不要老是站在自己的立場來看自己和別人；也該站在別人的立場來看別人和自己。也許只有這樣，才能真正無忮無求，無怨無尤。

寫到這兒，忽然發現作為開場白的，竟然是朋友的一個小疏忽。自己難道沒有類似的錯誤嗎？這真應了《新約・路加福音》六章四十一節的話題：「為什麼看見你弟兄眼中有刺，卻不想自己眼中有梁木呢？」看來「厚德載物」，還真不易作到哩！趕緊打住，想想該如何「自強不息」罷！

中華民國七十一年三月二日

教師週記

上課

「中庸的中，不是折中。在一乘一等於一，和一乘一等於二，兩個答案中，我們只承認第一個答案是對的，絕不可折中成一點五。所以『中』是至正至當，不偏不倚，無過不及。但是，把『中』表現在行事上，卻不像一乘一等於一那麼簡單。以對待學生來說，驕傲的學生，有時要給以失敗的教訓；而自卑的學生，卻必須多用鼓勵的方法。此所謂因材施教。故行事的確當與否，因對象、因時間、因地方而有不同……。」

電話

「喂，李兄，又是一年不見了。今年班友年會定在二月十四日星期天，晚上七點，地點是悅賓樓。喂，李兄，你每次早到，讓我這個召集人感到很失禮。我應該比你更早在等你才是。這次你別又來得太早呀！」

「喂，張兄，好久不見，還是那麼忙？……是，是，我正要講年會的事。……二月十四，晚上六點，悅賓樓。……有幾位中南部的班友要坐夜車回去，所以比往年提早了半小時。……早點來，大家都想聽聽你吹牛。」

酒　會

「嘿，李兄，還不到六點半，你怎麼已經來了？……來了快一個鐘頭了？我的天！……什麼六點？我記得告訴你七點呀？……你以為你聽錯了，打電話問老張？……真是的，老張老遲到，我故意把年會時間說早了半小時呀！……你可沒說我告訴你晚上七點吧？……什麼？說了？那好吧！咱們倆等吧！」

……。

「七點半才駕到，還好意思說我整你冤枉！老李已來了兩小時，我們大家也等你等了一個鐘頭了！罰你三杯酒，不算過分！」

……。

「既然大家都這麼說；老李，你早到不對罰一杯！老張，你遲到不對罰一杯！我自己，弄巧成拙，也罰一杯！三人一起乾！」

上課

「『白刃可蹈也，爵祿可辭也，中庸不可能也。』中庸為什麼不可能呢？因為人間之事，無法預測的因素很多，舉例來說……。」

中華民國七十一年三月六日

淤泥與蓮

周敦頤有一篇〈愛蓮說〉，以菊花比方隱逸，以牡丹比方富貴，以蓮花比方君子。文章寫得短小精練，語言簡潔，議論切直，描寫生動，尤其寫蓮花，雖寥寥數句，卻神形兼備，形象美好，富有象徵意義，是上乘的「快筆短文」！其中最膾炙人口的句子是：「出淤泥而不染」。一方面使人對世俗的混濁保持警惕；另一方面也有勉勵世人保持靈臺清明的意思。少年時候，我自己也頗喜歡這篇文章。

可是，年紀愈大，愈覺得此文值得商榷和深究！

首先，我不喜歡文中鄙薄世俗，孤芳自賞的思想。假如一個人，老是覺得：「舉世皆濁我獨清；眾人皆醉我獨醒。」排斥全社會的結果，必然為全社會所排斥，那只有跳汨羅江了！把自己比作蓮花，把周遭所有的人比為淤泥，實在是最使人反感的說法！

其次，如果事實真是這樣，那麼我也贊成：「雖千萬人，吾往矣！」可是不幸的是，這僅是一個違反真相的譬喻。任何時代，任何地方，任何團體，都可能有少數非常聖善的人，和十分邪惡的人。而大多數的人，介乎二者之間。甚至同一位人，有正確的時候，也有犯錯的時候。我們取其善而效法，知其惡而自我警惕。向年輕人暗示這個社會是一潭淤泥，我也不喜歡。

第三，淤泥之於蓮花，是否一無可取？給青蓮以一缸蒸餾水，如何？我不能想像，離開淤泥的蓮花，如何活下去！淤泥，原是滋養蓮花生命的重要物資啊！淤泥何負於蓮花？假如蓮花詛咒淤泥，那徒然說明了蓮花之忘本！不僅對於蓮花，淤泥是值得讚美的；甚至，在整個自然界生態循環中，淤泥默默地負擔著化解毒質，培育生命的重責大任。君不見：臺北近郊蘆洲五股一帶，良田化為泥澤，使得生物學家意外地發現，前所認為已經絕跡的珍禽奇鳥，又重新出現在大自然的舞臺！

最後，我必須指出，最值得歌頌的，卻不是淤泥，而是生命的本身。若是把斬除生命之根的蓮花，放在淤泥之中，我想，蓮花非但不能出淤泥而不染，而且將隨淤泥而同腐；更不必說從淤泥中吸取生命的養分了。

兩千多年前的哲人，告訴我們：「必先苦其心志，勞其筋骨，餓其體膚，空乏其身，行拂亂其所為，所以動心忍性，曾益其所不能。」現代的年輕詩人重複著一個古老的傳說：「炎炎中，有一隻鳳凰。每五百年一次底聖浴，在火焰中凝鍊、更生。然後自烈焰中沖飛而出，翱翔九天。羽毛在太陽的顫動底永恆中上昇，散佈著不朽的火種，燃燒整個史冊……。」讓我們投身現實，讚美現實，自現實中吸取教訓，鍛鍊自己，使自己生命更充實，更茁壯，更聖善！

中華民國七十一年三月十七日

鄰惡又何妨

「俺到底又跟他幹上了！」趙鐵頭氣呼呼跑來告訴我。

「坐下再談！跟誰又幹上了？」我招呼鐵頭先坐下來。

「還不是那姓『和』的！說來傷心，已經是多少代的鄰居哪！」

「啊，你說的是住你東邊的那個暴發戶？」

「想當年，姓和的又窮又沒文化，全是俺老爺子教他認字寫字！」

「這是哪八百年的事啦？」

「沒想到這小子恩將仇報，有一次還打到俺家裡來了，搗毀了不少東西。俺一個孩子，就在……。」

「唉，都是四十年前的老帳了，提它幹嗎？」

「和家一個不肖子弟，偷了老美一串珍珠，又搶走老英一顆東方明珠。老美老英聯手對付和家，要給他一個掃地出門的。全是俺老爺子念在多少代鄰居的分上，以德報怨，居中調解。」

「唉，也真是的！但這次為什麼又幹上了呢？」

「說來話長了。你知道的，三十年來俺家也作點小生意。當然還不能跟和家開的大工廠大公司相比。每年總是俺家買和家的多，和家買俺家的少。俺好幾次跟他們當家的說：遠親不如近鄰，俺既然多買你的，你也儘量買些俺家的貨品。和家全當耳邊風！連香蕉，也寧可拐過一條河，到菲律賓人開的水果行去買！俺敲敲算盤，光去年一年，就多買了三十四萬五千『塊』錢。三十年下來，總數差上二百萬『塊』錢！」趙鐵頭把「塊」字說得特別大聲，不知是不是有特別含意。

「那你怎麼辦？」

「這次俺家小發財貨車輪胎破了，俺說：不要去和家開的汽車廠買新輪胎！」

「妙極了！頂好！要得！和家怎麼說？」

「和家說：他們買東西，一向要扣佣金。以後買俺家的貨品也不例外。一年大約九萬『塊』！」

「鄰居買賣還要扣佣金，沒這道理！那你不去和家買新式錄影機！你們家老四店裡不是也有自製的錄影機？」

「可是俺家的人寧可買和家的，也不肯照顧自己兄弟的生意。嫌自製的不夠神氣！」

「也許你可以不買和家製的照相機！」

「俺老三偏愛和家照相機！」

「不吃和家的水梨，總可以吧？」

「俺老二不吃香蕉鳳梨，只愛吃水梨！」

「看來只有不買和家的機器！」

「俺老大說：機器不買不行呀，要生產就靠有機器！」

「老趙！」我正經中帶點緊張：「告訴你們寶貝：你當年只有收音機，沒有錄影機；只有鋼筆，沒有相機；只有地瓜絲填飽肚皮，沒有水梨。要寶貝們坐下來研究自己造機器！」

中華民國七十一年三月二十五日

作家不可以這樣！

到香港不久，由於教學上的需要，我接觸到一些大陸傷痕小說。但是，讀了之後，我覺得：這些作品水準實在太差了！

首先，是「主題」的狹窄。文革之前，大陸文藝作品的主題，幾乎可以概括在這樣一個公式裡：「凡是有錢的，必然是壞蛋；凡是沒錢的，必然是好人。人之好壞與其財富成反比。」在這種文學主題薰陶之下，今天大陸之貧窮，可以說是「求仁得仁」！四人幫垮臺之後，傷痕文學興起，文學主題稍為擴大，但大致上仍局限於：「真共產黨員都是好人；假共產黨員才是壞蛋」這個框框裡。

在這種文藝主題的規範下，自然使小說人物兩極化。「峭石」寫的〈管飯〉，正角陳隊長是一無缺點的中共黨員；反角侯書記便是欺壓百姓的新官僚。「尤鳳偉」寫的〈清水衙門〉，莊啟民是人見人罵、十惡不赦的歹角；李福工程師卻是「神」。你看，颱風已到，李福工程師為了親自觀看水壩入水量，乘車上山。車子慢慢「上坡」，終被「陡漲的河流所阻」。李福毅然棄車，泅水過河，翻山上壩。人力怎能辦到？這不是神嗎？不過話說回來，年近七旬的老人尚且能夠以破世界紀錄的速度橫泅長江，在這樣一個土地上，中年人之能與山洪搏鬥，逆游而上，實在也無用過分詫異的了。

傷痕小說每多感情泛濫。〈清水衙門〉曾有這樣的描述：「說到這裡（案：指李福批評莊啟民放水之不當），他竟激動得幾乎全身都在顫抖，嘴唇哆哆嗦嗦，半天又說了這麼幾個字：『不像話……真不像話……。』說完，猛一轉身，丟開我和小陳走開了。從他的背影，我看到他用手拭淚的動作。」只差鼻涕沒有一把一把下來了。

作者干擾是小說大忌。大陸作家似乎對此矇然無知。仍以〈清水衙門〉為例。作者先借李福工程師的口來罵莊啟民；再借小陳的口來罵；意猶未足，最後作者跳到作品中罵。生怕讀者個個是白癡，不知道這個四人幫餘孽的可恨似的。對於作者干擾作品竟至如此粗劣，套用小說中的原文：「我驚愕了！」

缺乏嚴謹的結構是傷痕文學另一致命的缺點。在大陸文藝作品中，「高曉聲」寫的〈李順大造屋〉，論技巧已算上上之選。其筆調頗有幾分近似寫《駱駝祥子》的「老舍」。但是結構也不免此病。由李順大造屋未成到他親家新屋被拆，已是節外生枝。更加上「建造新農村」一段，就更突兀了。我意思並不是說這些內容不可合在一起；而是說應該有更好的組織。要是一個作家連三件相關的事都組織不好，那還能希望他寫出千頭萬緒而一氣呵成的偉大作品嗎？

文學作品不應局限於一種主題，那樣會使作品狹窄化、公式化，以至僵化！而更重要的是，必須通過不同的藝術手法來表現各種主題。才不致使文學的主題暴露，流於膚淺的說教。

中華民國七十一年四月十九日

香港・一九九七

記得從小學開始，經過初中、高中，以至上大學，每讀到近代史，一次又一次的戰爭失敗，一次又一次喪權辱國的不平等條約，一次又一次的割地賠款，總使自己熱血沸騰。我至今仍清晰地記得：小學老師指責清政腐敗時的激昂慷慨；中學老師鼓勵我們立志收復失地時的語重心長；以及大學老師忽然收斂起一向幽默的語調時所顯示的沉痛！

但是，今天居住於香港的中國人，一提到一九九七，這個新界租約期滿歸還中國的年分，卻一臉黯然！對於這盼望了百年之久的歲月，原應該興高采烈，歡欣鼓舞才是啊！

香港經濟學者說：「中共從香港賺得的外匯，年達五十億美元以上，約占其全部外匯收入的三分之一。維持香港現狀對中共最為有利。」所謂「維持香港現狀」，就是繼續接受英國統治。政治學者暗示：「香港之於大陸，猶如星加坡之於馬來西亞，錫蘭之於印度，塞浦路斯之於希臘。合作的話，則雙方都會得到好處。」所謂「合作」，當然就不是「合併」；所謂「雙方」，當然就不是「統一」。也有些學者主張：以不變應萬變，「一九九七？理它幹嘛！」而依據一項民意調查，百分之九十三香港居民，希望在一九九七年六月三十日之後，香港能維持現狀。而百分之八十六新界成年人表示：新界租約期滿，他們寧願遷住香港，接受英國人的統治；不願留在新界，接受中共統治。

中國人意見既然如此，於是睿智的英國法律學家，也仁慈地為我們想到一些錦囊妙計。有些認為：「中共當局因為經濟或其他原因，當租約期滿時，不打算收回新界，這是很容易作到的。只要宣稱根本從未承認這些條約，這就不會有條約期限終結這回事。」有些倡言：「英國政府從一八九八年所頒布的敕令中，把批准新界租約的終止日期去掉，代以模糊的詞句。例如：該租約持續有效，直到英國和中國都不同意繼續為止。」

對於上述現象，部分香港年輕人是十分憤慨的。許多香港學生說：「我們是否和林肯時代的美國黑奴一樣，獲得自主之後，反而不能適應，還不如接受白種人統治，來得快樂呢？難道我們不是龍的傳人？而竟是蛇的傳人！」而我總是引用孔子說的：「道不行，乘桴浮於海！」安慰他們說：「我們都是乘桴浮海的求道者！」但心底，卻為自己這一代中國人的不爭氣感到恥辱和悲哀！

唉！也許在一九九七年，統治中國的，已經是全民選舉的、尊重傳統的、自由開放的政府。那麼，香港問題就能解決了，其他一切問題也能解決了。

中華民國七十一年四月二十三日

書恨遠

在臺北，坐擁圖書數千冊，可惜兼課太多，無暇寫作。到香港，雜務減少，有空動筆了，卻因帶來的書太少，引用時便有不能隨時核對原文之憾。寫〈淤泥與蓮〉，便把周敦頤的話誤記成「出污泥而不染」。還好，稿寄出之前跑了一趟圖書館，發現原文是「淤泥」而不是「污泥」，才臨時改正過來了。寫〈香港．一九九七〉，自以為《論語》背得很熟，引用孔子「道不行，乘槎浮于海」的話，沒再跑圖書館。結果，硬是錯了一個字：原文是「乘桴」而不是「乘槎」，承臺北復興國學院孫小燕同學來函指正，真是十分謝謝。

書少非但影響到寫作，而且也影響到教學。在香港，我教的是：文字學、訓詁學、《左傳》、《周易》。文字訓詁，早年教過，所以教起來沒大問題；《周易》是我工夫下得最深的一本書，自然更是得心應手。只有《左傳》，卻是第一次教。雖然手邊有《左傳注疏》、《左傳會箋》、《左繡》、《左傳文藝新論》，以及《春秋左傳注》等書，但在教學之前準備過程中，想到該參考的書，常是想到一本，沒有一本。

舉例來說，教〈鄭伯克段于鄢〉，我個人頗為鄭莊公因為「寤生」而失歡於母的事難過。到底「寤生」並非莊公的罪過，而莊公卻因而失去人間最可貴的母愛。基於此一同情之了解，於是我從「初，鄭武公娶于申」到「遂為母子如初」，在這一起一結的兩個「初」字中，看出鄭莊公外表言行之狠毒，和內心世界之虛弱，以及其對母愛之渴望與尋求。最後「隧而相見」一段，融融洩洩，這是事實上的「重生」！可憐共叔段，竟成了母子衝突及其和好歷程中的犧牲！這使我猛然想起「神話學文學批評」，但是，介紹此一理論的《文學批評與欣賞》，戈林等著，徐進夫譯的，我手邊就沒有！

又如教到「宋襄圖霸」。宋襄公，殷商的末代王孫，周朝的敵國公侯，生於春秋之時，卻妄圖領導中原，重振霸業。他曾讓國於兄目夷，不獲，便以目夷為左師以聽政，於是宋治。這可以看出他的辭讓之心。齊桓公與管仲曾屬孝公於宋襄公以為太子，宋襄公終不負所托，立孝公為齊侯，這可以看出他的信義之心。但是，鹿上之盟，宋襄公竟愚蠢到「求諸侯於楚」，結果「楚執宋公以伐宋」。而泓之戰，襄公不肯乘楚軍未渡河未成列之際加以攻擊。說：「君子不重傷，不禽二毛。古之為軍也，不以阻隘也。寡人雖亡國之餘，不鼓不成列。」這是哪一門戰爭哲學呀？而高貴的宋襄公，也就在這次戰爭中受了重傷，不久去世了。王公的尊位，仁慈而迂腐的性格，以及對戰略戰術判斷上的缺失，啊！宋襄公不就是亞里士多德筆下的悲劇人物的典型嗎？我想起了《詩學箋注》，亞氏原著，姚一葦箋注的。可是，手邊又沒有。

謝謝我的學生們，我要他們以「試由神話學文學批評觀點論鄭伯克段于鄢」「從亞里士多德悲劇原理看宋襄公圖霸」等為題寫讀書報告，結果他們除《文學批評與欣賞》外，還找到了柯慶明的〈試論兩篇儒家小說——鄭伯克段于鄢、漁父〉；除了《詩學箋注》外，還找到顏元叔的〈亞里士多德的悲劇觀〉。報告中有敘有議，或證或駁，洋洋灑灑，多近於萬言；使我稍輕書少之憾，而竟有作育之樂。可是自己寫文章，竟把孔夫子的話弄錯，就只有向讀者們認錯告罪。真是「書到用時方恨『遠』」哪！看來必須多跑圖書館了！

中華民國七十一年五月二十一日

可不是「教條」？

說起來，也怪朱熹，當年在白鹿洞書院教書的時候，標新立異，好作怪論，好好的「學規」不施，偏要在「楣間」揭示一些「教條」！本來嘛，這些「教條」也並不是什麼正式的文章，當然也不會有題目。巧的是：後世許多人都看上了它，把它收入「文集」中不說，還單獨發行，替它作「集解」，甚至選入「文選」、「課本」之中。這樣一來，它就非有一個「題目」不可了。叫它什麼呢？商務《四部叢刊》本《朱文公全集》在正文之前，題為「白鹿洞書院揭示」；書前目錄卻叫「白鹿洞書院學規」。《西京清麓叢書續編》所收的「養蒙書九種」、《東聽雨堂刊書》「儒先訓要十四種」，以及《復性齋叢書》收的「集解」，標題都作「揭示」。黃宗羲《宋元學案》收此文，題作「白鹿洞書院教條」。《積書巖六種》有「朱子白鹿洞規條二十卷」。《學海類編》收宋朝饒魯輯「白鹿書院教規」……。於是，「揭示」、「學規」、「教條」、「教規」、「規條」，可教人好不迷糊。

名之為「學規」是不合朱子本意的。因為朱子在「教條」之後的「說明」中，明明白白地說過：「近世於學有規，其待學者為已淺矣。而其為法，又未必古人之意也。故今不復以施於此堂。」朱老夫子不會出爾反爾，把「不復以施於此堂」的「學規」作為標題。同樣的理由，名之為「教規」「規條」，只要有個「規」字，也都會和正文矛盾。至於「揭示」二字，你看像個名詞嗎？我看不好作為題目！看來，黃宗羲名之為「教條」，應該最合朱子本意。朱子的「說明」中不是說：「特取凡聖賢所以教人為學之大端，條列如右，而揭之楣間。」「教條」的「教」，就是「所以教人為學之大端」的「教」；「教條」的「條」，就是「條列如右」的「條」。所以這篇文章不加標題則已，要加標題，可不是「白鹿洞書院教條」？

「於學有規」，怎會「其待學者為已淺」？原來「規」有「規範」「約束」之義，可能還有這麼一點暗示：學生們，你們都有犯罪的傾向；小心哪，我早已立下學規等著修理你！所以朱子在下文強調：「而或出於此言（教條）之所棄，則彼所謂規者，必將取之！」話不是夠明顯了嗎？而著一「彼」字，則「此」非「學規」者明矣！「教條」則不然，它給學者指出了為學的目標、方法，以及修身、處事、接物的要點。換句話說：「教條」提供了正確的行為目標，並且也提示了向此目標邁進的方法和要點。它是積極的指導鼓勵，而不是消極的規範約束！

可惜，我們一聽到「教條」，就聯想到「教條主義」，覺得還不如「學規」平實。積非成是，以至於今天，你如膽敢說朱子在白鹿洞書院楣間揭示的是「教條」而不是「學規」，那反對之聲可多哪！

走筆至此，忽然在案頭「王陽明全集」隨意一翻，翻到了「教條示龍場諸生」，不知大人先生們是否也要椽筆一揮，把它改作「學規示龍場諸生」。古人任我唐突，好不痛快！

中華民國七十一年八月三日

管領風騷

五四以來的文學革命，似乎並不曾真的革了中國古典文學的命。詳讀了「聯副三十年文學大系」厚達六百三十頁的《中國古典文學論》，從「大系」的「枝葉峻茂」，就可以想像到「古典文學」的「根柢槃深」。不過，文學研究的主要對象，到底和從前不一樣了；方法方面，更有顯著的進步。這些，也不能不說是拜文學革命之賜！

我個人對文學的理解是這樣的：作者把自己對宇宙人生各種現象的直覺感受和想像所得，以及一些卓越新穎的觀感，通過優美的文字，適當的結構，加以表達，使之再現於讀者的感官和心靈，而引起共鳴者，謂之文學。

分析地說：文學的創作，由於作者。文學的內容，客觀方面，是宇宙人生各種現象；主觀方面，是作者直覺感受和想像所得，以及一些卓越新穎的觀感。文學的形式，則為優美的文字，和適當的結構。文學的目的，在使之再現於讀者的感官和心靈，而引起共鳴。

基於對文學這樣的認識，個人覺得：討論文學也好，討論古典文學也好，討論中國古典文學也好，注意點都要落在：作者以及時空背景，字句鍛鍊和音律，體裁組織和照應，以及作品內容主題的領悟。

因為文學要表達的是作者對宇宙人生各種現象的感受，而這種感受，常與時代環境有密切關係；所以，第一，必須注意作者及其時空背景。

因為文學要通過優美文字的媒介，所以，第二，必須注意字句鍛鍊及音律。

因為文學要依賴適當結構來表達，所以，第三，必須注意體裁、組織和照應。

因為文學要表現作者卓越新穎的感受，所以，第四，必須注意作品的內容和主題。

作者及其時空背景的了解，是討論文學作品的基礎；字句鍛鍊及音律的分析，體裁組織和照應的審辨，是鑑賞文學作品的重心；作品主題思想的發現，是研究文學作品的完成。

綜觀我國文論，自《尚書・堯典》所說：「詩言志，歌永言，聲依永，律和聲。八音克諧，無相奪倫，神人以和。」已注意到詩歌創作、格律、功能等問題。其後孔子論《詩》，倡「興、觀、群、怨」與「思無邪」說，本末體用全顧到了。孟子之說《詩》、《書》，主「知人論世」，又說「養氣知言」，對作者、時代、創作、批評，均有獨到的見解。魏晉時代，曹丕的〈典論論文〉，是我國單篇文論的開始，對文學的價值，作者、文氣、文體、以及文論應有的態度，卓見不凡。於是通過陸機的〈文賦〉而有劉勰的《文心雕龍》；通過摯虞的《文章流別》而有蕭統的《昭明文選》。《文心雕龍》是中國古典文學理論方面空前鉅著，至今仍煥發其光芒；《昭明文選》的重要性不在輯錄網羅，保存文獻，而在辨析文體，鑑裁品藻。自茲以降，文話、詩話、詞話、曲話、選集、評註、課藝之作，屈指不能數。或探文體之源流，或品作者之甲乙，或詮釋字義以為講解，或考證故實以為談助，或明字句結構以為義注，或務求深旨奧義而作高論，也就一言不能盡了。

從民國八年發生的五四運動到現在，已有六十多年了。五四運動那種反對舊文化舊傳統的態度，固然過於偏激；但也使我們對傳統文化，包括古典文學，有一個全盤檢討的機會。把它當作文化上的啟蒙運動，其部分意義仍然值得正面肯定的。而全盤檢討的結果，對傳統文化作一番汰粕擷英的工作後，倒也可觸發不少新意。尤其近三十年來的臺灣，文物的播遷保全，人才的薈萃培育，學術的開放自由，於是緊接著「啟蒙運動」，竟然是傳統的肯定，和文藝的復興！「聯副三十年文學大系」和其中的《中國古典文學論》，便是一個最有力的事實證明。盱衡此「評論卷①」，發現討論詩詞小說等純文學的篇章最多。特別是李商隱的〈錦瑟詩〉，曹雪芹的《紅樓夢》，已成為討論焦點之所在。這是否顯示：現代人注意的，乃是完整獨立本身自足的文藝作品？在方法上，由於科學教育的薰陶，邏輯思維的訓練，比較文學的激盪，科際整合的重視，其中既不乏貫通中西的作品析評，也有許多理由堅強的文學考證。

而名家文章，豐富的內容，以風趣的文字娓娓道來。這一點，我更只有羨佩的分。於時賢頌揚過當，反成唐突了。

中華民國七十一年九月十五日

不要跟天地作對！

春節遊了一趟太平山，山上巨木全砍光了，留下一株株腐朽中的樹根。當然運木材的纜車、蹦蹦車也都沒有了。記得十多年前初遊太平山時，一片雲海中，冒出一個個峰頂，襯著近處的巨檜，真是舉目有山河之異，景觀已非當年了。那些檜木，千百年來，生長在高山，為我們保持水土，清鮮空氣；偶爾樵夫打些樹枝作薪柴，也只是為林樹整枝。沒想到，這些列祖列宗累世保存下來的資產，我們這一代竟在短短十數年間砍伐殆盡！

我們不只在砍樹，我們也大量在抽地下水，使得地層下陷。一些城市自來水失水率高達百分之四十，就是水管在地層下陷中扭曲破裂的結果。好幾座光復後才建好的大橋，橋墩和下陷的地層分開，導致整座橋梁坍了下來。中南部許多海防碉堡，本來建在岸邊的，現在也部分淹沒在大海中了。我們的水庫，攔住了水，也攔住了沙土，下游沖積之不再，更加速了海岸的侵蝕。以至於水庫完成之日，每即下游工業區農業區受侵蝕之始！

現在我們腦筋又動到石頭泥土上了。高雄半屏山和壽山早已被水泥廠挖得面目全非。花蓮太魯閣，也有人在動念頭開水泥工廠了。也許，幾年之後，這座國家公園用以迎接觀光客的，是一片飛砂走石，和殘破的景觀；就像迎接我們進入高雄市那片的瀰天灰霧和慘不忍睹的半屏山！

臺灣如此，舉世亦然。巴西等地區森林的濫伐，已影響到全球的氣象；中東等地區的石油，原是億萬年長存地下的寶貴資源啊，在本世紀末也行將告罄；數以億計的工廠和汽車廢氣阻隔了日光的全部照射，間接影響到植物的成長；而工廠的廢水，和農藥的過量使用，使我們可能面臨無鶯無燕無蜂無蝶的春天！

這一切，關鍵就在人類的一念之間。許多人把天地當作與我們相對的客體，千方百計地要利用它，支配它，改變它。美其名日開發自然資源；而事實上糟蹋了自然資源。妄想使高山低頭，使大湖讓地，結果，儘管我們有能力剷平一座太行山，填平一個洞庭湖；但是我們無法處理太行山的泥土，而秋潦卻必然讓江水淹沒遠比洞庭湖大上數倍的人口密集的精華地區。

中國儒者對天地看法不是那樣的。天地對我們來說，不是客體，而是與人類合一的。《禮記·中庸篇》首先肯定人性是上天賦予的，與天命相應。充分發揮自己的天性，進而盡人之性，盡物之性，就可以參贊天地之化育。這就是教人不要跟天地作對，而要協助天地作化育人類與萬物的工作。孟子在〈梁惠王篇〉說得更具體：「不違農時，穀不可勝食也；數罟不入洿池，魚鱉不可勝食也；斧斤以時入山林，材木不可勝用也。」已經注意到順應自然，保持天地間生態均衡和循環的大道理了。

但願青山常在，綠水長流，千秋萬世之後，我們子子孫孫還有「不可勝食不可勝用」的資源！

中華民國七十三年四月五日

字典學臺北

近十年（一九七三—一九八二），大陸增修出版了三部比較重要的詞典：《辭源》、《辭海》和《現代漢語詞典》。《辭源》收詞以古代文史典籍中的語詞為範圍，一九八一年四冊出齊。《辭海》是綜合性詞典，收詞包括習用語詞和各科名詞術語，一九七九年三冊出齊。《現代漢語詞典》以《國語辭典》為底本，增補而成，一九七三年初版。臺灣出版的《中文辭源》、《文史辭源》，事實上都是大陸新修《辭源》的影印本。至於大陸新修《辭海》和《現代漢語詞典》，以簡體字排印，臺灣則未影印。

大陸出版的《辭海》，依簡體字新部首來排字。結果「尚」字入「小」部；而從「尚」得聲的「堂、常、棠、掌、賞、裳、當」等字卻入「⺌」部，分部大可商榷。《現代漢語詞典》把極不常用的死詞「艅艎」等都當作現代漢語詞彙收進去了；但習見的「浮一大白」等詞卻不收，取捨漫無標準。二書問題多多，臺灣既未影印，也就不去說它。倒是《辭源》，坊間競相影印，在臺十分暢銷，優劣之處，不能不說。

大陸新修《辭源》，收詞限於古代文史詞彙。大致上以鴉片戰爭（一八四〇）為下限年代。舊《辭源》中的現代自然科學、社會科學和應用技術方面的詞彙，全部刪去；而增補了文史方面比較常見的詞目。標音方面，舊《辭源》依《音韻闡微》的反切標音，有時附漢字直音，並標出詩韻韻目。新修《辭源》單字反切改依《廣韻》，間采《集韻》等書反切；韻目也以《廣韻》為準；不用漢字直音而改用漢語拼音和注音符號：都明顯地接受臺灣《中文大辭典》的影響。加注平上去入四聲和「聲紐」，為《中文大辭典》所無，亦甚有必要。釋義方面，過分強調「簡明」。多義詞依本義、引申、假借為先後；所引書證於書名外，增列作者、篇名：這些措施，也都沿襲《中文大辭典》的作風。

這本新《辭源》的短處，可以分三方面來談。

內容方面：由於不收百科名詞術語，因此功能就有所限制，只適合從事古典文學研究者使用。而且，單詞的解釋，分析未密；複詞的采釋，亦欠周普。舉例來說：「佚」字，新《辭源》凡七義，收十四個複詞；而《中文大辭典》有十五義，二九個複詞。又「黽」字，新《辭源》凡七義，收五四個複詞；而《中文大辭典》有十五義，二〇一個複詞。

釋義方面：又有三失。一是未能分就字形字音來說明字義。漢字依類象形，相益成字；據形說義，最易辨識。一九六四年《辭源修訂稿》曾引錄《說文》以解字；但論者以為「沒有採用新的研究成果糾正許慎的誤解」，頗多批評；所以新《辭源》連「稿」本原已引錄的《說文》也刪去了。其實，如能以《說文解字》為主，參考臺灣李孝定《甲骨文字集釋》，周法高《金文詁林》，據形說義，問題很易解決的。《中文大辭典》大致上已這樣作了。至於依音說義，則《中文大辭典》也未作到。這方面，章炳麟的《文始》，王力的《同源字典》，日人藤堂明保的《漢字語源辭典》，文獻俱在，整理起來並非難事。不知海峽兩岸字典學者，何以都未見及此。第二是：釋義違反訓詁原則：如「枯」訓「枯槁」，「珠」訓「玉珠」，是「以原字解釋原字」；「圩」訓「窊」，「煽」訓「熾盛」，是「以難字解釋易字」，都不合訓詁條例。第三是：釋義錯誤：如歐陽修〈醉翁亭記〉：「泉香而酒洌。」洌是清澈的意思，原文實為「泉洌而酒香」的倒裝，與「心遊目想」、「心折骨驚」同一手法。但新《辭源》編者不察，釋義竟云：「酒清而醇。」真是望文生義。

編排方面：也有兩點疵瑕。一是頁碼：書眉上既有總頁碼，又有子丑等十二支分卷頁碼。事實上新《辭源》分裝四冊，而非分裝十二冊，要這十二支分卷頁碼幹嘛？倒不如學《中文大辭典》，每頁字頭編號和詞頭編號列於書眉；分冊頁數列於版心下部；全書總頁碼列於下角較為合適。二是複詞排列，新《辭源》仍依複詞字數少多為次序，於是「修文」、「修文館」分列不同頁數；也不如《中文大辭典》依複詞第二字筆劃少多為序，於是「修文」、「修文郎」、「修文殿御覽」、「修文館」皆在同處，便於讀者參考。

《中文大辭典》有許多進步的措施，值得大陸編辭典的學人學習；但是，話也不可說得太滿了，《中文大辭典》的疏漏，仍不在少數。大者如學術詞彙之選錄，不曾聘請各科專家作有系統之蒐羅。如「比」字條收「比較」，有關「比較」者，僅此一條；而《辭海》所有的「比較法」、「比較表面」、「比較心理學」、「比較法學派」，《中文大辭典》均無。而「社」字條收「社會」，而有關「社會」者，計有「社會心理」、「社會化」、「社會主義」等五十四條之多。《辭海》有的《中文大辭典》都有；《辭海》沒有的，《中文大辭典》增補了三十一條。一略一詳，足見其前後缺少統一標準。小者如「文獻通考」一條重出；「三日不讀書語言無味」條引宋人黃山谷語，書名竟誤為南朝劉義慶主編的《世說新語》：都待訂正。聽說《中文大辭典》正大事增訂，希望修訂本早日問世！

中華民國七十四年四月九日　星期二

短論三

青年戰士報副刊「筆鋒」專欄

追根究柢

常聽人說：學國文的，懂得文藝創作和欣賞就行了，用不著浪費精神在考據上。我想這話不對！因為追根究柢精神的培養，對任何一位學習中的人，都是極重要的，包括學國文的在內。事實上，今天國文教育課程中，沒有版本學，沒有校讎學，考據訓練不是太多，而是太少了。以至許多學國文的，缺乏一種追根究柢的精神，誤讀古書，千年不白的事，比比皆是。

舉例來說，韓愈的〈師說〉，高中國文第一冊選為範文，是一篇人所習知的文章。但是，由於文中「李氏子蟠，年四十七」一句，今本「四」字脫落，以至此文無法讀通。我們知道：〈師說〉之作，是在唐憲宗元和二年（西元八〇七年），韓愈以國子博士分教東都洛陽之年。設是年李子蟠十七歲，那麼貞元十九年（西元八〇三年）子蟠中進士時僅十三歲，這怎可能？所以王文濡校本據年譜，以李子蟠應四十七歲；曾滌生選本也作四十七歲，這是對的。由於韓愈時年四十，而學生卻已四十七歲了，所以韓愈在〈師說〉中，一則言：「生乎吾後，其聞道也，亦先乎吾，吾從而師之。吾師道也，夫庸知其年之先後生於吾乎？」再則言：「愛其子，擇師而教之；於其身也，則恥師焉：惑矣！」三則言：「彼與彼年相若也，道相似也。」而且以「孔子師郯子萇弘師襄老聃」來比方李子蟠師事自己；一再強調「弟子不必不如師，師不必賢於弟子」：關鍵全在李子蟠年齡比自己大七歲，又早中了進士，所以韓愈必須這樣說。今本誤解子蟠的子為兒子，又以為學生不該比老師年長，刪去「四」字，文章主旨便不能看懂了。這不是學國文的考據訓練不夠，缺乏追根究柢精神的證明嗎？

再舉一例，高中國文第五冊選了《韓詩外傳．皋魚之泣》為範文，中有句云：「樹欲靜而風不止，子欲養而親不待也。往而不可得見者親也。」此話不通，因為中有脫落。根據《後漢書．桓榮傳》唐章懷太子李賢注引《韓詩外傳》，文字是這樣的：「樹欲靜而風不止，子欲養而親不待。往而不可追者年也；去而不見者親也。」後二句，《說苑．敬慎篇》文作：「往而不來者年也；不可得再見者親也。」《孔子家語．致志篇》文作：「往而不來者年也；不可得見者親也。」很明顯，今本《韓詩外傳》「往而不可得見者親也」，是誤合「往而不可追者年也；去而不得見者親也」為一句，中脫「追者年也去而不」七字。「樹欲靜而風不止」，正指「往而不可追者年也」而說；「子欲養而親不待」，正指「去而不得見者親也」而說。這就一清二楚，說得通了。但是中唐白居易詩：「庶使孝子心，皆無風樹悲。」南宋朱熹〈跋趙中丞行實〉：「趙公之孝謹醇篤，令人起敬，不勝霜露風木之悲。」全不知《韓詩外傳》有脫文，而錯用了「風樹」、「風木」的典故，今選文之誤，更不在話下。這不又是學國文的考據訓練不夠，缺乏追根究柢的精神嗎？

所以，我說：研究詞章，也要懂得考據，尤其必須具備追根究柢的精神！

中華民國七十二年十一月十九日

談師校獨招

師範院校應否退出大學聯招，而改採單獨招生？多年來，一直是爭論不休的問題。最近，由於立法院謝學賢委員的質詢，以及教育部朱匯森部長的答覆，這問題再度成為教育界熱門話題。

主張師範院校單獨招生的理由，不外乎是：一、教育為百年大計，教師應有專業精神，要以終身從事教育為職志。而調查顯示：師大學生入學時就有教育意願的，僅佔百分之三十四點一，經四年師範專業教育後，教育興趣提升百分之五。證明了師大學生百分之六十始終缺少擔任教育工作的意願。二、教育是一項投資。目前師範生領取公費，國家不應浪費公帑在不願為師的人的身上。

這兩項理由，都有進一步檢討的必要。

先說第一項理由，師範生缺少教育意願問題。天下不如意事，十之八九；此山望那山高，更是許多人共同心態。總是應以教育方式培養其興趣，糾正其觀念。再說，在現行的聯招制度下，有多少學子是以第一志願考取理想學系的？假如向全國大學生作一普遍調查，將會發現絕大多數學系的學生，對本系「意願」缺缺。而何獨苛責師大學生？若以此為理由，而要求師大單獨招生；那麼，對其他非考生第一志願目標的大學與學系，是否也應令其單獨招生呢？而且，單獨招生是否確能保證投考師大者皆具教育意願呢？我想：現在聯招制度容有可改進之處。為了避免學非所願，似可將目前分甲、乙、丙、丁四組，細分為文、理、工、農、商、醫、法、教育八組，每人所填志願數目亦加限制。這樣要比要求師大單獨招生為妥。

再說第二項理由，師大學生領取公費問題。其實，培養一位師範生所作的投資，包括學生公費在內，並未高於對普通大學理工學生的投資，更遠比不上對醫學院學生的投資。這一點，只要把臺大歷年經費和師大歷年經費（含學生公費），各除以兩校學生數，便可一清二楚了。又根據民國七十二年所作的統計，光復之後，師大歷屆畢業生總數共計四二〇三六人，其中轉業、休業、及其他緣故（如死亡）而未從事教育職務者，共計為七三二三人。這個數字，證明三十年來師大畢業生中，百分之八十三仍堅守教育崗位。我不知道其他大學畢業生，到底有百分之多少能學以致用，三十年來始終從事本業的！

根據模擬師大單獨招生，發現單獨招生後，師大考生成績可能低落，素質與聯考所取相差達一百分。尤其師大理學院，更可能有招生不足之虞。在招生考試中，讓師大單獨對抗其他各大學的聯招，是極不公平極不合理的措施。對師大學生素質有嚴重影響。

今天臺灣經濟，正由勞力密集轉向技術密集。而技術密集需要尖端工程師和基層技術工，二者皆以相當知識為基礎。這有賴於國民教育的成功。師大對此，曾有卓越貢獻。如果師大學生素質差了，整個中學師資跟著也差了。國民教育程度隨之低落，那後果實有不忍言者。

中華民國七十二年十月二十八日

格物致知

新編高中《中國文化基本教材》第一冊，今秋已經初版發行。新編本特色有二：一是除保留原有的《論語》、《孟子》教材外，更把〈大學〉、〈中庸〉納入教材之中。二是以格物、致知、誠意、正心、修身、齊家、治國、平天下八條目，貫穿全書，因而使四書具有更周延一貫的體系。

新編本第一冊第二課，有這樣一個題目：「格物的『格』字，朱子和王陽明的解釋不同，你認為那一說比較妥當些？」高中教師近日頗多以此相詢。

朱子認為：外物都有客觀存在之理，我心從而窮之，是日格物。窮究而得其理，獲致對此一事物之完全認識，是為致知。所以他說：「格，至也；物，猶事也。窮至事物之理，欲其極處無不到也。」其說偏重於客觀事物之認識。

陽明謂一切事理，並不外存於物，而恃我心之主體而存在。例如：仁之理非出於井中之孺子，而出於我之良知；孝之理非出於我之父母，亦出於我之良知。而諸事理之正與不正，全賴我之良知為之判斷。物者，事也；格者，正也。凡意之所發而有所從事，正其不正而歸於正，是為格物。圓滿發揮我心之良知，是曰致知。致，即極其至之意。其說偏重於主觀意識之端正。

其實「格物致知」最妥當的解釋，當求之於〈大學〉原文。格，是度量之。物，即〈大學〉「物有本末，事有終始」之事物。物是就其體言，故有本末；事是就其用言，故有終始。〈大學〉以修身明德為本；親民至善為末。知止為始；經定、靜、安、慮工夫；以能得為終。致，是獲致。知，即〈大學〉「知止」「知所先後」「知本」之知。「本」是起點，也就是基礎；「止」是終點，也就是目標；而「先後」則是由始至終的過程次序。〈大學〉「壹是皆以修身為本」，從「格物、致知、誠意、正心」作起，這是「明明德」的工夫。而以「齊家、治國、平天下」為目標，這是「親民」的工夫。務使這修己治人兩種工夫都能止於至善，而無過不及。而由格物以至於平天下，這個「先後」，便是由始至終的過程次序了。

我們可以這麼說：格物致知，就是投身現實，處理各種事物，從失敗的教訓和成功的喜悅中，不斷反省、不斷提升，從而體認行為的準則，奮鬥的目標，以及實踐的先後次序。這種處世作人知識的獲得，足以使自己更自信而不自欺。而充實堅定自己信念的結果，培養了自己正確的判斷力；再不受忿懥、恐懼、好樂、憂患的影響。這便由「格物致知」進而「誠意正心」了。

儒家言學，是學作人；儒家言知，是知作人。朱熹「即凡天下之物」，使其「表裡精粗無不到」的知，偏向物理之知，不是〈大學〉致知之知的本意。且與下文「誠意正心」貫不起來，其病在「離」。儒家以為：作人的知識有時必須在作人的實踐中獲得。王陽明「格者正也，正其不正以歸於正」，偏向心意的端正，也不是〈大學〉格物之格的本意。而跟下文「誠意正心」意思重複，其病在「即」。格致誠正，原本一貫相承，應是不「即」不「離」的！

附帶一辨「格致」不同於「自然科學」。清末民初，曾把「物理化學」名為「格致」，十分附會可笑！大教育家鄧萃芬竟然也說：「格物致知，是今日之自然科學；誠意正心，是今日心理學；修身齊家，是今日之倫理學；治國平天下，是今日之政治學。」一貫之道怎可斬成四門不同學科？「知至而後意誠」，又如何能由自然科學一變而為心理學呢？真是聯想豐富，匪夷所思了。

中華民國七十二年十二月十七日

士的聯想

翻開報紙，常有一些專論或電訊與「士」——說得時髦一些，也可稱「知識分子」——有關，信手拈來：

「不宜輕言修訂憲法臨時條款　李鴻禧」作者為臺灣大學教授。

「煮咖啡大膽論政　熊玠」作者為美國紐約州立大學教授。

「公車失票知多少？抽樣調查嚇一跳！國立交通大學運輸工程與管理學系完成的一項抽樣調查發現，臺北都會區公車，載客的平均『失票率』高達百分之六十二點十六。」

「逢甲大學環境科學系副教授張柏成昨天表示，工廠排出廢水若採用氯化消毒，將產生致癌物質。」

「瀕臨絕種動物知多少？林曜松博士往深山裡調查，為保護野生動物立法參考。」

這些現代士人，從國家大事、公共措施、社區環境、到自然生態，事事關心，充分表現了中國士人勇於任事的優良傳統，和知識分子應有的參與社會的責任感。

所謂「士」，本來是任事者的爵位之稱。《白虎通》在「爵」項有：「士者，事也；任事之稱也。」之說。而「任事」又以「學」為必要條件。《漢書・食貨志》：「士農工商，四民有業：學以居位曰士。」就是這番意思。《論語》上記載著孔子和孔門弟子一些對「士」的體認。消極方面，士不可以專為個人的衣食居處謀。所以孔子說：「士志於道，而恥惡衣惡食者，未足與議也。」又說：「士而懷居，不足以為士矣。」積極方面，子張認為：「士見危致命，見得思義」。曾子說得更好：「士不可以不弘毅，任重而道遠。仁以為己任，不亦重乎？死而後已，不亦遠乎？」我們可以這麼說：把自己的生命貢獻給全人類是「士」的任務，只有學問而不能任事是不配稱為「士」的！

所謂「知識分子」，這個詞彙是在十九世紀末葉的俄國開始使用的。他們是以律師、醫師、教師以及工程師等專門人才為主，形成了「知識分子」的核心；同時也包括了一些官員、地主，和軍官。《大英百科全書》指出：知識分子是由一些受過良好的新教育，並且熱烈地醉心於抽象政治及社會理想的人士所組成的。一個沒有受過教育，或者愚笨的人是沒有資格作知識分子的。但也不是每一個受過教育和聰明的人都可以算是知識分子。舉例來說：一個傑出的科學家，全心全意地投入他所研究的領域，將無法被公認為「知識分子」。這就與中國傳統上「士」以「任事」為「必要條件」不謀而合了。

我個人十分敬佩「消費者文教基金會」諸君子：專欄作家何凡、學者柴松林、楊國樞、律師李伸一、醫師陳榮基、建築師白省三……。他們正是現代士人的典範。同時我也十分盼望：有更多的學者、醫師、律師、工程師，不要把個人的事業局限於研究室、教室、醫院、法庭、與工廠，能更積極地多方面地參與社會，對更美好的明天作出貢獻！

中華民國七十三年二月二十九日

博學新知

師大老校長張宗良先生有一句名言：什麼博士？研究的全是專而又專的問題，應該正名為狹士！中央研究院現任院長吳大猷先生，快人快語，也指出一些教授只知道捧著發黃的舊講義，一講數十年！無可諱言的，知識的狹窄與陳舊，是今天學府的沉疴！

為了使學生目光不致侷限一隅，能掌握歷來重要思潮的演進，全面觀照現代知識的發展，了解自身與外界的互動關聯，明白在現代社會如何善以自處，教育部近來成立了「大學通才教育規劃專案小組」，編列七類學術範疇，規定大學各院系除本身學術範圍外，另選一至兩門為共同選修科目。這辦法雖未盡善盡美，但是仍然值得我們高聲喝采！——我說「未盡善盡美」，是這辦法已顧到本身學術範疇之「外」的知識的「全面性」；而仍忽略了本身學術範疇之「內」的知識的「現代化」。

我自己學的是國文，教的是國文。心中最擔憂的是：變成漫畫家筆下的「老夫子」或「董老古」。我努力不讓自己如此；也提醒我的學生不可如此。在通才教育選修科目尚未施行之前，我已注意到這一點。因而常常要求學生，課外要作兩件事：一是把讀者文摘社出的《二十世紀世界大事實錄》擇要讀一遍。二是多看有關中國文學的新書，並且時常閱讀報紙期刊上與自己所學相關的文章，而作「書報閱讀討論」。

《二十世紀世界大事實錄》涵蓋面十分廣泛。在這本書中，你當然可以看到戰爭、核子爆炸、電腦、人造衛星、去氧核糖核酸，諸如此類的記載；也可以了解近代電影、廣播、文學、音樂、藝術等等的發展，還有愛因斯坦的相對論，以及法國詩人布雷頓的超現實主義宣言。讀了這本書，可以開拓自己的學術領域，擴大自己的知識視野，使自己兼顧到本身學術範疇之外的知識的全面性。

「書報閱讀討論」則不妨以與自己所學相關者為限。以學國文的為例：有關國學文學方面的新書，固然要讀。各報副刊上的文學作品，尤其是諾貝爾文學獎的介紹和年度文藝獎作品之類，也應該一讀。此外，有關的期刊，如：《中華文化復興月刊》、《國魂》、《孔孟月刊》、《鵝湖月刊》、《中外文學》、《文訊》、《幼獅文藝》、《明道文藝》……等等，都應該瀏覽。「舊學商量加邃密，新知培養轉深沉。」使自己學識日新又新，不致落伍；更重要的是使學院知識和社會需求結合，永不脫節。我覺得在大學各院系加開「書報閱讀討論」選修課，可以加強本身學術範疇之內的知識現代化。

讓自己由專而又專的學術研究中，脫穎而出，把視線伸向四方，讓新知年年豐富著更新著自己的舊講義。我常常這樣盼望著。

中華民國七十三年三月十日

漫談讀經

一九八四年科際整合會議，在教育部與太平洋文化基金會的指導與贊助下，已於三月九日在淡江大學召開。這次會議，以人文社會科學為範疇，以我國博士教育為討論主題，兼及中外博士教育優劣得失之比較。對我國高等教育的發展，當然具有相當的參考價值。會議中，中文研究所規定研究生必須「圈點經書」問題，成為討論的重點之一。現在我就談談這個問題。

我個人贊成學國文的人要圈點經書，因為經書是中國文化的根源。

所謂「文化」，原意乃指人之能力的培養和訓練，使之超乎單純的自然狀態之上。十七和十八世紀時，這一概念大為擴展，於是文化涵蓋了人的意識和行為的一切成果。而人的意識活動，又包括過去經驗的知覺、行為價值的知覺、以及想像和感情。中國人把圖書分為「經、史、子、集」。「史」，是記敘「過去經驗的知覺」的，以求真為其目標；「子」，是分辨「行為價值的知覺」的，以求善為其目標；「集」，也就是「文學作品」，則是「感情和想像」的產物，以求美為其目標。這樣說來，中國圖書四分法中的：史、子、集，正是我們祖先記憶、理性、感情和想像等意識活動的成績，代表先聖昔賢追求真、善、美的繁花碩果。

現在我們要問：這些繁花碩果的根在哪裡？答案：五經是也！五經中的《尚書》，記載虞、夏、商、周四代大事；《春秋》，記載春秋時代諸侯大事，不正是「史」部的根嗎？《周易》，用簡易的陰陽符號來象徵變易世界的不易法則；「三禮」，描繪出理想的政治結構《周禮》，適當的行為規範（《儀禮》），以及其理論基礎和實踐細則（《禮記》），不正是「子」部的根嗎？而《詩經》之為「集」部文學之根，更不用多說了。不去追尋了解這文化之根，是不足與語中國文化的！學中文的豈可不圈點五經？

不過，我倒並不贊同研究生圈點經書。我覺得大學中文系學生早該圈點了。大學有四年時間，又不必寫學位論文，實在可以多讀一些經書的。加上大學部，像《周易》、《尚書》、《詩經》、《禮記》、《左傳》，都列為選修的專書課程。教者由於僅作學習的示範，同時受教學時數的限制，自不必授畢全書。但學生們實在應該圈點全書的。到了研究所才圈點，已經嫌遲了。不過話說回來，如果在大學部未圈點這五本書的，到了研究所，也只好補行圈點了！

近年文學研究，「原始母題」說甚受重視。這些「原始母題」，如基於共通的人性，當可借鏡於西方神話中某些原型；如基於特殊的民族性，自非求諸中國經典不可。遠者如《三國演義》所言：「話說天下大勢，分久必合，合久必分。」；近者如「秋決」中「傳宗接代」、「自我犧牲」、「天人相應」等等主題，都必須從《周易》、三禮等經典中獲取更深入的理解。

中華民國七十三年三月二十七日

談方法意識

科際整合會議上，淡江大學中文系副教授龔鵬程感慨地指出：「方法意識的薄弱，可能是中文文學博士論文一般的狀況。」龔鵬程本人是中文文學博士，有此自覺，有此勇氣，十分難得；只是輕率概括，所言亦不能視為定論耳。

傳統文人學士一向講求博學而輕視方法。三國時代經學大師董遇就說過：「讀書百遍，而義自見。」唐代大詩人杜甫也說：「讀書破萬卷，下筆如有神。」《世說新語・排調第二十五》記載著：「郝隆七月七日，出日中仰臥。人問其故？答曰：『我曬書。』」更是一個典型的「以腹為笥」的故事。

近人治學，雖逐漸重視方法，但對方法的功能和限制，亦有並不十分了然者。舉例來說，胡適之就有「大膽假設小心求證」的說法，用在人文學科很容易導致錯誤的結論。胡適本人鬧過這樣的笑話：他大膽假設中國文化「到明朝已經是由受創而得病了」，於是小心地求得「纏足」、「八股文」、「鴉片」作為證據。孟心史、錢賓四、陳立夫先生等都曾撰文駁斥。胡氏學生顧頡剛，也曾大膽假設「禹或是九鼎上鑄的一種動物」，而且也小心地求得了《說文》：「禹，蟲也。」作為證據。這種方法的濫用，天下幾乎沒有不可證明的假設。

臺灣中文文學博士教育，始主其事者已不再迷信假設，而主張毫無成見地由原始資料求得客觀結論了。記得師大國文研究所前所長林尹先生為拙作博士論文《魏晉南北朝易學書考佚》寫序，便以「以最初資料，整理分析，作邏輯之推演，而求得其結論」相勉。而我教導學生，在資料和方法兩方面，也總特別注意。資料方面，著重辨偽、鬩讎、考證。非但強調第一手資料的運用；也講究前此研究結果的繼承。方法方面，著重歸納、比較、分析。我總是再三地提醒我的學生：結論是否依據資料邏輯地推演而來？同一資料能否引出相反的結論？有沒有和你結論相反的資料？資料是否經過選擇？選擇的標準如何？是否因為易找？易懂？還是易於證明自己先入為主的觀念？其資料不確有損結論的地方有多少？我甚至告訴學生，即使這樣謹慎地寫作論文，仍不可以作絕對肯定的結論。因為新資料的出現，可能迫著你修正自己的舊結論。而新現象的產生，也可能迫著你改採另一種更合適的方法。盼望一種方法可以一成不變地發現全部真相真理？沒有！永遠沒有！

電腦發明之後，中文研究又獲一最新利器。大者如古書虛字的集釋、字義演進的斷代研究；小者如《周易》術語之探討、《左傳》、《國語》與《論語》、《孟子》詞彙之比較，都可藉電腦來協助進行。加上「系統分析」的知識，也許可使中文界進入計劃研究的新紀元。大學中文系加開「電子資料處理」，中文研究所加開「系統分析」選修課程，也許是刻不容緩了！

中華民國七十三年四月十六日

談師生倫理

「調整中文研究所中的倫理結構」，科際整合年會上，龔鵬程提出了這個建議，吹縐了學界一池春水！

細讀年會所印龔鵬程的論文，發現龔鵬程仍然肯定「講究尊師重道和門輩關係」的正面價值。認為「這種深厚的傳統非常可貴」；他所反對的，只是「形式化了以後的倫理結構」，以及因而產生的「非理性的態度」。例如：「執經問難」被視為不道德或不會做人；「本師某公云」仍是諸紛紜糾結處最後的裁斷依據。

說起師生倫理，記得高明先生早先也曾談過。民國六十二年九月二十八日出版的《孔孟學報》第二十六期，高先生寫的〈孔子倫理學說析論〉，中有「論師長、弟子、朋友之間的關係」一節。根據《論語》以為師長應：有教無類、無隱、循循善誘、誨人不倦……。而弟子應：敬愛師長、擇善而從；並以《論語》所說的「當仁不讓於師」「亦何常師之有」來勉勵現代學生。《師大國文研究所集刊》第九號，高先生所寫的「弁言」中，更對林耀曾所作論文，那種「但求義理之的當，而不問師法之所從」的態度，大加讚揚。

我個人在師大，也有一些有關的親身體驗。第一件事發生在大三。李辰冬先生教我們中國文學史。學期結束，要我們寫學習心得報告。學界人士大致上都知道，李先生認為《詩經》是尹吉甫一人寫的。我當時反對這說法。於是「報告」中，從《詩經》本文舉證，旁徵《左傳》引《詩》，反駁李先生。成績單發下，我的文學史成績是全班之冠。「報告」後面，李先生批著：「全篇悉由反面立論，使我有重新思考的機會，謝謝，謝謝。」我不知如何表達我當時的感動！第二件事發生在研究所。孔德成先生教我們三禮研究。根據《經義考．卷一百三十》引阮孝緒《七錄》云：「古經出魯淹中，有六十六篇，無敢傳者，後博士侍其生得十七篇，鄭注今之《儀禮》是也，餘篇皆亡。」孔先生據此以為《儀禮》十七篇是侍其生傳下來的。當時我問：「侍其生會不會是傳其書三字之誤？」孔先生初頗不以為然。後來我翻出《史記會注考證》卷一百二十一第二十四頁，瀧川本《史記正義》引《七錄》作「後博士傳其書得十七篇」為證；並據賈公彥〈序周禮興廢〉言「至高堂生博士傳十七篇」，而主《七錄》所云「博士」就是「高堂生」。孔先生大為動容，連說：「可能你說的對囉！可能你說的對囉！」那年，我的三禮研究成績，也是最高分！不過，同班好友事後倒也善意地說我：「你怎可這樣地問老師！」所以我想：「執經問難」絕對不會引起師長的反感；但同門中可能會有人說你不會做人，而且完全出於善意！

至於「本師某公云，仍是諸紛紜糾結處最後的裁斷依據」，這話也當分由兩方面看。假使一個問題，自己細心研究之後，發現老師所說確為最正確的，當然應該引用。反過來說，假使自己不下工夫研究，又不願負擔文責，引用老師的話來作擋箭牌，那就不足為訓了！

龔鵬程是我最欣賞的學生之一，不知以我說為然否？

中華民國七十三年五月七日

得乎其上

梁簡文帝〈與湘東王書〉云：「今人有效謝康樂、裴鴻臚文者，學謝則不屆其精華，但得其冗長；學裴則蔑棄其所長，惟得其所短。」原抄本《日知錄・卷二十一》「文人摹倣之病」條，引梁簡文帝語加以闡發：「效《楚辭》者必不如《楚辭》；效〈七發〉者必不如〈七發〉。蓋其意中先有一人在前，既恐失之，而其筆力復不能自遂。此壽陵餘子學步邯鄲之說也。」顧炎武這番話，正應著俗語所說：「取法乎上，得乎其中；取法乎中，得乎其下。」那麼，怎樣才能「得乎其上」呢？

其實，答案早已有了。韓愈在〈進學解〉中便說：「沉浸醲郁，含英咀華，作為文章，其書滿家。上規姚姒，渾渾無涯；周誥殷盤，佶屈聱牙；《春秋》謹嚴，《左氏》浮誇；《易》奇而法，《詩》正而葩；下逮《莊》、《騷》，太史所錄，子雲相如，同工異曲。」這就是要我們沉浸在經典、子書、史籍、辭賦等作品中，綜采英華，融會貫通。柳宗元在〈答韋中立論師道書〉中也說：「本之《書》以求其質；本之《詩》以求其恆；本之《禮》以求其宜；本之《春秋》以求其斷；本之《易》以求其動。此吾所以取道之源也。參之《穀梁》

以厲其氣；參之《孟》、《荀》以暢其支；參之《莊》、《老》以肆其端；參之《國語》以博其趣；參之《離騷》以致其幽，參之《太史》以著其潔。此吾所以旁推交通而以為之文也。」更指出為文要以經典立本，而參考傳記、子史、騷賦。而現代從事文學創作者，要想在鍊字鍛句，謀篇布局方面「得乎其上」，單單沉浸在經史子集等古典中，仍嫌不夠。必須旁推交通於國語文學，方言文學，以及外國文學名著。而敏感的心靈，入微的觀察，豐富的聯想，新穎的意象，卓越的見解，更是優美的文學作品必具的條件。

作文如此，習字亦然。必先泛濫碑帖，博采眾妙；而後遺貌取神，變化生姿，得心應手，無所不宜。屠隆《考槃餘事》：「吾人學書當兼收並蓄。聚古人于一堂；接手采于几案。手執心談，求其字體形勢，轉側結構。使胸中宏博，縱橫有象，庶學不窘于小成，而書可名于當代矣。」正是此意。

為人更應該這樣。孔子入太廟，每事問。又師郯子、萇弘、師襄、老聃。自己曾說：「三人行，必有我師焉。擇其善者而從之，其不善者而改之。」弟子子貢也讚美孔子說：「夫子焉不學？而亦何常師之有？」孔子所以能成為聖人中的「集大成」者，此正其根本原因吧！

也許，我們可以在「取法乎上，得乎其中；取法乎中，得乎其下」的前面，加上這麼一句：「取法乎眾，得乎其上！」

中華民國七十三年五月二十五日

唯變所適

在《孟子・萬章篇下》，孟子指出：伯夷「治則進，亂則退」，為「聖之清者」；伊尹「治亦進，亂亦進」，為「聖之任者」；柳下惠「不羞汙君，不辭小官」，為「聖之和者」；而「集大成」者是孔子，為「聖之時者」。孔子為什麼是聖之時者呢？孟子的答案是：孔子所行，因事而異：「可以速而速；可以久而久；可以處而處；可以仕而仕。」

孔子教學生，也因人而異。《論語・先進篇》記載著：子路問孔子說：「聽到一件合理的事就該去實踐嗎？」孔子回答說：「有父兄在，怎麼可以聽到就去做！」冉有問：「聽到一件合理的事就該去實踐嗎？」孔子回答說：「一聽到就去做！」同樣問題，孔子回答卻不一樣。公西華覺得奇怪，就去問孔子。孔子說：「冉有為人退縮，所以我鼓勵他，子路一人具有兩人的膽量，所以我壓制他！」《論語》上記載著學生問孝問仁，孔子回答常不相同：道理也一樣。這些都是孔子因材施教的好例子。

其實，從事文學創作又何嘗不如此！一位偉大的作家，他的文字風格，應該是多方面的，視內容不同而呈現不同的風貌。就像一位偉大演員能成功地飾演不同角色一般。

司馬遷是一個例子。曾經有人指出司馬遷之文「如其所寫之人」，每一種風格的變換都以內容為轉移。並且舉例證明說：《史記》寫戰爭，多半用短句，宛如短兵相接；寫纏綿的情調時，那文字就顯得潺湲悠揚。像讀〈屈賈列傳〉，簡直忘了它是傳記，像是辭賦了！再如寫封禪，便多半用恍惚之筆，彷彿讓人也到了煙雲縹緲的蓬萊。孔子見老子，有「猶龍」之嘆；所以司馬遷寫老子時，便也採畫龍的辦法，讓他鱗爪時隱時現。反之，寫信陵君，則筆端十分仁厚，有著無限暖意！至於寫酷吏，那又是另一手法。酷吏是慘酷無情的，《史記》便也出之以鐵面無私，嚴詞責詢，用近於拷打的方法。而在〈滑稽列傳〉裡，在那風趣的場合，《史記》便還他一副笑臉！

杜甫是另一個好例。南宋張戒在《歲寒堂詩話》中說：王安石只知巧語是詩，而不知拙語也是詩；黃山谷只知奇語是詩，而不知常語也是詩。歐陽修詩，專以快意為主；蘇東坡詩，專以刻意為工。李義山詩只知有金玉龍鳳；杜牧之詩只知有綺羅脂粉；李長吉詩只知有花草蝶蜂，而不知世間一切皆詩也。只有杜甫不然：在山林則山林；在廟堂則廟堂。遇巧則巧；遇拙則拙；遇奇則奇；遇俗則俗。一切物，一切事，一切意，無不可以入詩。

至於《紅樓夢》的對話，寫賈母像賈母，寫王夫人像王夫人，寫鳳姐像鳳姐。甚至各人詩詞，寶釵的絕不同於黛玉的，黛玉的也不同於湘雲的：更不在話下。

因事制宜，因材施教，因作品內容而使用不同寫作手法；使天下無不能制之事，無不能教之材，無不能寫作之內容。《周易．繫辭傳》以為：易之為道，唯變所適。我想就是這個意思。

中華民國七十三年六月四日

學術

王國維兩漢博士題名考補遺

《海寧王靜安先生遺書》卷二十一，為漢魏博士題名考。卷分上下：上卷為兩漢博士題名；下卷為魏蜀吳博士題名。慶萱曩撰《漢書・儒林列傳疏證》，於王氏此書兩漢博士題名部分，采擇頗多，皆已於疏證一一注明。而王氏此書掛漏之處，亦有所發現，爰為之補遺。

一、易博士

王氏於田王孫以下，有：甲、易施氏博士。計：施讎、張禹、彭宣三人。乙、易孟氏博士。計：白光、翟牧、朱雲、嚴望、嚴元、洼丹六人。丙、易梁邱氏博士。計：士孫張、梁恭、范升、張興四人。丁、易京氏博士。計：殷嘉、姚平、乘弘三人。

補遺曰：《漢書・儒林傳》：「施讎授魯伯，魯伯授琅邪邴丹。」《通志・氏族略》：「漢有博士邴丹。」則邴丹為易施氏博士。《後漢書・儒林傳》：「任安字定祖，廣漢綿竹人，少遊太學，受孟氏易。除博士。」又：「鮭陽鴻，字孟孫，亦以孟氏易教授。」《元和姓纂》曰：「後漢有博士鮭陽鴻」。則任安、鮭陽鴻為易孟氏博士。《後漢書．方術傳》：「樊英，字季齊，南陽魯陽人，習京氏易，安帝初，徵為博士。」則樊英為易京氏博士。《漢書．何武傳》：「武詣博士受業治易」。又〈鮑宣傳〉：「何武、師丹、孔光、彭宣，經皆更博士，位皆歷三公。」《通志．氏族略》：「漢有乘和、治易為博士。」則何武、乘何皆易博士，唯不知為何家博士耳。

二、書博士

王氏於張生、鼂錯、孔延年、孔安國之下，有：甲、書歐陽氏博士。計：歐陽高、歐陽地餘、林尊、平當、殷崇、朱普、歐陽歙、牟長、桓榮、楊倫十人。乙、尚書大夏侯氏博士：夏侯勝、孔霸、牟卿、許商、孔光、吳章、炔欽七人。丙、尚書小夏侯氏博士：夏侯建、張山拊、鄭寬中、馮賓、郭憲五人。

補遺曰：《後漢書．楊震傳》：「震少好學，受歐陽尚書於太常桓郁，明經博覽，無不窮究。」《類林》云：「楊震為太學博士」。是書歐陽氏博士有楊震。《後漢書．儒林傳》：「自歐陽生傳伏生尚書至歙八世皆為博士」。〈歐陽氏譜圖序〉：「容受尚書於伏生。容生子曰巨，字孝仁。巨生子曰遠，字叔游。遠生子曰高，字彥士。高生子亡其名，字曰仲仁。仲仁生子曰地餘。地餘生二子曰崇、曰政。政字少翁，生子曰歆。」是歐陽氏除歐陽高、歐陽地餘、歐陽歙外，歐陽容、歐陽巨、歐陽遠、歐陽仲仁、歐陽崇、歐陽政皆為尚書歐陽氏博士。然王氏以為「夸大之辭，不足信也。」《後漢書・王良傳》：「良字仲子，東海蘭陵人，習小夏侯尚書。」《太平御覽・四百五十七》引《汝南先賢傳》曰：「郭憲師事王仲子。王莽召仲子，欲令為兒講，仲子欲往。憲曰：『今君位為博士，如何輕身賤道？禮有來學，無往教之義，不宜輕道也。』」是王良為尚書小夏侯氏博士。《後漢書・寒朗傳》：「朗好經學，博通書傳，以尚書教授，永初三年，太尉張禹薦朗為博士。」是寒朗為尚書博士，唯不悉為何家博士耳。

三、詩博士

王氏分：甲、魯詩博士。計：申公、周霸、夏寬、魯賜、繆生、徐偃、闕門慶忌、瑕邱江公、韋賢、江公、王式、張長安、唐長賓、褚少孫、薛廣德、江生、龔舍、許晏、右師細君、高詡、魏應、蔡朗、魯恭二十三人。乙、齊詩博士。計：轅固生、后蒼、白奇、翼奉、匡衡、師丹、伏恭七人。丙、韓詩博士。計：韓嬰、韓商、蔡誼、食子公、王吉、長孫順、薛漢七人。

補遺曰：《後漢書・儒林傳》：「薛漢弟子犍為杜撫、會稽澹臺敬伯最知名。」《太平御覽・五百五十六》引《會稽典錄》曰：「趙曄詣博士杜撫受韓詩」。《通志・氏族略》引《風俗通》曰：「漢有博士澹臺恭」。則杜撫、澹臺敬伯皆為韓詩博士。又詩除魯、齊、韓三家外，有毛詩。《漢書・儒林傳》：「毛公，趙人。治詩，為河間獻王博士。」《後漢書・儒林傳》曰：「趙人毛萇傳詩，是為毛詩。」是毛萇為毛詩博士也。

四、禮博士

王氏計列：后蒼、戴聖、徐良、曹充、董鈞、曹褒五人。

補遺曰：《史記・儒林列傳》：「於今獨有士禮，高堂生能言之。」賈公彥〈序周禮興廢〉曰：「漢興，至高堂生博士傳十七篇。」是高堂生為禮博士也。

五、春秋博士

王氏分：甲、公羊博士。計：胡毋生、董仲舒、公孫弘、褚大、疏廣、貢禹、嚴彭祖、左咸八人。下又分：子、公羊嚴氏博士：丁恭、甄宇。丑、公羊顏氏博士：張玄、李育、羊弼。乙、春秋穀梁博士。計：周慶、丁姓、申章昌、胡常、翟方進五人。丙、春秋左氏博士：

李封。

補遺曰：《宋書・符瑞志》有博士眭孟，據《漢書》，眭宏字孟，從嬴公受《公羊春秋》，則眭宏為公羊博士。《漢書・儒林傳》：「賈誼為《左氏傳訓詁》，授趙人貫公，為河間獻王博士。」《後漢書・鄭興傳》注引《東觀記》曰：「興從博士金子嚴為《左氏春秋》」。則貫公、金子嚴皆為左氏博士。《通志・氏族略》：「漢有虢廣，為春秋博士。」然不知為《春秋》何傳之博士也。

六、不知何經博士

王氏列：叔孫通、孔襄、賈誼、公孫臣、平、將行、中、狄山、雋舍、德、虞舍、射、騶勝、義倩、申咸、夏侯常、薛順、蘇竟、賢、張佚、殷亮、承宮、焦永、趙博、李頡、李法、周防、魯丕、李充、趙暢、郭鳳、良史、黃廣、爰延、郤仲信、朱穆、趙咨、盧植、左立、任敏、韓宗、孫瑞、公孫曄、路承翁、王孫骨、沖和、羅衍、楊班、孔志、逢汾。計五十人。

補遺曰：漢立博士，初不限於經生。劉歆〈移太常博士書〉云：孝文時諸子傳記猶廣立學官為置博士。趙岐〈孟子題辭〉亦謂：孝文時論語孟子孝經爾雅皆置博士。蓋博士限於五經，為武帝之制。然武帝後之博士，史籍簡略，因而不悉其以何經為博士者，亦復不少。王氏所謂「不知何經博士」，不唯謂武帝後不悉以何經立博士者，亦兼謂武帝前諸子經傳之博士也。王氏捃摭未富，遺漏殊多，茲以所見書籍類別為目。補之於後：

甲、見於漢代正史者：

子、見於《史記》者：三王世家：「臣謹與諫大夫博士臣安等議曰」。又：「臣青翟等與列侯吏二千石諫大夫博士臣慶等議」。是安、慶皆漢博士，唯不悉其姓氏也。丑、見於《漢書》者：元帝紀曰：「建昭四年，遣諫大夫博士賞等二十一人循行天下」。成帝紀曰：「河平四年，遣光祿大夫博士嘉等十一人，行舉瀕河之郡。」是賞、嘉皆漢博士，亦不悉其姓氏。寅、見於《後漢書》者：延篤傳：「篤博通經傳及百家之言，桓帝時以博士徵拜議郎。」是延篤為漢博士也。申屠蟠傳：「中平五年，蟠復與爽、玄、及潁川韓融、陳紀等十四人並博士徵不至。」荀爽傳：「荀爽、鄭玄、申屠蟠、累謝病不至。」襄楷傳：「中平中與荀爽、鄭玄俱以博士徵不至。」鍾皓傳：「桓帝時徵為博士不就」。檀敷傳曰：「桓帝時博士徵不就」。逸民傳曰：「韓康字伯休，博士徵，不至。」按：李僊傳有「博士鄭玄」之文，則申屠蟠、荀爽、鄭玄、韓融、陳紀、襄楷、鍾皓、檀敷、韓康等，雖未就徵，仍可稱為博士也。卯、見於劉昭《後漢書補志》者：律曆志論月食曰：「博士蔡較、穀城門侯劉洪、右郎中陳調於太常府覆校。」是蔡較為漢博士也。

乙、見於其他史書者：

子、見於荀悅《漢紀》者：哀帝紀曰：「博士左丞等五十三人」。是左丞為博士也。丑、見於《華陽國志》者：蜀都士女讚曰：「張寬字叔文，成都人。太守文翁遣寬詣博士，東，受七經。還以教授。于是蜀學比于齊魯。孝武帝徵叔為博士。」梓潼人士讚曰：「景鸞明經術，博士徵。」是張寬、景鸞皆博士也。寅、見於《後漢書》注者：李固傳注引謝承書曰：「賀純字仲真，會稽山陰人，博極群藝，徵博士。」是賀純為博士也。卯、見於《三國志》注者：魏志劉邵傳注引先賢行狀曰：「繆斐字文雅，該覽經傳，徵博士。」是繆斐為博士也。辰、見於《三輔黃圖》注者：「漢博士劉熹」。是劉熹為博士也。巳、見於《東家雜記》者：「十代忠、字子貞，為博士。十一代武，字子威，為武帝博士。十三代驩、博士。十七代仁，博士。」是孔忠、孔武、孔驩、孔仁皆為漢博士也。午、見於《集古錄》者：漢婁壽碑曰：「先生諱壽，字元老，南陽隆人也，祖太常博士。」是婁壽祖為博士，未悉何名也。未、見於《後漢紀》者：獻帝紀曰：「初平三年，李傕舉博士李儒為侍中。」是李儒為博士也。申、見於《隸釋》者：太尉劉寬碑曰：「寬字文饒，宏農華陰人，博士徵。」又隸續膠東令王君廟碑曰：「王噲字叔度，博士徵。」是劉寬、王噲皆博士也。酉：見於《宋書》者：武帝紀曰：「劉洽生博士宏」。戌、見於《南齊書》者：高帝紀曰：「蕭苞生博士周」。亥、見於《唐書》者：宗室世系表曰：「君況字叔千，一字子期，博士。」宰相世系表曰：「陸駿字季才，太學博士。」按：劉宏、蕭周、李君況、陸駿為博士，或係其後人偽托，雖出於正史所載，然未可深信也。

丙、見於類書所引者：

子、見於《藝文類聚》者：卷六十二引王隱晉書曰：「漢末博士燉煌侯瑾善內學」。是侯瑾為漢博士也。丑、見於《太平御覽》者：卷四百一十引嵇康高士傳曰：「井丹字大春，扶風人，博士。」是井丹為博士也。寅、見於《北堂書抄》者：卷四十四引《漢雜事》曰：「博士申威，以怒增刑。」卷六十七引司馬彪《續漢書》曰：「魯充為博士，受詔議立七廟、三雍、大射、養老。」是申威、魯充皆為博士也。

丁、見於姓氏書者：

子、見於《古今姓氏書辨證》者：有「後漢博士許慎」。丑、見於《元和姓纂》者：卷七有「范氏，代郡漢博士范滂之後」。卷十有：「漢有博士落下仲異」。寅、見於《通志・氏族略》者：「漢有博士弦訢。」卯、見於《姓氏遙華》者：「巢堪，漢章帝博士。」辰、見於《氏族大全》者：「魯勝，漢隱士，為建康令，稱疾去官，再徵為博士。」是許慎、范滂、落下仲異、弦訢、巢堪、魯勝皆漢博士也。

戊、見於子集者：

子、見於《抱朴子》者：逸民曰：「法高卿博士徵」。丑、見於《風俗通》者：「漢時博士龍丘長」。又：「沛國劉矩叔方父，字叔遼。叔方雅有高問，州郡辟請，未嘗答命。太尉徐防，太傅桓焉，嘉其孝敬，為之先後，叔遼由此辟博士。」又：「汝南范滂父，字叔矩，博士徵。」寅、見於《蔡中郎集》者：處士圂叔則碑曰：「圂典字叔則、博士徵。」是法高卿、龍丘長、劉叔遼、范叔矩、圂典皆為博士也。

綜觀王氏兩漢博士題名，於易列十七人；於書列二十六人；於詩列三十七人；於禮列五人；於春秋列十九人；於不知何經博士列五十人。共計九十六人。補遺於易更得六人；於書更得九人；於詩更得三人；於禮更得一人；於春秋更得四人；於不知何經博士更得四十八人，共較王氏增出七十一人。然王氏書，體例謹嚴，采擇慎重。王氏列某人為某經博士，必詳考其時某經必立於學官，此其體例謹嚴處也。王氏於書「博士徵」者，或文辭有夸大之嫌者，皆所不取，此其慎重處也。凡此皆補遺所不逮者，褚生續史，見哂通人，補遺或亦不能免乎！俟大雅君子正之。

「公孫弘為學官」考釋

一

西漢一代，對於思想學術最具影響的，有三篇大文章：一篇是董仲舒的〈賢良對策〉；一篇是劉歆的〈移讓太常博士書〉；還有一篇呢？就是公孫弘的〈興學議〉了。〈賢良對策〉主要在闡明「天人合一」的道理，認為帝王若作了壞事，上天會降災懲罰的，可以代表西漢儒生思想的一斑。劉歆〈移讓太常博士書〉，代表西漢民間的古文經學派向學官的今文經學派作詞嚴義正的責備，為日後風起潮湧的古文經學派掀起第一個浪頭。公孫弘〈興學議〉把革新學官制度的理由，以及在學官設弟子員與弟子員的考核、任用、升遷等具體的辦法，一一明白列舉，對於漢代及後世學校制度的實際影響，更在上兩篇文章之上。但是：〈賢良對策〉是受到世人重視了；〈移讓太常博士書〉也收在《昭明文選》中，傳誦千古。唯獨公孫弘〈興學議〉被湅結在《史記．儒林列傳》序文中，被後世一般學者冷落了。

為什麼？據我個人推測，理由不外三點：

一、公孫弘其人無行，是一個「曲學阿世」的人，因此以人廢言，便把他這篇重要文獻看輕了。

二、〈興學議〉無大文采，言之不文，行之不遠。加上《史記》傳寫轉刻的衍脫，使它意思更不好懂了。因此大家就懶得理它。

而最重要的理由，尤在：

三、認為這篇文章是公孫弘「為學官」時的建議，因而漠視它在實際制度上的重大影響。

〈興學議〉真的是公孫弘「為學官」時的建議嗎？這個問題的澄清，將大有助於我們對〈興學議〉一文重要性的體認，進而促使我們對於此一中國最具體最古老的教育法令的了解。

二

「公孫弘為學官」六字，出於《史記》，在〈儒林列傳〉序文中，這麼記載著：

> 及竇太后崩，武安侯田蚡為丞相，絀黃老刑名百家之言，延文學儒者數百人。而公孫弘以春秋白衣為天子三公，封以平津侯。天下之學士，靡然鄉風矣。公孫弘為學官，

悼道之鬱滯，乃請曰：丞相御史言……。

班固仿《史記》而撰《漢書》，他寫武帝以前歷史，大都引錄《史記》原文，所以《漢書·儒林傳》也有這段文字。只是「而公孫弘以春秋白衣為天子三公封以平津侯」一句，改成「公孫弘以治春秋為丞相封侯」；把「乃請曰」改為「迺請白」，其他很少更動。《史記》、《漢書》此段文字中的「為學官」三字是什麼意思呢？《史記三家注》及日人瀧川資言的《會注考證》固然都不曾加以注解，《漢書》顏師古注和王先謙補注也忽略了這個問題。只有郭嵩燾的《史記札記·卷五》才加以解說：

此謂弘元光五年對策拜博士時也。

郭氏的意思是：上文雖然說到公孫弘「為丞相封侯」，但下面〈興學議〉一篇上書，卻是從前對策拜為博士時作的，言下之意，「學官」就是「博士」。

「學官」也許就是「博士」，當然。而且《史記》、《漢書》的行文，常常有追溯往事的例子，所以敘述公孫弘「為學官」，雖然次序在「為丞相封侯」之後，也是不足為怪的。可是下有「丞相御史言」，卻又是怎樣一回事呢？

合川張森楷氏的《史記新校注稿》，對這問題有非常巧妙的解釋。——《史記新校注稿》是一本了不起的手抄稿。在校的方面，張氏據校之本四十四，參校之本一十七。在注的方面，張氏徵引的書籍，在四百五十八種以上。自始校至注成，花了五十年，一共改寫過六次。取材博而有別擇，考辨精而極審慎。不是瀧川的《會注考證》能趕得上的。我現在參考的是《史記新校注》第六次修訂後的手抄稿。——張氏說：

> 公孫弘時為學官，此其職權內事，非所不當言，而必請丞相御史以昭鄭重，故白於二府為言之于朝。白即後世呈字之代名詞。若作曰，猶後世之案奉云云也。二說並通，唯來者擇焉。

張氏指出「丞相御史言」有二種解釋：

一、公孫弘〈興學議〉是呈給丞相御史二府，請他們轉呈給漢武帝的。

二、或由公孫弘直接呈給武帝，而呈文內引用了丞相御史的話。

張氏認為這兩種說法都可以成立，讀者自己可以作一抉擇。所以，「為學官」與「丞相御史言」並無矛盾。

問題到此似乎可以圓滿結束了。可是：

一、漢魏六朝臣子給皇上的呈文，全都是一開始便先寫明自己的身分。如司馬相如上書諫獵，開頭便用「臣聞」；諸葛亮〈出師表〉，首句便是「臣亮言」；沈約奏彈王源，那長之又長的「給事黃門侍郎兼御史中丞吳興邑中正臣沈約稽首」，便是開頭第一句。

為什麼公孫弘的上書獨不這樣？

二、在公孫弘〈興學議〉中，「臣謹案」以下，口氣是很堅定，完全沒有向丞相御史請示的語氣。上書提到太常，老實不客氣地直呼其名曰「臧」。假如公孫弘當時只是博士，那麼，官位比那些小縣令還要小。對於位列三公的丞相御史，官居九卿的太常，豈能如此不給面子？尤其公孫弘這個人，《史記》說他「為人意忌外寬內深」；轅固生勸他「無曲學以阿世」；汲黯罵他「徒懷詐飾智以阿人主取容」；可算得上「老油條」了，如果他當時真是「博士」小官，不會這樣措辭的。

所以：我覺得郭嵩燾、張森楷這兒的注解，是有推敲的餘地的。雖然他們對《史記》其他許多地方的注解，大都很精當而特出。

三

要弄清「為學官」三字，首先要解決的問題該是：公孫弘這篇〈興學議〉，到底是不是元光五年（西元前一三〇年）拜博士時寫的？如果是，那麼郭嵩燾的意見便無法推翻了；如果不是呢，那麼「為學官」便無法解釋作「為博士」。因而應該進一步研究它的正確意義。

答案是否定的。

第一、公孫弘拜博士根本不是元光五年。

《漢書・公孫弘傳》：「弘年六十以賢良徵為博士」。而元狩二年（西元前一二一年）公孫弘便「薨」了。《漢書》說他「年八十」，實在只活了七十九歲。（《大陸雜誌・二十六卷・十二期》有一篇施之勉先生作的〈公孫弘年七十九〉，可以參考。）七十九減六十是十九，由西元前一二一年上推十九年是西元前一四〇年。就是漢武帝建元元年，而不是元光五年。司馬光《資治通鑑》記弘為博士年代正與此合。

第二、〈興學議〉文內曾引用武帝元朔五年詔。

公孫弘上書，在「丞相御史言」下，是「制曰」。所謂「制曰」，就是「皇帝的詔書說」。這段詔書在《漢書・武帝紀》裡可以找到，它是載於元朔五年（西元前一二四年）六月的。

元朔五年公孫弘在當丞相，早已不是一位「博士官」了！在《漢書・百官公卿表》上記載著：

元朔五年十一月乙丑，丞相澤免，御史大夫公孫弘為丞相。四月丁未，河東太守九江番係為御史大夫。

漢初以每年十月為新年開始。公孫弘在元朔五年十一月由御史大夫調升為丞相，但是他的御史大夫職位並未立即移交他人，經十一、十二、一、二、三、四，兼了五個月的御史大夫職，而後才專任丞相一職。公孫弘上書自稱「丞相御史言」，正是他當丞相兼御史時上的書。這一點，非但可以證明他當時不是「博士官」，而且還可據以訂正《漢書》上一個小錯誤：那篇武帝興學的制應該是在元朔五年四月前便頒布了的，而不是那年的六月。

四

公孫弘的上書，時間既是元朔五年，當時他的官位又是「丞相兼御史」而不是「博士」，那麼「為學官」三字是什麼意思呢？

先說「官」字：

現代人一見「官」字，聯想到的總不外是「管人的官吏」。在上古，「官吏」的「官」並不寫作「官」，而常用「工」字。甲骨文上的「工典其彡」、「工典其祭」，鐘鼎如「令彝」上的「及百工」，這些「工」固然都是「官」的意思。《尚書・堯典》「允釐百工」，《詩經・周頌・臣工》中的「嗟嗟臣工」，又何嘗不是「百官」、「臣官」的意思呢？

至於「官」字，許慎《說文解字》上是這麼講的：

官，吏事君也。從宀從𠂤，𠂤猶眾也。此與師同意。

許慎認為「官」字從「宀」從「𠂤」會意。「宀」象屋頂交覆的樣子；「𠂤」是大眾之意。這是對的。可是許慎又接受了「官」解作「官吏」這一後起義的影響，以為「官，吏事君也。」卻錯了。

「官」字從宀從𠂤，意是一座在內處理「眾人」之事的「房屋」；或招待「眾人」食宿的「房屋」。等於現在的「官廳」、「行政大廈」、「會館」、「賓館」。在甲骨文中，所有的「官」字，只有兩種意義：一為「方名」，是「管」的初文，管仲便是其後。另一個意義就是這兒所說的「官廳」、「賓館」。它與「餐」字共為「館」字的初文。而當「官吏」講的「官」字，在甲骨文中從來不曾出現過。「學官」之「官」，正是「館」的意思。所以學官就是學館。為古代帝王創設來教育眾人讀書習藝的地方。直到漢代，「學官」仍屬此義。

且拿證據來：

先舉公孫弘〈興學議〉另一「官」字為例：

請因舊官而興焉。

大史學家馬端臨在他的《文獻通考．卷四十．學校考》中，引了這句話，而加以解釋說：「舊官為博士舊授徒之黌舍也。至是官置弟子員，來者既眾，故因舊黌舍而興修之。」

「官」是「黌舍」，這是一個證據。

再舉《漢書．循吏傳》一段文字為證：

文翁又修起學官於成都市中，招下縣子弟以為學官弟子。

顏師古注：「學官，學之官舍也。」

「學官」是「學之官舍」，這又是一個證據。

這麼說來，「官」就是「黌舍」，「學官」就是「學之官舍」，也就相當於現在的「學校」。所以在「學官」上學的人可以叫作「學官弟子」；一本經書獲准拿到「學官」去講授也可叫做「立於學官」了。

現在，我們可以曉得「為學官」三字的真正意義了：它實在只是「為了學校」的意思。替學校找些好學生，並且為學生們解決出路問題。這個「為」應讀去聲，不該讀為陽平的。

五

公孫弘的〈興學議〉，首段引武帝之制，以為其所議之根據；中段係與太常博士議定設學官弟子員及弟子員考核之法；末段自「臣謹案」起，歷述擢用學官弟子員的理由，與所擬弟子員任用升遷的辦法。短短五百字，實為漢初學校制度的藍圖。可惜大家都誤以為它只是公孫弘為博士時的建議，不知是他為丞相時所定的法令。這完全是「公孫弘為學官」造成的誤解。學者們如能逐漸澄清「為學官」真正意義，不是「當了博士」而是「為著學校」；在掃清一切誤會之後，進一步地重視〈興學議〉對我國學術制度的實際影響，以及它在教育史上創制發軔的地位，使這頁珍貴的史料不至永遠凍結在《史記》裡被冷落，這是筆者的願望。

從語言分類談到中國語言

壹、語言分類的方式

關於語言分類的方式，最主要的有兩種。一種是形態學分類法，依詞的語法構造的特點為標準，分語言為：孤立語、黏著語、屈折語、複綜語四種。另一種是發生學分類法，依語言的共同始祖和親屬關係為標準，分語言為若干語系。兩種分類法都不能妥善地概括世界上所有的語言。例如英語，依形態學分類法，到底專屬於屈折語？或具有相當程度的孤立語的性質？頗多爭議。又如日語、韓語，依發生學分類法，究竟應歸入哪一種語系？也大成問題。加上對世界各種語言的研究，距離完全的認識尚非常遙遠，到目前為止，沒有任何一種語言分類法是絕對正確而周延的。下面，依語言形態為綱，語族系統為目，加以分類，也只是一種權宜的措施，這是首先必須說明的。

貳、世界語言的分類

一、孤立語

這類語言的特徵是：一個詞只有詞根，沒有詞尾變化。因此各種詞類在形態上缺乏明顯的標誌。句子裡詞與詞之間關係，常由詞序、輔助詞等語法手段來表示。

漢藏語系就屬於孤立語，又分：

(1)漢語：是我國最主要的語言，也是世界使用人數最多的語言。包括：北方官話、西南官話、下江官話、吳語、湘語、贛語、客家話、粵語、閩北語、閩南語、皖語。

(2)洞台語：分布於我國西南諸省的山地、海南島、中南半島、以及印度的阿薩密省。包括：僮語、泰語、黎語、洞家話、水家話、擺夷語等。

(3)苗傜語：苗語通行於雲貴高原，並散見於越南、泰國、緬甸。傜語分布於兩廣山地，及雲南、越南、和泰國。

(4)越南語：是越南主要的語言。也有學者以為越南語當屬於南亞語系。

(5)藏緬語：分布於西藏和緬甸。我國四川、雲南、貴州的倮倮語、麼些語，也屬這一系統。

二、黏著語：

黏著語的語詞，由表示詞彙意義的詞根和表示語法意義的附加成分黏合而成。詞根和附加成分的形式都很固定，而且具有相當大的獨立性。包括：

(1)烏拉阿爾泰語系：包括突厥語、蒙古語、通古斯語、韓語、日語、芬蘭語、匈牙利語等。我國新疆的維吾爾語屬突厥語；內蒙通行蒙古語；滿洲語屬通古斯語。

(2)南島語系：又稱馬來亞．玻里尼西亞語系。包括：馬來語、爪哇語、菲律賓語等，臺灣山地語言也屬於南島語系。

(3)南亞語系：又稱孟．高棉語系。包括孟語、高棉語。我國雲南邊境有佧佤語與崩龍語，也屬此語系。

三、屈折語：

屈折語的語詞，由表示詞彙意義的詞根和表示語法意義的附加成分緊密結合而成。詞的語法形式由詞根音位的替換或附加成分的變化而形成。例如英語的 man 是單數名詞，詞根音位替換，變成 men，就成複數名詞了。這叫作「內部屈折」。又如英語的 sing, sings, singer, singing，其語法形式不是由詞根 sing 音位替換而成，而是由附加成分 -s, -er, -ing 的變化而成。這叫作「外部屈折」。屈折語的詞根和附加成分緊密結合，附加成分沒有獨立性。屬於屈折語的語系有：

(1)印度・歐羅巴語系：包括印度・伊蘭語、亞美尼亞語、希臘語、阿爾巴尼亞語、羅曼語、斯拉夫語、波羅的語、日耳曼語、克勒特語等。我國新疆西南角有塔其克人，使用塔其克語，屬印度・伊蘭語。

(2)塞含語系：是介於屈折、黏著之間的一種語系。包括塞語系的希伯來語、阿拉伯語，和含語系的埃及語。

四、複綜語：

複綜語常在動詞詞根上加進各種附加成分，可以表達類似句子的完整的意思。所以是「詞」、「句」不分的語言。美洲印第安語系，使用的就是這種形式的語言。

以上四種形態上的分類，還可歸納為「分析」、「綜合」兩大類。孤立語裡，句子中每一個語詞只包含一個意義，意內詞外，表裡如一。凡是兩種以上的意義，必分析為兩個以上的語詞來表達，所以屬於分析語。相對的，一個語詞中包含有兩種以上的意義時，黏著語以詞根黏合附加成分來表達；屈折語以語詞形態上的內部屈折、外部屈折、重音等方式來表達；複綜語更把多種意義合在一起成為一個類似句子的詞來表達：三者都不用獨立的語詞分別表達不同的意義，就屬於綜合語。不過，分析語偶也有綜合的現象；綜合語時亦採分析的辦法。

兩者只有程度上的差異，而沒有絕對的界限。這點，下面還會再談到。

參、中國語言的評估

在世界各種語言中，中國語言是進步的？或為落伍的？其地位如何？關於這問題，曾有正反兩種截然不同的看法。

自然主義學派的創始人，德國語言學家施來赫爾（A. Schleicher, 1821–1868）認為中國人使用的孤立語是最落後的語言。他把語言看作自然界中的生物一樣，因而以生物學上的進化論來看待語言的發展及其分類。於是把語言依形態結構分成三種：孤立語、黏著語和屈折語。以為孤立語裡的語詞，在語句中各個獨立，純屬無機的組合；黏著語裡的語詞，詞根和詞尾相黏，由無機組合趨向有機結合；到屈折語的語詞，則為有機的結合了。並以為家族生活的人種用孤立語；遊牧生活的人種用黏著語；有國家組織的人種用屈折語。世界語言，就依孤立、黏合、屈折進化著。所以：德國人用的日耳曼語，屬屈折語，是最高等的；而中國語為孤立語，是低等語言。

但是，丹麥語言學家葉斯柏孫（Otto Jespersen, 1860–1943）卻持相反的意見。他細察古代拉丁語和現代羅曼語、古代英語和現代英語等等語言的實際變遷，發現語言由綜合轉向分析的趨向：一方面語詞形態的變化日漸減少；另方面措辭上的次序日形重要。葉斯柏孫指出：語詞如果形態變化過多，有礙記憶；由於附加成分的添加，使詞的音節加長，更使學習困難；何況像名詞與形容詞或動詞性數相符等等是累贅而沒有必要的。不如讓附加成分脫離詞根而獨立，用語詞在句子中的次序代替形態變化來表示詞性，使語句有一定次序，組織固定，運用靈活，更容易表達意思。所以世界語言趨於分析的傾向，是進步的現象。準此，作為分析語的極致的中國語，便是全世界最進步的語言了。

以上兩種意見，各有所偏。施來赫爾的說法，充滿著種族成見。其實依他以「有機」程度作為標準，日耳曼語也未必為最高級語言，因為施氏所不知道的印第安複綜語，有機程度更在日耳曼語之上！葉斯柏孫指出分析語的進步性，當然很能發人深省；但是，他所說綜語趨向分析的傾向，亦有選擇例證輕率概括的嫌疑。綜合語固然有趨向分析的，如拉丁語amo（我愛），amabo（我將愛），是綜合二個或二個以上的意思於一詞，由形態變化表達其語法意義。到了英語，分別為I love, I shall love，每個意思都分別成詞了。又如十三世紀英語ik found, we foundon，到了近代，也成為I found, we found，表示過去式的動詞found（發現）已沒有單數複數的分別了。這些的確顯示由綜合趨向分析。但是，相反的情形不是沒有。我國的漢語，「解衣衣人，推食食人。」第一個衣音ㄧ，第一個食音ㄕˊ，是名詞；第二個衣音一，第二個食音ㄙˋ，是動詞。這種以破音表示詞性轉變，近於綜合語的內部屈折。在單數的名詞、稱代詞下加「們」表示複數。在動詞下加「著」表示進行；加「了」表示完成。某些動詞或形容詞下加「兒」，會變成名詞，如：兜兒、刺兒、墊兒、板擦兒、筆尖兒等等。這些形態變化，又頗似綜合語的外部屈折。如此看來，分析語的實詞虛化，趨向綜合的情形也是有的。語言的發展，總是依著自己本身的需要，同時也與他種語言產生交互影響。對於綜合語的分析傾向，與分析語的綜合傾向，寧可作如此觀，而不宜因此任意加以軒輊的。

評估一種語言的價值，應該另有標準。屬於語言本身的有：這種語言詞彙是否豐富？語法是否嚴密？能否正確地表達說話人豐富的情意、精密的思想、以及描述宇宙間繁富而日新月異的事物？屬於語言外緣的有：這種語言使用的人數多嗎？是否經得起歷史的考驗？用這種語言紀錄的文獻浩繁否？它對其他語言紀錄的文獻和新知能有效地轉譯嗎？如果依上述標準，中國語言的價值是可以正面肯定的。也許最後一點：轉譯新知的有效性，學界還有一些爭議。

中國小說裡的感時憂國精神

一、前言

《周易・繫辭傳下》有：「作易者，其有憂患乎？」憂患意識，可說是我民族心靈的特色。這個命題，徐復觀先生在〈周初宗教中人文精神的躍動〉一文中首先提出。牟宗三先生在「中國哲學的特質」演講中進一步將憂患意識，與佛之大悲心、基督之博愛，相提並論。認為三者同屬「宇宙之悲情」。包括小說在內的中國文學裡的感時憂國精神，可說是中華民族心靈中憂患意識的一種。而且是最重要的一種。謝謝香港浸會學院中文系學生會，讓我有機會和香港中文大學余光中先生、香港大學梁沛錦先生、香港理工學院陳志誠先生，共同參加「從傳統到現代」文學座談會，就「中國文學裡感時憂國精神的源流與特徵」發表意見。現在我就談談「中國小說裡的感時憂國精神」。

二、在清中葉以前的小說裡，感時憂國意識偶有呈現

先秦作品，跟小說攀得上關係的，有：神話、傳說、野史、寓言。其中部分具有時代意義，而且關乎國計民生。如：「盤古開天」，可以看作對更為遼闊的生存環境的熱烈盼望。「女媧補天」，不只是顯示：我們的天空並不是男性所能單獨完成的；它必須有女性參與修補的工作。而且陽剛過盛的男性世界，必然是野火、洪水、凶禽、猛獸的世界，必須有女性熄滅野火、吸乾洪水、砍斷動物的凶爪，這才適合人類的生存。「后羿射日」，代表人類征服自然，改進生存環境的努力。「夸父逐日」，代表對征服自然失敗英雄的懷念和悲憫。燧人氏、有巢氏、伏羲氏、神農氏，這些傳說，表明了一個真理：能提高人類生活品質的人，才是大家心目中偉大的領袖。而「黃帝滅蚩尤」的傳說，更表明了我們的祖先對暴君的痛恨，和對仁政的擁戴。這些神話和傳說，都或多或少地代表民族集體潛意識中一種感時憂國的精神。

魏晉南北朝的筆記小說中，志怪的，有些談神仙靈異，有些談善惡果報。前者反映對現實世界的辛勞拘束的失望；後者反映對當時社會善無善報，惡無惡報的不滿。志人的，偶而也能突出了一些感時憂國的人物。如《世說新語》中寫振奮士氣的王導，聞勝不驕的謝安，擊楫渡江的祖逖等等。

隋唐五代的傳奇，我要特別一提〈虬髯客傳〉。這篇小說通過「真命天子」的觀念，表達了幾千年來根深柢固的願望：一位英明卓越的領袖，一個安和樂利的社會。

宋元話本中，短篇如〈拗相公〉，寫王安石新政失敗後懊喪和懺悔的心情。一個理想，如果沒有正確的實行方法，和適當的執行人才，是不能實現的。甚至理想變成了狂想，使自己成為國家民族的罪人。〈錯斬崔寧〉，則是對不良司法制度的血淚控訴。劉二姐聽了丈夫騙說已賣了她，先在鄰居借住了一夜，第二天回娘家。沒想到小偷殺死了她的丈夫。劉二姐被人懷疑謀殺親夫，連累了路上和她同行的崔寧也白陪上一條命。如果劉二姐真的謀殺親夫，怎會等到第二天才逃？而且還告訴人回娘家而讓人追上捉住？那斷獄的府尹也真太糊塗些！〈鄭意娘傳〉寫女主角被金人擄去，不屈而死，表現了女子堅貞的氣節和愛國思想。較長篇的有《大宋宣和遺事》，借宋江故事發洩對腐敗政治的憤恨。

明代四大小說：《三國演義》說出國人對仁慈國君、賢明宰相、英勇將軍、以及所有忠義之士的期許。《水滸》好漢為社會除奸，只是太不分青紅皂白，也太不擇手段了。《西遊》行者為人類除妖，可能還包含對明世宗的一些諷刺。《金瓶梅》以一個家族的興衰象徵整個社會的不義和墮落。可惜，過多淫穢的描寫，使這個值得憂患的主題反而被淹沒了。

清初小說，有兩部必須一提。那就是《儒林外史》和《紅樓夢》。這兩部小說，都嘗試對兩千年因襲下來的制度和觀念，特別是科舉制度和名教觀念，作徹底的反省和檢討。《儒林外史》的作者非常灑脫地從功名利祿中跳出，然後對科場士子的淺薄無聊加以嘲弄。《紅樓夢》的作者，從「怡紅院」的浮華中驚醒，卻又躲進「悼紅軒」中自怨自嘆。是數落紅塵的不是？是懷念紅塵的不再？昔日紅樓，畢竟已成一夢了。帝制時代形成的社會病態和價值錯亂，開始有人懷疑而予以針砭了，讀書應該有比博取功名更崇高的目標在！

在清中葉以前的小說中，我能發現到的感時憂國意識，只有這些，實在太少了。

三、晚清小說，感時憂國精神特別強烈

存在的事物，必然有其存在的理由。晚清小說，特具感時憂國的精神，也決不是偶然的。究其原因，大致有四：

一、清政腐敗，內亂外患接連並至，供給小說家尖銳的刺激，和豐富的題材。周氏於《中國小說史略》上說：「蓋嘉慶以來，雖屢平內亂，亦屢挫於外敵。細民闇昧，尚啜茗聽平逆武功；有識者則已翻然思改革，憑敵愾之心，呼維新與愛國，而於富強尤致意焉。戊戌變政既不成，越二年即庚子歲，而有義和團之變。群乃知政府不足與圖治，頓有掊擊之意矣。其在小說，則揭發伏藏，顯其弊惡，而於時政，嚴加糾彈，或更擴充，並及風俗。」已經指出

了這一點。

二、西方民主、科學、尊重女權等觀念的輸入，在思想界激起新的浪潮。反映在小說上，就是反專制、反迷信、反婦女纏足等主題的出現。

三、歐美小說的大量翻譯，使知識分子憬悟，可以使用小說為攻惡褒善的武器。梁啟超對這一點，認識得很清楚。在〈論小說與群治之關係〉一文中，他說：「欲新一國之民，不可不新一國之小說。故欲新道德，必新小說；欲興宗教，必新小說；欲新政治，必新小說；欲新風俗，必新小說；欲新學藝，必新小說；乃至欲新人心，欲新人格，必新小說。」這段話，對知識分子之從事小說寫作，有很巨大的影響。

四、印刷術的發達，提供小說印行方面的便利。出書，不再是災梨禍棗、傾家蕩產的豪舉。

這些感時憂國的小說，非但數量很多，稱得上風起雲湧；而且視野遼闊，展示了前所未有的廣大的世界觀。現在歸納為三大類，說明於下。

第一類以反映時代為主題：如憂患餘生的《鄰女語》，以八國聯軍為背景，借主角金堅由江蘇鎮江北上天津，一路所見散兵游勇的擾民，地方軍閥戮民媚洋，以及鄰女告訴他賑濟官員的貪墨情形。梁啟超的《新中國未來記》，為「立憲」描繪出一幅美麗而虛幻的夢境。吳沃堯（趼人）的《立憲萬歲》，李寶嘉（伯元）的《文明小史》，前者對偽立憲、真專制加以諷刺，後者從民族革命立場，予君主立憲以嚴厲的批評。震旦女士的《自由結婚》，不只是標榜反滿清專制，而且也揭櫫反漢奸、反洋奴、以及反帝國主義的思想。同樣的，陳天華的《獅子吼》，除了民族革命意識之外，也警覺到列強瓜分中國的危險。把這些小說貫串起來，幾乎就成中國近代史。

第二類是描寫社會現象的。著名的有吳沃堯的《二十年目睹之怪現象》。以主角九死一生來敘述故事。把社會上蝕人的蛇蟲鼠蟻，啖人的豺狼虎豹，攫人的魑魅魍魎，盡情刻劃諷刺。劉鶚的《老殘遊記》，對清末的政治社會，也多所反映。尤其寫所謂「清官」的害民誤國，比李伯元的《官場現形記》還要深入。全書瀰漫了一股「棋局將殘，吾人將老，欲不哭泣也得乎」的悲憫氣息。姬文的《市聲》是值得注意的一部小說。它寫出晚清時代中國茶商、絲商和土地掮客，如何在振興工商業的美名下，暴發起來；又在外國資本的打擊下，失敗下去。可惜這條應該當作「主線」的題旨，卻若隱若現，沒有緊緊掌握。附帶說說清末旅美華人寫的《苦社會》。這部小說，可說是早期美國華工的血淚史。死亡的陰影在一上輪船就開始了。近二千華工用腳鍊被鎖在底艙。當輪船到埠，艙門打開，一陣惡臭直沖上來，原來有七八十人早已死在艙底了。到達美國的，在鐵路或礦山作奴工，過的仍是非人生活。華工忍無可忍，群起反抗。大崙山之戰，兩萬五千華工，就這樣被美國騎兵「剿滅」！而那些幸運地能在美國成家立業的，在「華工禁約」的無理規定下，或被迫害至死，或棄產歸國。早期在美華人的生活，絕不會比電視影集《根》中所描繪的黑奴好多少！今天有所謂「放逐文學」、「華裔文學」、「留學生文學」等等名堂，《苦社會》可說是始祖。

第三類目的在啟迪思想。在滿清中葉，李汝珍的《鏡花緣》，曾借唐敖隨林之洋出遊十幾個國家，說出自己理想中好讓不爭的國度和男女平等的世界。清末小說中，如頤瑣的《黃繡球》，寫女子放足與興學，是描寫婦女運動最重要的代表作。其他如壯者的《掃迷帚》、吳沃堯的《瞎騙奇聞》，在破除迷信上發揮了小說的功能。

四、民國以來，憂國感時小說的新發展

先說三十年代作品及其反諷後果：

假如談論中國小說中的感時憂國精神，有意忽略了三十年代作品，那是知識上的不誠懇。但是一提到三十年代的作品和作家，又不能抑制地聯想到文革和牛棚，這真是一場絕妙的反諷。

魯迅的〈狂人日記〉，說出他對民族危險的狂言。〈藥〉，表達了他對清末革命志士夏瑜

〈會是秋瑾嗎?〉的崇敬和哀悼。〈阿Q正傳〉象徵整個民族急待治療的病態。可惜,學醫未成的魯迅,雖然看出中國人的病根,但是卻不曾開出對症的藥方。我不想說他開錯了藥方。老舍的《貓城記》,對中國人的懶惰、懦弱、貪婪、好色、敗德,作沉痛的責備;同時對異族侵略的災禍已迫近眉睫,提出警告。茅盾的《子夜》,以當年上海的工商界為描寫對象。對工商業面臨的困境:如外國資本的入侵,共黨鼓動的罷工等等,有相當主觀的體認和呈現。巴金的《激流三部曲》使人想起了《紅樓夢》。只是《紅樓夢》表現的是消極的逃避;而《激流三部曲》表現的是正面的反抗。這部書過分醜化了中國大家庭,我個人愈來愈發覺它對中國傳統文化的扭曲。

再說自由中國感時憂國小說的新主題:

首先是反共小說的興起。姜貴的《旋風》和《重陽》可說是這一主題的代表作。人,總是不免有缺點的。我們不可以把這種人類共有的缺點全部推給某一種傳統,某一個社會,某一類階級,或某一地區的人。然後一廂情願地把另一種未待事實證明為可行的學說奉為救世福音,盲目地去相信它。中國近半個世紀的悲劇在這裡,姜貴的小說對此有十分生動的描寫。白先勇的《臺北人》對老成凋謝、歌舞未休等現象表示關切。黃春明的一些小說,如:〈莎喲娜拉.再見〉和〈蘋果的滋味〉等,對國人媚外崇洋的心態感到憂憤。則構成感時憂國小說的新主題。

最後談談大陸「傷痕文學」中的小說：

這一方面，我涉獵不多。陳若曦人已去了美國，她的作品談的人已很多，我也不談了。這兒我只舉峭石的〈管飯〉，尤鳳偉的〈清水衙門〉，高曉聲的〈李順大造屋〉作例子，說說自己膚淺的印象。

〈管飯〉的主題，在描寫中共幹部在打天下的時候，很能跟老百姓同甘共苦；但是奪得政權之後，卻逐漸與老百姓疏離，終於成為壓迫人民的官僚。〈清水衙門〉寫一個自來水公司革委會主任莊啟民，藉水荒而斂財的故事。水荒之前，他誤信颱風會來而錯放了水，於是裝病醫院一住，療養去也。水荒到了，他回到衙門，還親自擔任供水辦公室主任，以「機動用水」來搞交易，拉關係，謀求私利。〈李順大造屋〉，臺北的《聯合報》曾轉載。李順大是一位憨厚的農民，土改以後，省吃儉用，立志以「吃三年薄粥，賣一條黃牛」的精神，來造三間屋。積了幾年的錢買了些建材，不料一九五八年大煉鋼鐵，把他的建材都拿去造煉鐵爐和推土車去了。文革時，他被專政機關請去，「交了厄運」。等放出來要造屋又買不到建材了。就這樣空喊造屋沒有造成。他兒媳的娘家原蓋了兩間新屋，偏遇到當權者「要把山河重安排」，開一條筆直的樣板河，誰叫親家新屋偏在新河河道上，當然也被拆掉了。又有一個大隊，要把許多滿好的房子拆了，合併到一個地方去，這叫作「建造新農村」。大陸農民勤勞辛苦，就這樣浪費在這些好大喜功的「事業」上，結果仍然一窮二白，連一間屋都蓋不起來！

五、結語

感時憂國精神，在小說中愈來愈受重視。這可從清季之前的小說很少此種精神，以至清季以後突轉強烈可以看出。作者從才子佳人，兒女情長中超脫而上，於小說中抒其時代家國之感，這方向自然是正確的。但是，我們實在不必要求也不可要求小說一定要以「感時憂國」為唯一主題，那樣會使小說狹窄化，公式化，以至僵化。而更重要的是必須通過藝術手法表達感時憂國的精神。可惜，大部分感時憂國小說，尚未符合此一要求。太多的「作者干擾」。人物塑造時常落在二元邏輯的謬誤之中。而且每嫌濫情而欠真實。結構方面也不夠嚴密。晚清小說如此，巴金小說如此，傷痕文學仍然如此。只有臺灣近年作品在藝術上比較成熟。

先說作者干擾。夾敘夾議，在散文也許可說是良方，在小說卻變成毒藥。以〈清水衙門〉為例，作者先借李福工程師的口來罵莊啟民；再借小陳的口來罵；意猶未足，最後作者跳到作品中罵。生怕讀者個個是白癡，不知道這個四人幫餘孽的可恨似的。對於如此粗劣的語言，套用小說中的原文：「我驚愕了」！

再說人物兩極化。〈管飯〉裡的陳隊長，是無缺點的中共黨員；侯書記便是欺壓百姓的新官僚。這篇小說裡，好人夠好，壞人夠壞。到了〈清水衙門〉，莊啟民是人見人罵，十惡不赦的壞蛋，不必說了。李福工程師是神。你看，颱風已到，「風助雨勢，猛裂地襲擊著車子的頂棚和門窗，發出可怕的聲響」。車子慢慢「上坡」，終被「陡漲的河流所阻」。李福毅然棄車，泅水過河，翻山上壩。人力怎能辦到？這不是神嗎？不過話說回來，年近七十的老人尚且能夠以空前紀錄橫泅長江，在這樣一個世界，中年人之能與山洪搏鬥，逆泅而上，實在也無庸過分詫異的了。小說人物如此的兩極化，我想我也無話可說了。

感時憂國小說每多感情泛濫而欠真實，暴露主題流於說教。清末小說動不動就「萬分淒慘」、「真堪浩嘆」和「如今改良女界，先有兩層辦法……」「看官，須知阻礙中國進化之大害，莫如迷信」，且別說它。巴金的《家》，居然也充滿著：「懷著一顆痛苦的心，別了那個絕望地苦鬥著的哥哥，他好像別了整個光明的世界。家，在他看來，只是一個沙漠，或者可說是舊勢力的根據地，他的敵人的大本營。」「覺新不答話，他開始抽泣起來。」「一些哭聲，一些話，一些眼淚，就把這個可愛的年輕的生命埋葬了。」諸如此類濫情而帶說教的句子。甚至寫景時也不例外：「天井被雪裝飾得那麼美麗，那麼純潔！」簡直可以和小學生作文簿上的句子比美了！這種作品流行的結果，自然〈清水衙門〉會出現如此的描述：「說到這裡，他竟激動得幾乎全身都在顫抖，嘴唇哆哆嗦嗦，半天又說了這麼幾個字：「不像話……真不像話……。』說完，猛一轉身，丟開我和小陳走開了。從他的背影，我看到他用手拭淚的動作。」只差鼻涕沒下來了。

缺乏嚴謹的結構是感時憂國小說另一個致命的缺點。自《儒林外史》合短篇為長篇而成書之後，許多小說家就採用這個辦法來寫長篇。李伯元尤其喜用這種不花腦筋的辦法。《官場現形記》是一個現成的例子。憂患餘生的《鄰女語》，前六回以第一人稱敘事觀點說故事，還像小說的架勢。以下忽然拋開主角「我」，另起一個話題，使全書統一性受到嚴重的破壞。梁啟超《新中國未來記》，更只是對話體的「政治宣言」，第三回全文二萬字，其中政見論辯竟佔了一萬六千字。在「傷痕文學」中，〈李順大造屋〉技巧已算上上之選，但是結構亦有此病。由李順大造屋未成到他親家新屋被拆，已是節外生枝。更加上「建造新農村」一段，就更有突兀之感了。我意思並不是說這些內容不可合在一起，而是說應該有更好的組織。要是一個作家連三件相關的事都組織不好，那還能希望他寫出千頭萬緒的偉大作品嗎？

優秀的小說不應只有一個正確的主題；它更需要足以表達這個正確主題的適當技巧。數以百計的清末感時憂國的小說，今天何在？我想，我該向大家說聲「敬請指教」，然後坐下來想想這個問題了。

文學裡的象徵

一、象徵的定義

任何一種抽象的觀念、情感、與看不見的事物，不直接予以指明，而由於理性的關聯、社會的約定，從而透過某種意象的媒介，間接加以陳述的表達方式，我們名之為「象徵」。

詳細點說：

象徵的對象是任何一種抽象的觀念、情感、與看不見的事物。例如：以國旗象徵國家，國家就屬於一種「觀念」；以熊熊烈火象徵男女間的情愛，情愛便屬於一種「情感」；以花朵的凋零象徵死亡，死亡便屬於一種事實。查爾斯・查特微克 (Charles Chadwick) 在其《象徵主義》(*Symbolism*) 一書中指出象徵是「使用具體的意象以表達抽象的觀念與情感」；《韋氏(Webster) 英文字典》以為象徵是「以一種看得見的符號來表現看不見的事物」。都特別強調「抽象的」、「看不見的」。以上文所舉例子而論：國家、情愛、死亡確實都是抽象而看不見的。

象徵的媒介是某種意象。所謂意象，是指由作者的意識所組合的形相。「形相」一詞，本身具足具體的意義。例如前述之國旗、烈火、花朵之凋零，都為具體的，或看得見的。

象徵的構成必須出於理性的關聯，社會的約定。例如：以獅子象徵勇敢屬理性的關聯；以十字架象徵基督教屬社會的約定。不過這種關聯與約定並沒有必然性。因此，象徵雖然是一種符號，但並不等於數學上的符號。數學上的符號如：$c^2=a^2+b^2$。c為直角三角形之斜邊；a b為其餘二邊，有一定的意義。但是象徵之為符號，除以國旗象徵國家，十字架象徵基督教等特例之外，通常卻無必然性。例如：水，象徵清潔、贖罪、豐饒等，也可作為「潛意識」的象徵。又如：海洋，代表一切生命之母，也可以作為心靈的神祕性和無限量，死與再生，時間之無限等等的象徵。

象徵的表達方式必須是間接陳述而非直接指明。象徵主義大師馬拉梅（Stéphane Mallarmé）曾說過：「指明一物件，便剝奪了一首詩的最大樂趣；因為詩的樂趣在逐漸流露。」後人把這兩句話約為：「說出是破壞，暗示才是創造。」成為象徵主義的名言。這一點也正是象徵與譬喻不同之所在。譬喻所含的意念，容易尋找，也容易確定；但象徵卻表現出高度的曖昧。

二、象徵的本質

對「象徵」的定義具有初步認識之後，我想進而一探象徵的本質。如此，我們就必須稍稍了解弗洛伊德 (Sigmund Freud, 1856–1939) 的潛意識 (the unconscious) 說，和柯立芝 (T.S. Coleridge) 對幻想力與想像力 (Fancy and Imagination) 的論述。

弗洛伊德是精神分析運動的創始人。他認為：決定我們思想、感覺與行動的最具權威的力量是生物的「原慾」——性。性的感覺可以追溯到嬰兒時代。由於個人和團體的禁忌，性受到許多抑制。這些被抑制的性慾、性記憶、性偏愛都被保留和隱藏在潛意識裡，時時以社會所允許的偽裝形式而掙扎到生活表面來。夢和藝術就都是習見的偽裝形式。就藝術而言，通過藝術（包括文學）所表現的「意識」，來查驗作者的「潛意識」；從而發現作者的潛意識，如何經由自由聯想 (free association)、昇華 (sublimation)、自衛機轉 (defense mechanism)、合理化 (rationalization) 等等歷程，成為藝術品所表現的意識。這種本質、這種歷程，便是「象徵」了。換句話說：象徵的本質是以意識隱藏潛意識；象徵的歷程是把潛意識化為意識。

柯立芝對幻想力和想像力的討論，見於他所寫的《文學傳記》(*Biographia Literaria*)，此書副題為「我的文學生活和觀感雜記」(Biographical Sketches of My Literary Life and Opinions)。表明它決非純理論的陳述。以下所述，則係據白萊特 (R.L. Brett) 撰，陳梅音譯：《幻想力與想像力》一書轉引。「象徵」可說是打開柯立芝批評原理的鑰匙。在他看來，藝術作品是自然世界與思想世界之間的媒介。而審美行為與藝術創作行為都是藉想像力把經驗象徵化。象徵與概念抗衡，然而人的心智必須靠此二者的相互作用才能達成最高成就。由於概念表達法的不足，心智經常用象徵形式傳揚它自己的經驗意義。而概念化作用的理解力也試著說明藝術的象徵。藝術家的任務在於利用象徵把經驗具體表現出來；而批評家的職責則是把象徵轉譯成推理式的思想。所以藝術上的象徵結構與抽象思想家的形上學體系十分類似。象徵與概念的交互作用也增進了人對自己以及所居住的世界的認識。

三、象徵在中國文學上的發展

(一)神話

從文學發展史上觀察，象徵首先以神話的形式出現。如果說夢是個人潛意識的象徵，那麼神話就是集體潛意識的象徵了。神話折射出人類對大自然的觀感以及對自身生命的希望。盤古開天，女媧補天，是初民宇宙觀的象徵；共工與顓頊爭帝，折天柱，絕地維，天傾西北，地陷東南，是初民地理觀的象徵；后羿射日，夸父逐日，是人類征服自然的希望和失望的象徵；嫦娥奔月，是人要求自由和不死的欲望的象徵。在希臘神話裡，納西瑟斯 (Narcissus) 是自戀慾 (narcissism) 的象徵；伊底帕斯 (Oedipus the King) 是戀母情意綜 (The Oedipus Complex) 的象徵。

(二)寓言

由神話到寓言，是文學作品由無意之象徵一變而為有意的象徵。所謂寓言，是虛構而有寓意的故事。故事的角色可以是人類本身，更普遍的情形是動物、植物、甚至無生物。藉這些人的或非人的角色的行為，把作者的意念透露出來。我國諸子史書，寓言很多。如《孟子》中的「齊人有一妻一妾」，《莊子》中的「庖丁解牛」，《列子》中的「愚公移山」。《戰國策》中的「畫蛇添足」、「鷸蚌相爭」、「狐假虎威」，都是眾所熟知的例子。佛教和基督教經典中也有不少寓言。如基督教《新約》中有：

你們聽阿，有一個撒種的，出去撒種。撒的時候，有落在路旁的，飛鳥來吃盡了。有落在土淺石頭地上的，土既不深，發苗最快。日頭出來一曬，因為沒有根，就枯乾了。有落在荊棘裡的，荊棘長起來，把他擠住了，就不結實。又有落在好土裡的，就發生長大，結實有三十倍的，有六十倍的，有一百倍的。又說，有耳可聽的，就應當聽。

（《馬可福音》三：三——九）

這個寓言的意思是：

撒種之人所撒的，就是道。那撒在路旁的，就是人聽了道，撒但立刻來，把撒在心裡的道奪去了。那撒在石頭地上的，就是人聽了道，立刻歡喜領受，但他心裡沒有根，不過是暫時的。及至為道遭了患難，或是受了逼迫，立刻就跌倒了。還有那撒在荊棘裡的，就是人聽了道，後來有世上的思慮，錢財的迷惑，和別樣的私慾，進來把道擠住了，就不能結實。那撒在好地上的，就是人聽道，又領受，並且結實，有三十倍的，有六十倍的，有一百倍的。（《馬可福音》三：十四——二十）

佛教的《佛說譬喻經》也有：

時有一人，遊於曠野，為惡象所逐，怖走無依，見一空井，傍有樹根，即尋根下，潛身井中。有黑白二鼠，互齧樹根。於井中四邊，有四毒蛇，欲螫其人，下有毒龍。心畏龍蛇，恐樹根斷，樹根蜂蜜，五滴墮口，樹搖散蜂，下螫斯人。野火復來，燃燒此樹。……

據經文的解釋：象為無常，井係生死，險岸之樹根為命，黑白二鼠為晝夜，齧樹根為急念滅，四毒蛇為四大，蜜為五欲，蜂為邪思，火指老病，毒龍喻死。總之，喻人畏生老病死，使真性障礙，為五欲所困。

這些寓言，象徵的意義或顯或晦，但都是有意經營的。

(三)詩歌

無論神話或者寓言，都是把整個故事作為象徵；因此，象徵幾乎可視為一種體製，而不純為一種方法。把象徵當作一種修辭的方法，在漢語文學作品中以詩最普遍。《詩經》六義中有「興」一法。《文心雕龍．比興篇》說得好：

觀夫興之託諭，婉而成章，稱名也少；取類也大。關雎有別，故后妃方德；尸鳩貞一，故夫人象義。義取其貞，無從于夷禽；德貴其別，不嫌於鷙鳥。明而未融，故發注而後見也。

把「貞一」、「有別」等抽象概念，透過「關雎」、「尸鳩」等具體意象而表達，這種「興」，就是我們所說的象徵了。劉勰認為「興」是「明而未融，故發注而後見」，表明了象徵具有高度的曖昧性。

試從《詩經》實例來觀察，《詩經》，尤其是國風，常可分割為兩部分：一是屬於本事的，可稱之為本事意象；一是屬於景物的，可稱之為景物意象。所謂「興」就是景物意象，多為象徵。如《詩經．關雎》：首二句「關關雎鳩，在河之洲」，《毛傳》：「興也。」是作為象徵的「景物意象」；次二句「窈窕淑女，君子好逑」是「本事意象」。「關關雎鳩」不僅是描寫一片風景而已；它是經過詩人選擇並且賦以「關關求偶」的主題概念而形成文學上的「象徵」。詩中的「興」大多具有象徵作用，再以〈桃夭〉為例：

桃之夭夭，灼灼其華；之子于歸，宜其室家。
桃之夭夭，有蕡其實；之子于歸，宜其家室。
桃之夭夭，其葉蓁蓁；之子于歸，宜其家人。

每章首二句都是景物意象，都是興，都是象徵。作者以桃花桃果桃葉的具體意象，來表達美麗、成熟、茂盛之抽象概念，並且與下面所敘本事意象融而為一。

從《詩經》發展到古詩，在形式上，景物意象和本事意象不再像《詩經》那麼地涇渭分明；在象徵意義上，也遠比《詩經》為豐富而曖昧，以〈古詩十九首〉其一為例：

行行重行行，與君生別離。相去萬餘里，各在天一涯。
道路阻且長，會面安可知。胡馬依北風，越鳥巢南枝。
相去日已遠，衣帶日已緩。浮雲蔽白日，遊子不顧反。
思君令人老，歲月忽已晚。棄捐勿復道，努力加餐飯。

把「胡馬依北風，越鳥巢南枝」插入本事之中，其分割不再像《詩經》之斧痕分明，而此二句的含義，也極豐富。依李善《文選注》引《韓詩外傳》云：

詩曰：「代馬依北風，飛鳥棲故巢。」皆不忘本之謂也。

我們可以認為它是遊子思鄉念舊的象徵。依《吳越春秋》所言：

胡馬依北風而立，越燕望海日而熙。

則取「雲從龍，風從虎」之意。我們可以認為它是同類相求同心相愛的象徵。紀昀則以：

此以一南一北申足「各在天一涯」意，以起下相去之遠。

那麼，又可認為它是南北睽隔的象徵了。

自漢魏的古詩發展到唐宋的近體詩，詩人對「象徵」也加強其注意力，而技巧也益發地圓融了。唐司空圖著《詩品》二十四則，其一為「雄渾」，中有八字：「超以象外，得其環中。」這兩句話，我們可以如此地引申：無論詩的創作或欣賞，都要在表面的意象之外，闡發或領會其潛存的旨趣。宋梅聖俞〈續金針詩格〉說得更清楚：「詩有內外意，內意欲盡其理，外意欲盡其象，內外意含蓄，方入詩格。」這就與柯立芝所說「象徵與概念之交互作用」相似了。

這些有關象徵的認識，表現在實際作品中，使詩的象徵意義越來越豐富。王昌齡的〈長信怨〉，被王漁洋推許為唐人七絕「壓卷」之作，其佳處就在於詩的豐富的象徵性。

奉帚平明金殿開，暫將團扇共徘徊。
玉顏不及寒鴉色，猶帶昭陽日影來。

朱光潛在《談美》一書中指出：

這首詩裡的「昭陽日影」便是象徵皇帝的恩寵。「皇帝的恩寵」是內意，是「理」，是一個空泛的抽象概念，所以王昌齡拿「昭陽日影」一個具體的意象來代替牠，「昭陽日影」便是「象」，便是「外意」。

宋人以理入詩，象徵的意味也更濃厚，以朱熹的〈觀書有感〉為例：

半畝方塘一鑑開，天光雲影共徘徊。
問渠那得清如許？為有源頭活水來。

「半畝方塘」是我們心性的象徵。「天光」象徵虛靈不昧的本體；「雲影」象徵物欲的蒙蔽；「源頭活水」則是博學之意。由此源頭再經審問、慎思、明辨、篤行正是「自誠明」的歷程。所以這詩題作「觀書有感」。朱熹〈答江端伯書〉云：

為學不可以不讀書。而讀書之法，又當熟讀沉思，反覆涵泳。銖積寸累，久自見功；不惟理明，心亦自定。

正好移作此詩象徵意義的注腳。

(四)小說

當我們的注意力從有韻的詩歌轉向無韻的小說，更可發現象徵在文學作品中使用之普遍。這裡，我僅僅選擇杜光庭的〈虬髯客傳〉和施耐庵的《水滸傳》，作為例子加以說明。

先說虬髯客傳。錄其中一節如下：

如期至，即道士與虬髯已到矣；但謁文靜。時方弈棋；揖而話心焉。文靜飛書迎文皇看棋。道士對弈，虬髯與公傍侍焉。俄而文皇到來，精神風采驚人，長揖而坐，神氣清朗，滿坐風生，顧盼煒如也，道士一見慘然，下棋子曰：「此局全輸矣！於此失卻局哉！救無路矣！復奚言！」罷弈而請去。既出，謂虬髯曰：「此世界非公世界，他方可也。勉之，勿以為念！」因共入京。

「下棋」在這裡是一種象徵，這是十分明顯的，無須我多加解釋。

但是，《水滸傳》中有許多象徵，卻遠為曖昧。韓國女學人李慧淳在《水滸傳研究》一書中指出：「於尋求中，飲酒與氣力，為兩主象徵。」酒象徵活力的源泉，紛爭之始端，亦為冒險的障礙；力氣則與飲酒為互為循環之象徵。除了這兩個主象徵外，《水滸傳》一書還有許多副象徵，例如：第一回〈張天師祈禳瘟疫〉，「瘟疫」當然是中外古今同用的「罪惡」的象徵。又如：第四回〈魯智深大鬧五臺山〉，描寫魯智深「扒上禪床，解下絛，把直裰、帶子，都咇咇剝剝扯斷了」也可看作他要從個我禁閉中，自壞正果，衝向外界的勠力。樂衡君有〈梁山泊的締造與幻滅——論水滸傳的悲劇嘲弄〉一文，對這些曾有十分精彩的敘述，原文刊在《中外文學》第八期，讀者可以自行閱讀。

四、象徵的內涵

於略介象徵在我國古典文學作品中直線發展之後，我應該對象徵的內涵作橫的解剖。這一部分，要借重顏元叔教授論〈現代英美短篇小說的特質〉一文中的意見。顏君認為：「依我個人的觀察，象徵可以分為三類：一類是象徵結構；一類是象徵人物；一類是象徵事物。」分述於下。

(一)象徵結構

顏君認為：

> 小說中的象徵結構，大體把人生視為一個旅程或尋求，正如亞瑟王的騎士尋求聖杯或荷馬的優利西斯追求故鄉依色卡。不過，現代小說的追尋目標，似乎都集中於對生命的了解。這種追尋的結構可能佔據一個短篇小說的全部或部份。而肉體的行動，總是反應內心的變化。

顏君先以康拉德 (Joseph Conrad) 的〈黑暗心地〉(Heart of Darkness) 為例，說明主人翁馬羅在剛果河溯流而上的冒險歷程，便象徵了人類追求智慧的不變過程。再以美國作家彭華侖 (Robert Penn Warren) 的〈黑莓冬〉(Blackberry Winter) 為例，全篇也是一個旅程，不過具體而微罷了。〈黑莓冬〉中的旅程，也許沒有引導主人翁走向智慧；但是，至少引導他走向更遼闊、更複雜的人生。其他如：喬埃斯 (James Joyce) 的〈阿拉伯商展〉(Araby)，曼殊菲爾 (Katherine Mansfield) 的〈前奏曲〉(Prelude)，故事的一部分也為象徵的旅程。

㈡象徵人物

顏君認為：

我們可以耶穌式人物與撒旦式人物作為兩個極致，其間紛陳著聖性與魔性參差不等的人物。西洋文學作品中常有所謂的耶穌人物與撒旦人物，原因是耶穌與撒旦所代表的人性與經驗，最為遼闊，最為深刻。現代作家認為人性是複雜的，所以很少寫出單純的聖性或魔性的人物。即使如此，許多的小說人物，仍可以較近聖性或魔性，加以分別。

顏君曾舉福克納(William Faulkner)的〈斑駁的馬群〉(Spotted Horses)為例，指出主角傅雷姆・史諾普為撒旦式人物；而旅店老闆娘小約翰太太則頗具幾分聖性。

顏君又認為：

在很多的短篇小說中，人物的塑造不僅止於「個性」(Individuality)，而趨向於表現「通性」(Generality)。

而以史坦貝克(John Steinbeck)的〈逃亡〉(Flight)為例，指出：主人翁貝貝受到多數人的迫害以及他的死，令我們想起耶穌的相似遭遇。代表著一切受多數迫害的少數人，他的死是一種精神的勝利。

㈢象徵事物

顏君以為：

> 談到象徵事物，大別可分兩種：獨立的象徵事物與不獨立的象徵事物。前者如十字架或純粹的鐵十字，各具其獨立的象徵含義，不受故事的上下文的控制。但是，大多數的象徵事物的含義是不獨立的，是受上下文控制的。

顏君曾舉例說明：安德森(Sherwood Anderson)的〈紙丸〉(Paper Pills)中的紙球象徵各自隔絕的人生關係。〈阿拉伯商展〉中的博覽會象徵著夢寐以求的愛情幻境；〈斑駁的馬群〉中的斑駁的馬，象徵人類的貪婪。

以上，我已歷述象徵的定義、本質、歷史發展，和內容類別。下一節，我將就現代中國作品中舉些象徵的例子。

五、現代中國文學作品象徵舉例

(一)結構方面的象徵

象徵結構表現在文學的原始類型上。文學的原始類型，據戈林等（Wilfred L. Guerin et al.）所撰的《文學批評手冊》（*A Handbook of Critical Approaches to Literature*）所列，略如下述：

1. 尋求（Quest）：英雄或拯救者，經過漫長的流浪生活，完成極艱巨的任務。如與怪物決鬥，解不易解之謎，排除一切障礙，或決勝沙場以救國救民等等。

2. 涉世（Initiation）：英雄由忍受一連串的嚴酷考驗，從無知、幼稚而變為理智、合群的成人。這過程通常分為三個步驟：分離、改造、回歸。

3. 犧牲（The Sacrificial Scapegoat）：英雄與國民福利是同一的，所以必須自我犧牲以贖民族之罪愆。耶穌之死於十字架便是典型的例子。

現代文學頗有用這種原始類型形成其象徵結構的。最為大眾熟悉的例子是朱西寧的〈狼〉。作者用「旁觀敘述者第一身觀點」的方法，借一個孤兒的口來敘述他的二嬸的故事。茲析其結構如下：

(1)尋求：〈狼〉全篇可看作「二嬸」尋求子嗣的過程。全文因小孤兒不肯改口叫娘而被虐待開始，到他低低迸出一聲「娘」結束。中間敘述二嬸跟長工通姦；以及障礙物「狼」的除去，全可看作「尋求」的歷程。

(2)涉世：〈狼〉中的二嬸和小孤兒，都經過了一番痛苦的經驗。結果二嬸由慾性轉變為母性，小孤兒由幼稚趨向成熟。嬸姪兩人正好經歷了分離、改造、回歸的歷程。

(3)犧牲：在〈狼〉中，小孤兒是一隻替罪的羔羊。他飽受二嬸的虐待，最後，還：「低低迸出一聲『娘！』隨即我像犯了不知多大的過錯，膝頭一軟，也跪倒在地上。」小孤兒的一聲「娘」，的「跪」，把分離的嬸姪變成相愛的母子。「像犯了不知多大的過錯」的「像」是點睛之筆。

(4)「狼」的象徵：作者把陰狠的二嬸和狡黠的狼穿插著寫。最後，讓「狼」死在獵狼名手「大轂轆」之手；又讓「二嬸」的姦情敗露，在大轂轆的責備下而悔改。「狼」在這裡是人類原始的獸性的象徵。

張永祥的《秋決》，象徵結構略似朱西寧的〈狼〉，讀者試自行分析。

(二)人物方面的象徵

人物除了可以象徵上帝與魔鬼之外，也可用以象徵某一時代，某一國度。

首先我要以《秋決》中的人物為例。「秋決」是中國人「傳宗接代」、「自我犧牲」、「春生秋殺」等傳統意識下的產物。敘述兇手裴剛從殺人至處決之間的一年中，心靈由暴戾趨向祥和的尋求歷程。何懷碩〈從文學及藝術觀點分析「秋決」〉一文中指出：

在《秋決》中，書生與小偷，強烈的對照，如善惡兩極，而裴剛則是兩極中由惡趨善的人物。這三個人物，正如耶穌受刑時與另外兩個強盜一起，一個是靈魂終將得救，一個是永遠沉淪。前者是裴剛，後面是小偷，而耶穌就是「書生」。

充分說明了「書生」、「裴剛」、「小偷」之為象徵人物。《秋決》一書，有名有姓的只有裴剛、裴順。有名無姓的有蓮兒，春桃。其他都是沒名沒姓的。故事的時間地點也未交待。作者在這裡要表現的，不是某時某地某一個人，而是沒有時間局限的，普天下的人類代表：奶奶象徵「大地之母」，牢頭卻是父性的象徵；蓮兒象徵使生命正向發展的力量；春桃象徵使生命負向發展的力量。縣太爺代表清官，刑曹象徵汙吏。裴順與二大爺也正好相反，忠奸分明。他們或近於聖性，或近於魔性，都用作象徵的人物。

白先勇〈梁父吟〉中的人物象徵卻是另一類型。在這篇短篇小說中，白先勇以「客觀敘事觀點」，把中國近代史壓縮在短短一兩小時的故事中。他以不具人格的目擊者的口氣，冷靜地報導著。不說明什麼，不解釋什麼，不分析什麼，也不批評什麼。故事中的「翁樸園」、「王孟養」代表上一代；「雷委員」、「王家驥」代表這一代；「翁效先」代表下一代。上一代的，揮著一柄馬刀，站在黃鶴樓頭，呼喊著：「革命英雄在此！」打了一輩子的仗，殺孽重，臨去的時候，也不免心神不寧，許願手抄一卷《金剛經》。而這一代的，「大概在外國住久了，中國人的人情禮俗，他不甚了解。」「行事有時卻不由得不叫人寒心」又「都是信基督教的，不肯舉行佛教的儀式。」與上一代存有明顯的代溝。下一代的，「是在美國生的，剛回來的時候，一句中國話也不會說，簡直成了小洋人！現在跟著我唸點書，卻也背得上幾首唐詩了。」白先勇有意讓上一代象徵革命建國，這一代象徵全盤西化；而預言下一代重新肯定民族文化。祖孫三代，恰恰雄辯地表明了黑格兒(George Wilhelm Friedrich Hegel, 1770–1831)

正反合辯證法的過程。

如果我們再研討一下徐鍾珮的〈露莎的姑母〉，我們便發現：這位老姑母實際上是沒落中的大不列顛的象徵。這個短篇小說一開頭，作者就一再提醒讀者：「姑母是故事裡的人物。」中間，先用「英國實行糧食配給，去人家用茶用飯，客人總愛自己帶些東西去，省得吃掉別人家的口糧。」點出大英帝國今天的寒磣；然後以「一進鐵門，我不禁兩眼圓睜，天知道，這個花園大得有如公園，中間一片碧油油的大草地，草地中間，一個噴水池，噴水池四圍，盛開著五顏六色的花卉，遠看去倒好像一張天然地毯。」「在會客室裡，觸眼處盡是紅色絲絨和金色的家具。如果我有時間打聽，我相信她會逐一告訴我那一張椅子是屬於什麼時代，那個櫃子是屬於什麼皇朝的。」表明了大英昔日的富強。而轉捩點便在「『這本來是我的書室，』她指著一片瓦礫說：『希特勒把它改造成這副樣子，炸彈下來時我和剛才一樣正在客廳用茶，我震得從沙發裡跳起來，滿身灰塵。三分鐘後，我站起來，拍拍我的頭髮，出去吩咐僕人重給我做茶，希特勒以為炸彈能唬人，那就錯了。』」這裡也顯示不列顛民族的高傲。當訪客告辭，發現包蛋糕的舊報一行大字標題：「英國技術人員撤出伊朗。」徐鍾珮描寫的，絕不僅是一位英國的老婦人；她象徵著整個大英帝國，昔日的繁華，大戰中的破碎，以及今天的沒落！

㈢事物方面的象徵

文學作品中對某些事物的描寫，常常有「象徵」的意義。詩、散文中如此；小說尤然。以「詩」來說，我願以李有成〈余光中詩裡的火焰意象〉作一個現成的抽樣品。李君指出：在余光中〈想起那些眼睛〉一詩中，火「除了供給暖熱之外，亦且是智慧之火，不停地自焚，不停地付出，不停地放射光芒。」在〈如果遠方有戰爭〉一詩中，「火葬」意象「包含著對戰爭的否定及對自我的肯定。」「象徵著不斷燃燒的希望，與乎脫胎換骨的新生。」在〈弄琴人〉中，「自焚象徵著一種投入，一種歷煉，一種淨化，一種再生，也是一扇通向永恆的門。」〈乾坤舞〉一詩「同樣是在自焚，同樣在奮力超越，追求藝術生命的永恆！」在〈火浴〉中，「通過自焚和淨化，詩人終於獲得了新生。」因此李君的結論是：「余光中作品裡的火焰意象，在象徵意義上是具備著一致性的。……它們的意義都是肯定的。這肯定的意義即構成火焰意象的一致性。」

以「散文」來說，許家鸞在〈背影的欣賞〉中指出：朱自清在〈背影〉中，以「紫皮大衣」象徵「父愛的溫暖」；以「朱紅的橘子」象徵「父愛的光輝」。紫皮大衣是「他給我做的」，表示「人不可忘記父母的恩惠」；朱紅橘子「一股腦兒放在我的皮大衣上」，代表「父親給兒子的愛是完完整整，毫無保留的！」舉此一文為例，我們可以以三隅反。

在「小說」方面，事物象徵更是被經常使用的技巧。楊海宴的〈兩截壓癟的黃瓜〉象徵百無一用的知識分子的高不成低不就，以及生命的脆弱。於梨華的〈雪地上的星星〉象徵遠看閃閃誘人，接近時除了澈骨冰寒之外一無所有的愛情。水晶的〈沒有臉的人〉，面對的是一面破碎的鏡子。張系國的〈香蕉船〉，載的是黃皮白心容易腐爛的貨色。張愛玲的〈留情〉，開頭是：

> 他們家十一月裡就生了火。小小的一個火盆，雪白的灰裡窩著紅炭。炭起初是樹木，後來死了，現在，身子裡通過紅隱隱的火，又活過來，然而，活著，就快成灰了。它第一個生命是青綠色的，第二個是暗紅的——

水晶在〈象徵與橫徵〉一文中認為：

> 和整篇小說「怨偶」的題旨配起來讀，這一段的象徵意味，是亟其明顯的。米堯晶和敦鳳都是再婚（它第一個生命是青綠色的，第二個是暗紅的）。兩人第一次的婚姻都不

美滿（炭起初是樹林，後來死了）；第二次的婚姻還不錯——「敦鳳守了十多年的寡方才嫁的米先生。現在很快樂，但也不過分，因為總是經過了那一番的了。」而米先生呢？「這一次他並沒有冒冒失失衝到婚姻裡去，卻是預先打聽好、計劃好的，晚年可以享一點清福豔福，抵補以往的不順心。」（所以作者告訴我們：「現在，身子裡通過紅隱隱的火，又活過來」。）兩人雖然彼此找到了好的歸宿，卻是「夕陽無限好」。年紀都不小了；尤其米先生，算命的說：「還有十年陽壽。」（「然而，活著，就快成灰了。」）

結尾是：

出了弄堂，街上行人稀少，如同大清早上。這一帶都是淡黃的粉牆，因為潮濕的緣故，發了黑，沿街種著的小洋梧桐，一樹的黃葉子，就像黃葉子，正開得爛漫，一棵棵黃樹映著墨灰的牆，格外的鮮艷。葉子在樹梢，眼見它招呀招的，一飛一個大弧線，搶在人前面，落地還飄得多遠。

水晶說：

我認為這一張張落葉，是象徵這一對夫婦的過去，它們雖然已屬陳迹，卻是詞裡所說的「憶往事，空陳迹」，所以「他們會招呀招的，一飛一個大弧線，搶在人前面，落地還飄得多遠。」換句話說：這些往事都是他們忘不了的。就像敦鳳早上在家中織的那種絨線，是「灰色的，牽牽絆絆許多小白疙瘩。」

最後，我還要抄一段白先勇〈梁父吟〉中的文字：

蘭花已經盛開過了，一些枯褐的莖梗上，只剩下三五朵殘苞在幽幽的發著一絲冷香。可是那些葉子卻一條條的發得十分蒼碧。

讀者看看，它們到底什麼意思？

六、象徵的原則

(一)結合意象，使象徵有足夠的可信度

象徵很像譬喻，尤其像譬喻裡的借喻。二者的分別在：象徵和意象結合為一；而借喻是省去喻體、喻詞的喻依，喻體和喻依卻是獨立的兩個意象。試看下列：

這話未免太重太狂，太傷害人的自尊，火山的爆發，溶岩飛漿，四濺傷人。破壞了美的印象。發怒是心虛的表示。你心虛。祈綏音也心虛。（水晶：〈沒有臉的人〉）

「火山的爆發，溶岩飛漿，四濺傷人。」是一個借喻；與「羅亦強發怒」是二個獨立的意象。作者借前者來喻後者。前者事實上並沒發生。再看下例：

她突然舉起另外一隻手把那隻玻璃水缸猛一拍，那隻金魚缸便珖瑯一聲拍落到地上，

砸得粉碎。（白先勇：〈那片血一般紅的杜鵑花〉）

這個意象象徵著「麗兒」砸碎「王雄」的心。象徵與意象結合為一，而且事實上也曾發生。關於象徵結合意象，顏元叔曾有透徹的說明，見〈短篇小說談——技巧與主題〉一文：

「夏樹是鳥的莊園」這個題目，便是一個由意象昇華而成的象徵。這個短篇的主題，無非是從寧靜到破壞，從和平到混亂。「夏樹是鳥的莊園」一語便象徵了寧靜與和平的境界。後來，破壞與混亂出現，夏樹就不再是鳥的莊園，而群鳥驚散了。當然，所謂鳥，乃象徵著人；鳥的莊園象徵著人的世界。但是，鳥不僅為了人——它的象徵對象——而存在；鳥的自身作為一個意象，也是整個寧靜和平的世界的一份子——破壞與混亂來到，它實際地也象徵地驚散了。這是一個意象與象徵結合的例子；意象有足夠的可信度，象徵也因之有足夠的可信度。

正是我寫象徵原則第一條的根據。

㈡濃縮文字，納深廣題旨於短幅之中

今日的社會，是工業的社會。人們忙著生產，忙著交際，忙著享樂。加上電影電視之普遍，相對的，欣賞文學的時間便減少了。長篇巨著越來越難找到讀者，短篇於是應運而起。而內容上，文學不再用風花雪月、奇情異節來取悅人類，而是用具體的人生經驗來講道理。要把深而廣的主題，壓縮在短幅小篇之中，象徵便成為一個重要的手法。海明威曾經說過，好的短篇像一座冰山，十之七八浸在水裡，露出水面不過十之二三。塞斯頓 (Jarvis A. Thurston) 說得更詳細：

> 如同現代詩，現代短篇小說的內容是濃縮的。它使用象徵以期籠括廣而深的主題；於是，在最佳的作家筆下，短篇小說幾可與長篇小說分庭抗禮。現代短篇小說使用象徵，既然能夠獲得主題上的廣度、深度，與戲劇化的力量，是以，現代短篇小說不再自甘於是一篇「故事」或一個「素描」而已。

對於象徵之能濃縮文字，有很精彩的說明。

㈢超越時空，具有普遍而永恆的價值

我無意否定時空意識對於文學工作者的重要性；相反的，我認為只有具有充分歷史觀念的人，才能夠充分了解人類社會發展中顯露的人類的通性。只有具有強烈的民族觀念的人，才能夠清晰分別各民族的「族性」的異同。也只有認識了各時各地的個人之後，才能認識人類共同之性。文學作品不應以單純地反映現實，作一面時代的鏡子就滿足了；它必須發現人心內在的奧祕，用具體的形相把它表達出來，這正是「象徵」的特質或任務。無論古代或現代，東方或西方，人類的潛意識總是相同的。象徵既然發掘人心內在的奧祕——人類的潛意識，又把它隱藏在一個文學作品之中。於是文學作品由於象徵，也就超越時空的限制，放射出普遍而永恆的價值。《伊蕾凱苿》(*Electra*) 所以被認為「永恆的悲劇」；《秋決》中人物之所以多無名字，理由都在此。

㈣要有重心，一篇之中象徵不可太多

顏元叔在〈短篇小說談〉一文中曾說：

一個短篇之中，意象與象徵不可太多；太多則看來詞藻豐富，實際上會阻礙故事的發展——「局部字質」壓倒了「邏輯結構」——便不是短篇小說，而是散文詩了。大抵而言，一個短篇（假使你的短篇使用象徵）最好矗立一個中心象徵，而後一再重複而變化地使用這個象徵；另外可視情況的需要，使用一些能夠配合的附屬象徵與意象，則條理井然，這便形成了意象或象徵結構。重複而變化 (Repetition through variation) 使用一個中心象徵，也許是短篇中玩弄象徵的人要牢記的。

水晶也曾在〈象憂亦憂・象喜亦喜——泛論張愛玲短篇小說中的鏡子意象〉中引《紅樓夢・玩母珠賈政參聚散》作正副象徵的註解：

把那顆母珠擱在中間，將盤放在桌上，看見那些小珠子兒，滴溜滴溜的都滾到大珠子身邊，回來把這顆大珠子抬高了，別處的小珠子一顆也不剩，都黏在大珠上。

以為：這母珠便是中心象徵；小珠子便成了附屬的象徵。試以水晶〈沒有臉的人〉為例。

未完成的東西總使人有不舒服的感覺。
未完成的東西看來總使人不舒服。
未完成的東西看來總使人不舒服。

這是中心象徵，一再重複而變化地使用著。

用熱水揾臉，對一面破鏡子。
左邊的鬍子要比右邊多。用勁點。糟糕，血流出來了。
白慘慘的冷粥蠟。殘炙與冷羹，到處潛辛酸。
大幅被單晾在竹竿上，襯出天井的狹窄湫隘。
竹竿不堪負荷，勉強支撐被單的重壓，四角滴出水來。
割碎了灰濛濛的天。
空襲後的殘破相。
一陣風揚起撲面的塵土。

便是附屬象徵，配合著前述的中心象徵。

㈤避免淺俗，不可直接揭示作者用意

這一點，我採用了姚一葦《藝術的奧秘》第六章〈論象徵〉中的主張。姚君以為「象徵」(Symbol) 與「象徵主義」(Symbolism) 自技術的觀念言，不無相通之處。姚君指出：

他們不努力於事實感情思想之記述，而追求影像、音樂而生之暗示 (Suggest)。馬拉梅有兩句名言：「說出是破壞，暗示才是創造。」因為不管他們所標榜的為何，他們所著重的不是外在的物質世界的表象，而是內在的心靈世界的顯露，而這一內在的心靈世界不是率直地明示出來，只能通過暗示流露出來。

㈥要求自然，創作欣賞切忌機械附會

所謂「自然」，是指「象徵」為故事發展所必須的；為人物的心理趨向，道德意識，以及人物所處的環境等條件必然產生的意象。它的反面，對創作者來說，就是機械象徵。這一點，我仍然要借重顏元叔〈短篇小說談〉中的意見：

使用象徵，不可信手拈一件事物，硬是叫它擔當起象徵的任務。我以為一個自然的象徵（一個非機械的象徵），要有兩個條件：其一，在這短篇小說之外（現實生活或外在世界），這件事必須有象徵所需的屬性（譬如，鳥可以作為安寧和平的象徵）；其二，在小說之內，必須有足夠的情節或具體的描繪，使得這件事物有作為象徵的足夠理由。二者缺一不可。我們常在小說或戲劇中，看見作家把一副眼鏡作為透視世事的象徵——前者如〈蒼蠅王〉(Lord of Flies)，後者如〈雞尾酒會〉(The Cocktail Party)，實則——眼鏡在現實生活中，明明是近視散光的意象；如何能說是真知灼見的象徵呢。這不免太機械了。

對於自然象徵的條件，以及機械象徵的例子，有簡明的介紹。而讀者欣賞文學作品，也應避免穿鑿附會。宋江西詩派的祖師黃庭堅在〈大雅堂記〉早就指出：

彼喜穿鑿者，棄其大旨，取其發興，於所過林泉人物，草木魚蟲，以為物物皆有所託，如世間隱語者，則子美之詩委地矣。

姚一葦〈論象徵〉也說：

於是有些人對於事物的象徵的意義的追求終於鑽進了牛角尖，把對於藝術品或文學品的解釋淪為一種解謎的工作。例如但丁(Dante)的《神曲》(*Divine Comedy*)是一個偉大的構架，它的「地獄」、「淨界」、「天堂」都是象徵的，卡萊爾(Thomas Carlyle)稱之為「巨大的遍及全宇宙的建築的象徵」(architectual emblems)。自但丁的走進黑森林到最後的大光明天的玫瑰，其中的每一事物無不是象徵的。但是要把每一件事物的象徵的具體的意義指出來是不可能的。事實上吾人無法確定它的具體的意義是什麼，我們如果硬指定它所代表的意義永遠是一件勞而無功的工作。

一個以杜甫為例，一個以但丁為例，都指出欣賞象徵不是解謎。水晶在〈象徵與橫徵〉一文的結尾並且警告說：

近十年來的歐美作家，已有一種「反象徵」(anty-symbolism)的趨勢，那是因為批評家太喜歡「強作解人」、「望文生義」、「走火入魔」了。作家們被逼上梁山，祇好採取惡作劇手段，來開這批冬烘頭腦、酸文假醋文評家的玩笑。記得最明顯的一個例子是英國劇作家Harold Pinter。Pinter的戲*Caretaker*中，有一幕是說那患精神病的弟弟，舉起一尊磁製的菩薩將它砸得稀爛，害得批評家無事忙一通，猜測這一舉動，背後可有什麼春秋之義？還是弦外之音？或者說，是否有什麼西化、傳統（東方）的衝突包含在內？結果，根據Pinter公開表示：這一舉動，是他故意安插在戲中的，根本毫無作用，其意無非是向批評家們，來一記當頭棒喝：要他們下次撰文時，先從基本的批評法則下手，別自作聰明，貽笑大方！

我願以此與讀者共勉，並作本文結。

《中華文化復興月刊・第七卷・第十一期》

談字典

最早的字典

檢查文字形音義的工具書，通常就叫字典。

東漢時代，中國出現了一部偉大的字典，那就是許慎的《說文解字》。許慎是古文學派的經學大師，在當時有「五經無雙」的稱譽。《說文解字》大約是在東漢和帝永元十二年（西元一〇〇年）寫成的。一直到今天，仍然是研究我國文字的最重要的著作。

《說文解字》共分十四篇，加上敘有十五篇。收字九千三百五十三個，都是小篆；附帶古文籀文一千一百六十三個。根據文字形體結構分為五百四十部。每部第一個字是部首；以下是從屬這個部首的字。許慎所作的解說，共計十三萬三千四百四十一字。方式是：先解說這個篆文的本義，再依據六書的條例來分析文字的形體構造。例如〈六篇上〉：

橙：橘屬。从木，登聲。

「橙」是篆文；「橘屬」解說「橙」字本義；「从木，登聲。」分析「橙」字的形體構造，是一個形聲字。

《說文解字》對中國文字學的貢獻，約有下列五點：一、標舉六書理論，說明中國文字的構造方法和蕃衍借用的規律。二、保存篆文和古籀，使後人能夠藉以辨認更早的鐘鼎文字和甲骨文字，把握了中國文字源流與演變的關鍵。三、說明文字的本義，為中國文字假借與引申的基礎，有助於中國語源學和訓詁學之研究。四、博引經典、祕書、通人、先哲、古語、方言、俗語，集古代解說文字之大成。五、創立五百四十部首，使紛紜複雜的文字，能以形體歸類，開後世字書編排檢字的先河。

研究《說文解字》的著名學者，南唐、北宋之間，有徐鉉、徐鍇；清代有段、桂、王、朱四家。段玉裁有《說文解字注》；桂馥有《說文義證》；王筠有《說文句讀》、《說文釋例》；朱駿聲有《說文通訓定聲》。其中以段注最切實用。民國丁福保編《說文解字詁林》，彙集大小二徐、段、桂、王、朱六派註解與補訂，加上其他各家有關《說文》的學說，引經考證及古語考證，各家釋某字某句之文獻，以及各家金石龜甲文字，合為一編。是研究《說文解字》最詳盡的參考書。

依照《說文解字》的體例而編撰的字典，重要的有晉呂忱的《字林》、北魏江式的《古今文字》、南朝梁顧野王的《玉篇》、宋司馬光的《類篇》。到了明梅膺祚的《字彙》，把《說文》五百四十部首簡化為二百十四部首。部首和部中文字的排列也不再「據形系聯」，改依筆劃少多為序。而且附有「檢字」，方便讀者尋檢部首不明的字。明張自烈的《正字通》，編排注釋，又有所改進。清張玉書等三十人合編的《康熙字典》，便是「增《字彙》之闕疑；刪《正字通》之繁冗。」（見《康熙字典》卷首之「上諭」）而成書的。

《康熙字典》收字總數為四萬七千零三十五字。每個字下，先列歷代韻書的反切。然後解說字的本義。再列這個字的別音、別義和古音，大致上都引古書來證釋。如有考辨，就附於注下，並加「按」字來標示。每個字有古體的，列在本字之下。重文、別體、俗書、偽字，卻附於注後。書末有〈補遺〉一卷，收稍僻之字；〈備考〉一卷，收不通用的字。

《康熙字典》的好處，一是字多，以前字典查不到的字，在這裡可以查到。二是引證詳博，經史子集，全用上了。但是缺點也不少。黃季剛先生在《制言》半月刊四十期曾論《康熙字典》之非：一、文字不別正俗。二、所收故籍漫無標準。三、字之本義、引申、假借，無所甄明，先後失次。四、定音乖剌。五、溷於辭書。在今天看來，《康熙字典》的缺點還不僅止此。在收字方面，通用之字，新造之字，多未能採入。在解釋方面，既未作詞性分析，也不夠清楚正確。在引書方面，妄改書名篇名，引文錯誤脫落，正文注疏相混，刪節失當，斷句錯誤，比比皆是。清王引之作《字典考證》，曾糾正其引書之誤共二五八八條之多！日人渡部溫也曾作考訂，所著《訂正康熙字典》，訂誤有四千條，考異有一千九百三十多條。此書現有高樹藩修訂本，添加國語注音，啟業書局出版。

四部較好的字典

近年通行的字典，我推薦下面四部。

一是歐陽溥存等三四十人合編的《中華大字典》，中華書局出版。此書從清宣統元年開始編，到民國三年才編成。一共校對了二十多次，民國四年初版。收字四萬八千九百零八字，依二百十四部首排列。每字先列字形，再注字音，後解字義。字形方面，除正文本字外，其籀、古、省、俗、譌等體，多加選錄；近代方言、翻譯新字，均予收錄。字音方面，標識於各字之下，以《集韻》反切為主。《集韻》所無，則別採《廣韻》等韻書。反切之外，還有直音。字義方面，依音解義，分條列舉，重本義、引申、假借的字序。所引各書，詳其篇名。

古今中外地名，悉考沿革，標明今地。外國譯名，附註英文。各種名物，多附以圖片。一直到今日，仍是中文字典中最完備的一部。不過引書未據新說校正，前後名稱不一，注音未採注音符號，近六十年新字未能收錄，也不能不算此書的缺點。

二是《正中形音義綜合大字典》。高樹藩編，民國六十年初版，正中書局印行。收字九千餘，依一百九十四部首排列。字形方面，先標楷體。其下列舉甲文、金文、小篆、隸書、草書、行書，缺者略之。並且依小篆說明字形結構。字音方面，每字注明反切、直音、注音符號、羅馬拼音、四聲、韻目。如有音異義同者，分行並列，再行釋義；若義隨音異，則以音統義，分別排列。字義方面，依文法詞性分別說明，舉例必詳其出處。間附圖表。或有辨正：包括同字異體、複詞異體、專名異讀、相對義字、同訓異義、本文辨似、本字正譌。對於從事國民中小學語文教學的同仁們，這是最切實用的字典。遺憾的是收字太少。九千餘字中，除去異體同字，就只剩七千五百字左右了。

三是《大學辭典》。張其昀監修，林尹先生主編，李殿魁為總編纂。民國六十二年初版，中華學術院印行。收字九千九百六十三，依二百十三部首排列。凡部首不能確定者，可查疑似部首而得其字。如「萬」字，當入「禸」部，而「艸」部也可查到。字形方面，除正體本字外，古字、或體、繁體、簡體、俗字、訛字，均附於後。字音方面，列其反切、直音、韻目與四聲、注音符號、國際音標。字義方面，以淺近文言依次說明字之本義、引申、假借。引例採可讀性較高之佳句名言。多採自諸子、史傳、詩、詞、戲曲、小說。並詳其篇名。檢字法的改進，例句具藝術性，是此字典兩大優點。而百密一疏的是：每頁邊欄未如其他字典列出本頁部首及所收之字。而書前「部首總表」，部首字下，只有「部首檢字表」之頁數，而缺此部首在字典中之頁數，亦宜補列。

四是《國語日報字典》，何容先生主編，民國六十五年國語日報社印行。約收常用單字一萬字，依部首排列。以解釋每一單字的形音義為重點，並以注音符號，逐字注音。其中釋義部分，盡量容納成語及複詞，並用白話加以解釋。書前有助檢索引，按注音符號次序排列。並用難查字表、異體字表。書後有注音符號發音表、標點符號用法簡表等五種附錄。對國民小學師生來說，此書相當切合實用。

以上是《說文》系統的字典。

彙集古書注釋的字典

除了《說文》系統的字典外，還有彙集古書注釋而成書的字典。這類字典，最早的有《爾雅》。此書淵源甚古，大致是先秦兩漢經師解釋經書的訓詁，彙集成書。全書分十九篇。第一篇〈釋詁〉所釋多古語；第二篇〈釋言〉所釋多較晚之語言；第三篇〈釋訓〉所釋多為疊字。以上三篇，有單字（單詞），也有複詞，可說是依義排列的字典，也可以說它是辭典。以下十六篇，為〈釋親〉、〈釋宮〉、〈釋器〉、〈釋樂〉、〈釋天〉、〈釋地〉、〈釋丘〉、〈釋山〉、〈釋水〉、〈釋蟲〉、〈釋魚〉、〈釋鳥〉、〈釋獸〉、〈釋畜〉、〈釋草〉、〈釋木〉。有點像百科名詞詞典，又有點像類書。以後有機會再詳細說。

《大唐內典錄》著錄北齊僧人道慧撰《一切經音》，彙集佛經音義而成書。此書久佚，不能詳考。陳、隋、唐之時，陸德明撰《經典釋文》，集《周易》、《尚書》、《毛詩》、《周禮》、《儀禮》、《禮記》、《春秋左氏傳》、《春秋公羊傳》、《春秋穀梁傳》、《孝經》、《論語》、《老子》、《莊子》、《爾雅》的各家音義而成書。可算檢查古書音義的專門字典。唐貞觀間，釋玄應撰《一切經音義》（又名《大唐眾經音義》）；唐貞元元和間，釋慧琳撰《一切經音義》（又名《大藏音義》）；遼釋希麟撰《續一切經音義》。皆彙集佛經注疏之音義而成書，於儒家經典之注釋，亦曾大量採入。非但可以檢查許多古書的音義，而且保存了古書的許多佚文。這些書，在編排方式上，都是依原書篇章，摘字摘句，下集各家音義，間亦自加按語。與字典的形式，還有一段距離。

真正彙集古書注釋而成字典形式的書，要推阮元主持編纂的《經籍纂詁》了。此書依韻列字，凡四聲一百零六韻，每韻為一卷。全書除集錄經傳子史正文之字與各家注釋外，還採用《爾雅》、《方言》、《說文》、《釋名》、《小爾雅》、《廣雅》、《字林》、《一切經音義》等字書的說解。正如王引之序文所說：「展一韻而眾字畢備；檢一字而諸訓皆存。」唐以前的文字訓詁，差不多已全部包括在這部字典中了。

有關虛字、錯別字的字典

閱讀中國語文，或從事中國語文教學工作的，最感困惑的，是虛字、破音字、錯別字問題。以下我就談談這三方面的字典。

查虛字的字典

所謂虛字，是指沒有什麼具體意義，只起一種襯托語意作用的字詞。廣義的虛字，幾乎除了代表具體名物的名詞之外，全算虛字；狹義的虛字，僅指連詞、介詞、嘆詞、助詞四種。遠在漢代，就已經有人注意到虛字了。例如許慎，在《說文解字》就曾說明「矣」是「語已詞」。但把古書虛字加以蒐集整理，詳其用法，編成字典的，首推劉淇的《助字辨略》。此書所蒐材料，範圍很廣。經傳、諸子、史書、詩詞、小說，無所不包。只有元曲中虛字，多為方言，沒有收入。共得虛字四百七十六字，分列四聲，依韻序排列。每字之下，或引古書例句以及古注，以明虛字之義；或再加案語；也有引古書例句而逕說其虛字之義的。材料廣，辨義精，是此書兩大優點。但所引證，多非此虛字用法最早材料；也不知由聲韻關係說明虛字的通假，說解體例也不甚統一、完善。此書初版在康熙五十年（西元一七一一年），現有開明書店排印本。

王引之的《經傳釋詞》，自九經、三傳，周、秦、西漢之書摘取虛字一百六十個，以喉、牙、舌、齒、脣的次序，依聲排列。虛字之說解，都盡量遠溯原始，引用此虛字用法的最早材料。並且能以聲韻說其訓詁。於前人所未及者補之，誤解者正之，其易曉者，則略而不論。此書初版於嘉慶二十四年（西元一八一九年）。清人孫經世為撰《經傳釋詞補》和《經傳釋詞再補》，吳昌瑩為撰《經詞衍釋》。坊間影印、排印之本很多。

楊樹達的《詞詮》，取古書中常用的介詞、連詞、助詞、嘆詞、及一部分的代名詞、內動詞、副詞的用法，加以說明。全書收字五百三十七字，依注音符號次序排列。每字首別其詞類，次說明義訓，終舉例證，詳明出處以解說之。民國十七年商務印書館初版。臺灣已再版許多次。

《古書虛字集釋》，裴學海著。此書以《經傳釋詞》為藍本。《釋詞》所收之字，幾乎全部收入，略有刪節分合。又酌採《助字辨略》、《古書疑義舉例》、《詞詮》、《高等國文法》（楊樹達著）、《新方言》（章太炎著）所收之詞。例句以周秦兩漢為主，間引後代書為附證參考。釋義以虛字為主，間及實義。條理清晰，引證詳博。可惜收字僅二百九十字，太少了。

許世瑛先生有《常用虛字用法淺釋》。此書選取常用文言虛字，加以淺顯的解說，講出它們的詞性和用法。並且盡量找出口語中和它相當的詞彙，相互比較。同時還把含有此虛字的文言句子翻譯成白話，指出文言和語體表達方式的異同。對學習古文及翻譯古文很有幫助。全書所收虛字凡一五二條。書前有目次；書後如附虛字的筆劃索引，尋檢就更方便了。

查破音字的字典

破音字就是同形異音字。包括同形異音同義字和同形異音異義字。也有人把異音同義叫做「又讀」；而只承認異音異義才算「破音」的。

語言文字的進化，總是由簡單、模糊，走向複雜、清晰。破音字的產生，理由在此。陸德明《經典釋文・序》：「鄭康成云：其始書之，倉卒無其字，或以音類比方，假借為之，趣於近之而已。受之者非一邦之人，人用其鄉，同言異字，同字異言，於茲遂生矣！」就指出「同字異言」的現象，原於文字的「假借」。借字音的區別，使字義分別得更清晰。

早期的字典如《經典釋文》，有「又音」；早期的韻書如《廣韻》，有「又切」。都可以上溯古代的破音字讀法。近代字典，於同字異音，亦多加註明。而專為破音字編成字典形式的，有齊鐵恨編著《破音字講義》，民國五十二年橋梁出版社初版。此書「講義」部分，說明破音字的由來與系統，只有二十四頁；所附常用破音字彙，依部首筆劃排列，每字下先以注音符號標出不同讀音，再舉例說明其意義。這一部分，倒有八十頁之多。實在可以正名為常用破音字彙，前面的「講義」可以當作「序言」看。此外，有張正男的《聯貫國語破音辭典》，民國六十一年聯貫出版社印行。據《國語辭典》選錄常用破音字一千三百三十七字，將該字音讀相同的辭彙類聚排列，頗便尋檢。國語日報社出版部出版的兩部破音字典，一部是《國語日報破音字典》，林良策畫，張席珍等四人合編。另一部是《實用破音字典》，林松培編，皆六十八年五月出版。前者可供語文教師研究參考之用；後者專以實用為主，最便於學生使用。名人出版社出版的《我要征服破音字》，周介塵著，收字雖不多，但都是一般人經常念錯的破音字，對於糾正破音字錯誤讀法十分有用。所以這本書雖然體例上不算工具書，而仍然樂於推介。

查錯別字的字典

關於錯別字，淵源就更早了，可以說與文字產生同其悠久。因為文字非一時一地一人所造，字有異形，是必然的現象，這也正是歷代必須不斷整理文字的根本原因。

甲文、金文，一個字往往有十幾種甚至幾十種不同寫法。所以周宣王時太史籀作〈史籀篇〉，以為標準字體。周末七國，言語異聲，文字異形。秦始皇統一天下，李斯奏同文字，李斯作〈倉頡篇〉，趙高作〈爰歷篇〉，胡毋敬作〈博學篇〉，目的也在校正錯別字。到了漢代，據《說文解字・敘》所言，仍有馬頭人為長，人持十為斗，苛之字止句也……等等錯誤的寫法。所以許慎必須寫一部《說文解字》來說解文字的正體和本義。東漢以後，書體由隸而楷，書寫方面又曾造成混亂現象。據顏之推《顏氏家訓・雜藝篇》，當時北朝「以百念為憂，言反為變，不用為罷，追來為歸，更生為蘇，先人為老：如此非一，偏滿經傳。」所以《顏氏家訓・書證篇》有「從正則懼人不識，隨俗則意嫌其非，略是不得下筆也。」之嘆。在這種歷史背景下，於是就有俗字學與字樣學的出現。前者的代表作有題服虔所著的《通俗文》、王義《小學篇》、葛洪《要用字苑》、何承天《纂文》、阮孝緒《文字集略》，都屬於俗字系統的字典。後者的重要著作有顏師古的《字樣》、杜延業的《群書新定字樣》、顏元孫的《干祿字書》、歐陽融的《經典分毫正字》、以及張參作《五經文字》、唐玄度作《九經字樣》，都屬字樣學的系統。一千二百年來，中國字體不致隨俗浮沉，而獲穩定統一，這是字樣學的功勞。

坊間出版專以糾正錯別字的工具書，較權威的有方師鐸主編的《免錯手冊》，民國六十五年天一出版社印行。此書收易錯之字一千四百二十五字，依部首排列，特別注重「形近而誤」和「音近而誤」的說明。書前有部首索引、字形查字表，書後有字音查字表。附專論六篇，其中形聲字聲旁定音表對正音很有幫助。周介塵有《我不再寫錯字》、《我不再讀別字》二書，舉例說明錯別字而加辨正，例證風趣，末附檢字表，雖然體制不像工具書，仍值得推薦。

其他一些重要字典

方師鐸曾據臺灣國語推行委員會所編《國音標準彙編》，加以增補，成《增補國音字彙》一書，民國五十七年開明書局出版發行。教育部編有《常用國字標準字體表》，民國六十八年正中書局發行。前者可供訂音依據；後者可供訂形依據。

對於古文字學有研究興趣的，都知道有《甲骨文字集釋》和《金文詁林》。《甲骨文字集釋》，李孝定編，民國五十四年中央研究院歷史語言研究所印行。全書計收正文一千零六十二字，重文七十五字，《說文》所無者五百六十七字，存疑者一百三十六字。依《說文解字》次第排列。每字於眉端首列篆文，次舉甲骨文的各種寫法，再次列諸家考釋，皆詳其出處。末加按語，定以己意。為研究甲骨文字重要之工具書。《金文詁林》，周法高編，收單字一千八百九十四字，重文約一萬八千字。依《說文解字》次第排列。收錄清代與近代論著數百種，並由編者加按語。研究金文，這是最重要的工具書。

對於古漢語有研究興趣的，有一本《漢字語源辭典》值得注意。此書為日本東京大學教授藤堂明保所撰，民國六十一年臺北中新書局有影印本。首為序言，中為本編，依古韻分部，逐條說明漢字語源，計二百二十三條。每條首列音變，次序字形演進，再次說明其基本義，最後條列單語家族。書後附錄上古與中古韻母對照表、英文提要、索引。

對於字形書法有研究興趣的，有幾本字典可作參考。一是《金石大字典》，汪仁壽編。專收金石各體文字，上自籀古，下及碑印。依部首為序，每字先列楷書，下列《說文》小篆、籀文、古文、鐘鼎文、六國異文、石鼓文，皆詳出處。民國十九年商務印書館印行，臺灣影印的很多。二是《草書大字典》，所輯以王羲之、王獻之法帖、魏晉名家碑帖、宋元明名家真蹟為主。依部首為序。每字首列楷書、次列草書，下詳其書者姓名，或注碑帖時代與書名。民國十三年上海掃葉山房印行，臺北藝文印書館曾經影印。三是《書道六體大字典》，日本人藤原楚水編。所收印章碑帖文字，依部首為序，每字列其楷、行、草、隸、小篆、大篆六體；每體依書者時代先後為次。臺灣影印，或改名為《中國書法大字典》，或改名為《中國書法六體大字典》，其實只是一書。

學習中國語文，文字方面如有疑難，查考上述各種字典，大致上都可解決了。

談辭典

檢查語詞意義的工具書，通常就叫辭典。

中國最早的辭典仍然是《爾雅》。此書收單字，也收複詞，如「權輿」、「謔浪笑敖」、「兢兢」、「洋洋」、「道路」、「歧旁」等等。由於《爾雅》性質更近於「類書」，所以此處不談。

檢查普通詞彙的辭典

近代的中文辭典，檢查普通詞彙的，以《辭源》、《辭海》、《中文大辭典》、《重編國語辭典》、《國語日報辭典》較為流行。而三民書局新出的《大辭典》，則以綜合大辭典的面目，方告出版。

《辭源》，是陸爾奎等數十位專家合作編成，商務印書館出版。光緒三十四年（西元一九〇八年）始編，民國四年正編出版，二十年續編問世，二十八年正續編合訂印行，五十九年另加補編，六十七年增修本將續編、補編分別插入正編內，並略有增刪，是年十月出版。

增修本《辭源》收字一萬一千四百九十字，詞語十二萬八千零七十四條。包括：經學、小學、文學、哲學、宗教、教育、歷史、地理、法政、財政、軍事、自然科學、應用科學、藝術、成語、俗語、人名、書名等等。依部首筆劃為序。單字注反切和直音，注釋以圓點斷句，徵引資料，偶仍略去篇名。（增修本凡例云引用資料於書名外加卷篇名，但檢字典正文，首二頁如「一人」、「一言」引《白虎通》，「一心」引蘇軾詩，「一火」引《舊唐書》，皆未記篇名，二頁之中引書不及篇名者計有十九條之多。）

《辭源》的特點有：內容浩博，解釋簡明；取材豐富，尤重文史方面的詞目；於書名多有提要解釋，中外重要人名，多已列入；圖表頗多；編輯人員多屬專家；校對頗精，錯字極少。但是：單字注音，只有反切和直音，不用注音符號。至於詞語，全無注音，由於字有破音，每不能從單字注音中找到詞語的正確讀音。詞語注釋，人物不著生卒年，地名不記面積，山岳不載海拔，河流不註長度，引用資料或不及篇名，也不無缺點。

《辭海》，由徐元誥等五十二人合編，中華書局出版。民國四年開始籌畫，到二十五年編成，二十六年上下兩冊出齊。六十四年修訂本發行。六十九年推出最新增訂本，分訂三冊。增訂本收字一萬三千五百多字，詞語十三萬三千餘條。包括：古書中常見的詞彙，歷史上重要的名物制度，流行較廣的新詞，習用的成語典故，農工商各界之重要用語，常用的古今地名，重要的人名和書名，科學上習見的術語，戲曲小說中的俗語術語。依部首筆劃排列。

《辭海》最新增訂本，單字注反切、所屬韻目、直音、注音符號，並解字義。複詞解釋簡明，引用古書例句，加注書名及篇名。斷句使用新式標點符號，並有書名號、私名號和各種引號。

和《辭源》比較，《辭海》內容更為廣闊，解釋也較淺明，單字加注音符號，引書有篇名，斷句使用新式標點，這些都是《辭海》較進步的地方。兩書所收辭彙，略有出入；大致上《辭源》較重國學詞目，而《辭海》較多百科術語。釋義重點，因而亦有不同。《辭源》重視探源，《辭海》講究實用。因此，可以彼此補充，也不必偏廢。

《中文大辭典》由張其昀監修，林尹、高明兩位先生主持，王忠林、蒙傳銘、邱燮鑑等六十八人編纂，中華學術院印行。民國五十一年出版第一冊，五十七年第四十冊出齊，六十二年發行普及本，合訂為十冊。全書收單字四萬九千九百零五字，每字字形上溯甲骨金文，詳其篆、隸、楷、行各體之變化。字音包括反切、韻目、注音符號、羅馬拼音。一字多音者，分別標注。字義之解釋，注重本義、引申義、假借義的次序。所收語詞三十七萬一千二百三十一條。包括成語、術語、格言、疊字、詩詞曲語、人名、地名、職官名、年號、書名、動植物名、名物制度。解說以直接解釋為首，附載出典與引例。名物之後，多附圖表。

本書所收單字複詞之多，為中文辭典之冠。特別注重中國文字源流。字形字音，都依時代之先後為次。義依本義、引申、假借排列。象形、指事、形聲三書，都詳說其結構。例句作有系統的選擇，不僅可以查考語詞，亦為我國數千年學術著作精華之薈萃。本於左圖右史之旨，凡有圖可稽者多附之。引用資料，都詳其書名篇名。排列方面，單字依部首與筆劃少多為次。部分單字，據《說文》入部，與《康熙字典》不同。如「萬」入「厹」部而不在「艸」部，一般讀者可能不易尋檢。語詞以第二字筆劃少多排列，與《辭源》、《辭海》依語詞之字數少多排列有所不同。所以「社會」、「社會主義」、「社會心理學」於《辭源》、《辭海》都不在同一頁，而《中文大辭典》卻連接在一起。《中文大辭典》各字均予編號，用粗體數字表示，各字所屬語詞分別編號，用細體字表示，並載於書眉。

由於《中文大辭典》篇幅大，編者多，疏忽錯誤，在所難免。大者如：注音獨缺直音，對於既不懂反切，又不懂注音符號的人就很不方便。學術詞彙之選錄，似不曾聘請專家作有系統之蒐羅。如「比」字條收「比較」，有關「比較」者僅此一條，而無「比較法」、「比較表面」、「比較心理學」、「比較法學派」（以上四詞《辭海》均收）。而「社」字條收「社會」，而有關「社會」者，收「社會黨」、「社會心理學」、「社會化」、「社會分化」、「社會主義」、「社會民主主義」、「社會民主黨」、「社會局」、「社會法理學」、「社會契約說」、「社會政策」、「社會革命」、「社會科學」、「社會保險」、「社會病理學」、「社會哲學法學派」、「社會連帶」、「社會問題」、「社會教育」、「社會意識」、「社會運動」、「社會群島」、「社會學」（以上《辭海》均有），以及「社會心理」、「社會主義之寫實主義」、「社會功利派法學」、「社會本位」、「社會生活」、「社會安全制度」、「社會共產主義」、「社會共產黨」、「社會有機體說」、「社會我」、「社會法益」、「社會法學」、「社會性」、「社會事業」、「社會服務」、「社會制度」、「社會所得」、「社會秩序」、「社會組織」、「社會部」、「社會現象」、「社會問題劇」、「社會動學」、「社會單位」、「社會統制」、「社會統計」、「社會群體」、「社會團體」、「社會賢達」、「社會靜學」、「社會獨占」（以上《辭海》所無）。一略一詳，足見其缺乏統一標準。小者如引書未一一核對原書，「三日不讀書語言無味」條，為黃山谷語，見明何良俊《世說新語補》。但《中文大辭典》書名脫去「補」字，又未書何良俊之名，易誤會南朝時代的劉義慶記錄宋人黃山谷的話了。至於「三民主義」條沒有提到「育樂兩篇補述」；「四部叢刊」沒有提到續編和三編。而「文獻通考」重出，一見於六二一七頁，一見於六二一九頁，這些都應隨時增刪訂正的。

《國語日報辭典》，何容先生主編，夏承楹、林良、柯劍星等負責編輯，國語日報社印行，民國六十三年初版。此書依部首排列，收單字九千九百九十八個。每字先列粗體的「字形」，次列注音符號，再列此音之所有意義。多音字以▲號標出，文言裡常用的字、詞、音，以文號標出。收複詞三萬零三百三十個。不收大量的人名、地名、書名、曲牌名，以及各科術語。所收限於現代用語。對口語詞彙特別重視，如：自助餐、能源、郵遞區號等語詞，只有這本字典才能查到。解釋用純白話，頗為具體。字義、詞義的分析力求細密，注意到字的新義，如「蓋」作「吹牛」解。對破音、輕聲、變調，都特別標出注音符號來。對於國民學校的老師和學生，這本辭典很切實用。不過缺點仍是有的，曾有人指出這本詞典複詞中有水星、金星、地球、火星、土星、天王星、海王星、冥王星，而獨缺「木星」。其實「木星」是有的，只是擺在單字「木」的解釋第八條。體例上沒有統一，應該改進。又文言字詞以文為記，似乎沒有必要。「伉」與「伉儷」下都有文記號，而「朕」與「朕兆」下卻沒有。「望風撲影」算文言，而「望聞問切」不算，均有待商榷。

《國語辭典》，教育部中國大辭典編纂處編，主編人為汪怡。本書收字一萬多，詞語十萬餘條。以見於古書而尚流行於現代語文中，及通俗口語中所常用之辭為主，近代各科習用之術語、具有特別解釋的成語，也多收錄。所收各字與詞語，都以注音符號和羅馬拼音標出國音及四聲，單字又標明直音。釋義用淺近的文言文和語體文。引例只舉書名，篇卷從略。依注音符號次序排列，書後另附音序及部首檢字表。民國二十六年第一冊出版，三十四年八冊出齊。六十年增修，補充訂正了一些有關時事的語詞。

民國六十五年，《教育部重編國語辭典》，何容先生為總編輯，王熙元為副總編輯。字形以教育部制定「常用國字標準體」為準，附列各種異體字。字音以國語注音符號、國語羅馬字、耶魯式音標三種方式注明。字義解釋，依詞性分別排列。先釋其義，次舉例詞或例句。複詞也以三種方式注音，釋義務求簡明扼要。

《重編國語辭典》刪除了原辭典中的僻字、方言字、不通行之外來語。合併了異體字、同義詞、外來語之別譯。訂正了原辭典的形近而誤、音近而誤、注音錯誤、解釋錯誤、年代錯誤、引文錯誤。充實內容，改良體例。增加新字三十七字，新詞二萬餘條。其中學術名詞，包括哲學、語文學、藝術、社會學、法政學、商學、教育學、軍警學、物理學、生物學、工程學、醫學、農學等十三類，一〇六種學科，分別聘請專家二百八十人撰稿。引書也補上篇名。初步估計，重編本收單字一萬一千四百十二字，語詞十二萬二千八百八十九條。民國七十年十一月初版。對於中小學國語文教師，也許《重編國語辭典》會是最實用的一本辭典。

《大辭典》，是民國七十四年九月三民書局新出版的辭典。民國六十年始編，歷時十四年才初版問世。編纂委員百餘人，始終參與編務的是師大教授邱燮友。《大辭典》收字一萬五千一百零六字，收詞十二萬七千四百三十條，與《辭源》、《辭海》、《重編國語辭典》皆伯仲之間。這部《大辭典》的宗旨是：匯集古今各科詞語，涵蘊傳統，囊括現代語彙，以求適合各階層人士使用。換句話說：《大辭典》不偏重國學、百科、國語的詞彙中的某一項，而以綜合國學、百科、國語詞彙的面目出現。

《大辭典》有幾項特點：一、字形依據教育部近年才頒布的「標準字體」，字模全部新刻新鑄。是第一部使用教育部標準字體的辭典。二、單字注音有：國語注音符號一式、二式（即羅馬字拼音）、威妥瑪式音標、切語、直音，五種方式，並附詩韻韻目。尤其難得的是複詞亦有國語注音。三、解釋採用簡潔語體。四、徵引出處，必逐一查核原書，詳其書名篇名。五、紙張、印刷、裝釘也都十分考究。

專檢衍聲複詞的辭典

中國古代語言，不見得全是單音節的孤立語。雙音節衍聲複詞數量相當多，如「關關」、「窈窕」、「參差」、「權輿」之類。古代辭典如《爾雅》，已收「權輿」之類的衍聲複詞。宋張有的《復古篇・下卷》入聲之後，附錄「聯綿字」，專釋衍聲複詞。明方以智的《通雅・釋詁篇》內有「謰語」、「重言」，也都是衍聲複詞。清康熙雍正時編纂的《駢字類編》，專收兩個字組成的詞語，其中也包括衍聲複詞。此書共分「天地」、「時令」等十二門，嚴格說來，只能當「類書」來使用，不宜稱之為辭典。民國以來，專釋雙音節語的，有《辭通》和《聯綿字典》。

《辭通》係朱起鳳以個人之力，積三十年之努力，編纂而成。民國二十三年，開明書店初版。其書蒐集古書中的衍聲複詞與合義複詞，依詞之下一字的韻目排列。吳文祺以為此書：蒐羅宏豐，引證詳密，考訂精審，多訂舊註之誤，獨創精義。胡適也說此書：「羅列一切連語，遍舉異形的假借字，使學者因此可以得著古字同聲相假借的原則。」

《聯綿字典》是符定一所編，民國三十五年中華書局初版。採錄三代以至六朝經史子集中的複詞，包括衍聲複詞和合義複詞，首述字音反切，次釋字義。對於每一聯綿字的來歷及其演變，竟委窮源，敘述詳盡。排列先依部首，後依筆劃。

《辭通》、《聯綿字典》，內容大同小異。《聯綿字典》後出，內容宏富，義證博洽，尤出《辭通》之上。不過，兩書也有相同的缺點，那就是把衍聲複詞和合義複詞混而為一。合義複詞的解釋，是普通辭典的任務。此處該「通」的，應限於「聯綿字」，即衍聲複詞。唐蘭在《中國文字學》一書中，便說符定一把「上帝」、「中國」認為聯綿字，是「可笑的荒謬」！在編排方面，論者多以《辭通》「依韻排列，檢查頗感不便。」這是不明《辭通》的特質之故。實際上，《辭通》依韻目排列，遠比《聯綿字典》依部首排列，翻檢方便得多。舉例來說：「髣髴」、「仿佛」、「彷佛」、「俩佛」、「放物」、「方物」、「荒昒」、「咗咈」、「俩佛」、「肪胇」，皆相似之意，為雙聲衍聲複詞，《辭通》都在卷二十二入聲「五物」韻，一檢全得。這樣，才能把這些「聯綿」的「辭」「通」起來。如查《聯綿字典》，必須分別在「髟」、「人」、「彳」、「攴」、「方」、「艸」、「口」、「肉」八個部首去找，才能找全。而且，一般讀者，只恐還不知要這樣去找。於是這些「聯綿字」，便各個孤立，聯綿不起來了。

檢查特殊詞的辭典

中國幅員廣大，方言複雜，因此有檢查方言的辭典出現。中國第一部方言辭典是西漢末年揚雄編著的《輶軒使者絕代語釋別國方言》，後世簡稱為《方言》。這本字典據應劭〈風俗通義序〉所說，收方言九千字。全書本為十五卷，今本只有十三卷，字數卻比應劭所說的九千還多三千。內容包括古代黃河流域和長江流域絕大部份地區的漢族方言，還有當時邊疆少數民族的方言，如「狄語」、「蠻語」、「羌語」。為後人研究古代語言提供了寶貴的資料。繼揚雄《方言》之後，漢服虔編過《通俗文》，今亡。明李實有《蜀語》，清胡文英有《吳下方言考》，都是研究某一地區方言的。又清翟灝《通俗編》、錢大昕《恆言錄》、錢大昭《邇言》，都是蒐集方言俗語，而探索其語源的。民國章太炎先生著《新方言》，分釋詞、釋言、釋親屬、釋形體、釋宮、釋器、釋天、釋地、釋植物、釋動物十類，各為一卷，第十一卷為音表。書後另附《嶺外三洲語》，專論廣東客家方言。此書能從時間地域雙方面出發，結合語義語音，說明某些方言語詞的錯綜演變。如「的」字，章氏指出「在語中者，的即之字；在語末者，若有所指，如云冷的熱的，的即者字。」又如「麼」字，章氏以為：「無古音本如模，今閩廣音毛近之。唐人詩多用無於語末，今語亦然。由模音轉如麼，如馬。」使今人口語中「難通之語」，得到妥善的解釋。近代方言辭典，較重要的有《臺灣語典》，連橫撰，民國六十二年中華叢書編審委員會印行。《國語閩南語對照常用辭典》，蔡培火編，民國五十八年正中書局印行，《潮語詞典》，蔡俊明編，民國六十五年周法高印行（三民書局、學生書局代售）。《漢蒙字典》，哈勘楚倫編，民國五十八年美國亞洲學會中文研究資料中心印行。《麼些象形文字標音文字字典》，李霖燦編撰，民國六十一年文史哲出版社印行。《北平諧後語辭典》，陳子實主編，民國六十年大中國圖書公司印行。此外，各地方志多有方言篇。日人波多野太郎編有《中國方志所錄方言匯編》，可作參考。

還有些專查文學作品的術語和詞彙的辭典必須介紹一下。如《詩詞曲語辭匯釋》、《戲曲辭典》、《小說詞語匯釋》、《文藝辭典》。

《詩詞曲語辭匯釋》，張相撰。民國三十四年中華書局初版。本書匯集唐、宋、金、元間流行於詩、詞、曲之特殊語辭，詳引例證，解釋其意義與用法。此等語辭，從來未有專書解釋。著者蒐集整理，體會聲韻，辨認字形，玩繹章法，揣摩情節，比照意義，始定其注釋。歷時八年，方成此稿。各條先後，尚未排定。卒後，稿由中華書局出版，竟亦未為安排語辭次序，僅書後附一「語辭筆畫索引」。因此，語辭排列，尚可改進。

《戲曲辭典》，王沛綸編撰。民國五十八年，中華書局初版。本書收錄樂曲、樂器、雜劇、傳奇、戲曲家、舞臺術語、以及戲曲中的方言俗語，予以深入淺出的解釋。計六千六百餘條，按筆劃少多及字數少多為序排列。

《小說詞語匯釋》，民國五十七年中華書局編輯印行。採取清末以前的通俗小說中的語詞，包括方言、江湖切語、行業術語、及外來語，計八千餘條，逐條加以解釋，依筆劃少多排列。另有不必加註的成語二千多條，輯為「小說成語匯纂」，附於書後。此書詞語解釋，不如《詩詞曲語辭匯釋》精當。如「端的」作「果然」、「究竟」解。就不如《詩詞曲語辭匯釋》作「真個」、「究竟」、「的確」、「憑準」、「情節」、「事實」、「明白」解之確當詳細。「端」、「真」中古音聲母相同。

《文藝辭典》有兩本。一本是孫俍工編撰，民國十年上海民智書局印行。臺灣有河洛圖書出版社影印本，民國六十七年出版，內容包含詩、劇、小說、繪畫、雕刻、建築、工藝美術、裝飾、音樂等方面的名詞術語，以及作者與作品的介紹。全部是外國的，約三千條。依筆劃少多為序。案：此書有續編，民國二十年出版，專載中國文藝詞彙，卷末附有中國文藝年表。臺灣似無影印本。另一本《文藝辭典》為虞君質、吳燕如合編。內容包括東西文學藝術史上重要的名物制度及習用術語，約二千條，按筆劃少多排列，民國四十六年復興書局印行。

研究中國文學，常需要一些佛教和哲學的知識。丁福保編的《佛學大辭典》，民國九年上海醫學書局出版，民國六十三年新文豐出版社有影印本。韋政通編的《中國哲學辭典》，民國六十六年大林出版社出版。項退結譯的《西洋哲學辭典》，六十五年先知出版社印行。都是很有用的工具書。

大家一起來　審視修辭格

黃慶萱臺灣師大國文系退休教授

摘要

壹　緣起

今年（2011）九月間，接到成功大學中文系張高評教授的電話，邀請我參加成大主辦的「超脫『辭格』之修辭新視野」學術研討會，作一次專題演講。張教授是我的得意門生，我在臺師大大學部、高師大研究所，兩度教過他。而且我所寫的《修辭學》恰好偏重「辭格」，張教授邀請我，正是給我一個澄清和答辯的機會，所以我立刻答應了。

貳　各界對修辭格的評論

報章和網路上，對於修辭格的評論，最為沸沸揚揚的，是在2009年。那年3月7日，李家同教授一篇〈天啊！小四考這個？可憐可憐孩子吧！〉在《聯合報》刊出。對於小學四年級國語考卷上出現：什麼樣的句子屬於「映襯」，和某個複句是「遞進」或「承接」：以為「當然太難」，「這是修辭學的範圍，小孩子怎麼可以學這種玩意兒？」雖然遞進複句和承接複句是語法學上的名詞，但「映襯」卻確屬修辭範圍。隔一天，3月9日，《聯合報》上再刊出謝大寧教授的〈修辭學早已死亡了　孩子虛耗生命〉。同在9日，立委鄭金玲在立法院質詢當時的教育部長鄭瑞城。教長表示：會修正較難的修辭。而次長吳財順補充表示：依照課綱精神，修辭學適合小學生欣賞，不適合考試評量。

至於正面肯定修辭學的，現仍能在部落格上看到的有：國小校長陳招池先生的〈修辭莫背，照樣造句即可〉，吳鳴先生的〈小學考修辭學　吹皺一池春水〉，嚴文廷先生的〈國小修辭爭議從改善出題著手〉等等。

參　個人對修辭學教學的看法

把修辭學局限在「修辭格」的討論上，是有爭論的。我的老師高明高仲華先生為拙著《修辭學》再版所寫的〈序〉中，就曾說過：

我並不以為他這部書是十全十美的，他強調「修辭學」的實用價值，所以偏重於「修辭格」的描述。其實「修辭格」只是「修辭學」體系裡的一部分，更進而將「修辭學」整體作「無微不至」的研究，這是我對慶萱的一種希望。不僅此也，我還希望慶萱把這種追根究柢的精神，再向文藝語言學、文藝心理學、文藝社會學、文藝哲學、文藝批評學以及實用的美學進軍，建立起一套完整的文藝學術的嶄新體系，為文藝理論奠立一種深厚的、寬博的、堅實的學術基礎。這對於未來的文藝創作、文藝欣賞、文藝教育，必然會產生無窮大、無窮盡的影響。我在這裡，謹虔誠地祝禱著：希望慶萱能實現我這兩種希望！

拿辭格的辨別來考學生，我更曾多次表示反對。記得「中國修辭學會」成立不久，在1999年6月召開第一屆「中國修辭學學術研討會」，創會理事長蔡宗陽教授邀我作專題演講，我以「辭格的交集和區分」為題，開門見山就說：

「羅家倫〈運動家的風度〉：『來競爭當然要求勝利；來比賽當然想創紀錄。』是對偶？還是排比？或者是類字？」「張曉風〈行道樹〉：『我們唯一的裝飾，正如你所見的，是一身抖不落的煙塵。』應該屬於跳脫格中的插語呢？還是倒裝句法？」我經常接到這類電話，大致上都是正在國中教國文的師大校友打來的。有時候還是出現在段考考卷上的題目，由於老師們見解不同，來向我求斷。國中國文教師實在過度重視修辭學上辭格的區別了。其實，學習修辭學主要是為了把話說好和寫好文章，以及領略別人談話和文章的真意和美感。辭格的區分不是重點所在。再說，某一語句的修辭方式，老師們自己都有爭論，怎可拿來考國中學生，要學生分清辭格呢？但是，我自己在臺師大教了二十多年的修辭學，現在國中國文教師中很多都是跟我學過修辭學，或讀過我寫的《修辭學》一書的。他們今天的疑問，正是我當年上課時沒說清楚，或書中沒寫清楚所造成的。所以，我實在有責任對這些疑問公開作個答覆。

算算，在李家同教授投書批判小四考辭格之前十年，我已做此呼籲了。2002年10月，我寫的《修辭學》增訂三版一刷印行。在〈後記〉中，我先表示：

例句的辭格屬性，也有所調整，有初版視為甲辭格的，三版改屬乙辭格。如：原視為「轉化」的例句，今有改入「譬喻」的；原視為「婉曲」的「吞吐」，今併入「跳脫」等等。諸如此類，行文中多隨文點出，並說明改動的理由。

這就傳遞出一個訊息：在大學教修辭學的黃慶萱本人對辭格的分辨，就曾改來改去，前後不一。〈後記〉中我接著再說：

我衷心盼望在中學從事國文教學的朋友們，不要太重視辭格之辨別，更不要在試卷中以此為難中學生們。因為一些佳句的辭格屬性，連修辭學家們都還沒有一致的看法！

但是，七年之後，到2009年，此風顯然依舊未改。至於由國中禍延到國小，卻是我萬萬沒有想到的。

總的說來，我同意教育部吳財順次長說的：認識修辭學中一些淺明易懂的辭格，對小學生語文欣賞能力的提高，有所幫助；但是，不適合作考試評量之用。如果一定要考，那麼，就像嚴文廷先生所說：必須從改善出題方式著手。國小如此，國中亦然。至於高中，教育部已設有「文法與修辭」一科，並編有課本。大專院校語文系，「修辭學」或為必修，或為選修，或未設科。此處就不一一詳說了。

肆　熟練辭格有些什麼用處

不要在試卷中以辭格辨別為難學生，並不等於修辭學就不必學了。前面說過：學習修辭學主要是為了把話說好，和寫好文章，以及領略別人談話和文章的真意和美感。下面我就依此四點一一舉例說明。

一、先說「寫好文章」

就以「映襯」來說吧。在語文中，把兩種不同的，特別是相反的觀念或事實，貫串或對列起來，兩相比較，互為襯托，從而使語氣增強，使意義明顯的修辭方法，叫作「映襯」。我國文學作品，很早就曾大量使用這種映襯修辭法。例如《詩經・小雅・采薇》有：

昔我往矣，楊柳依依；
今我來思，雨雪霏霏。

四句十六字中，季節的變遷、空間的轉移、人事的倥傯，藉映襯的文字，作冷靜的對比，於是征人久役於外的寂寞悲傷，也就從此相反情境的對照之下，鮮明地表現出來了。

《詩經》中這種映襯寫法實在太多了，再舉〈小雅・北山〉為例：

或燕燕居息；或盡瘁事國。
或息偃在牀；或不已于行。
或不知叫號；或慘慘劬勞。
或棲遲偃仰；或王事鞅掌。
或湛樂飲酒；或慘慘畏咎。
或出入風議；或靡事不為。

那種勞逸不均，苦樂異致的情形，在兩兩對比之下，是何等強烈地震撼著讀者的心靈！

當北方的隱名詩人用慷慨悲歌唱出心中的不平，南方的行吟者也繼起以纏綿的詠嘆調吐露著內心的困惑。讓我們的目光轉向古代的長江流域，讓我們的耳朵聽聽屈原的〈卜居〉：

吾寧悃悃款款，朴以忠乎？將送往勞來，斯無窮乎？
寧誅鋤草茅，以力耕乎？將遊大人，以成名乎？
寧正言不諱，以危身乎？將從俗富貴，以媮生乎？
寧超然高舉，以保真乎？將哫訾慄斯，喔咿嚅唲，以事婦人乎？

寧廉潔正直，以自清乎？將突梯滑稽，如脂如韋，以潔楹乎？

寧昂昂如千里之駒乎？將氾氾若水中之鳧，與波上下，媮以全吾軀乎？

寧與騏驥抗軛乎？將隨駑馬之跡乎？

寧與黃鵠比翼乎？將與雞鶩爭食乎？

種種相反的立身處世態度，雙雙對比，道出千古以來人類心靈的衝突與矛盾！

映襯不僅出現於語句，也出現在段落之間。范仲淹〈岳陽樓記〉中敘晴喜雨悲兩段是很好的例證：

若夫霪雨霏霏，連月不開；陰風怒號，濁浪排空；日星隱耀，山岳潛形；商旅不行，檣傾楫摧；薄暮冥冥，虎嘯猿啼；登斯樓也，則有去國懷鄉，憂讒畏譏，滿目蕭然，感極而悲者矣。

至若春和景明，波瀾不驚；上下天光，一碧萬頃；沙鷗翔集，錦鱗游泳；岸芷汀蘭，郁郁青青。而或長煙一空，皓月千里；浮光耀金，靜影沉璧；漁歌互答，此樂何極！登斯樓也，則有心曠神怡，寵辱皆忘，把酒臨風，其喜洋洋者矣。

於是方能得出了「不以物喜，不以己悲」與「先憂後樂」的千古名言。

不只是詩、賦、散文使用映襯，小說尤其多用對比手法來映襯。《紅樓夢》第九十七回：〈林黛玉焚稿斷癡情　薛寶釵出閣成大禮〉：一邊是榮國府吹吹打打賈寶玉跟薛寶釵結婚成大禮；一邊是瀟湘館哭哭啼啼林黛玉焚詩稿魂歸離恨天，這是「情境的映襯」。其他如戲劇、繪畫、雕刻、音樂……之類，幾乎沒有一種藝術不曾運用映襯對比的手法，直接訴之於欣賞者的感覺作用的。

我還想琢磨一下李家同先生寫的〈棉襖〉。這篇小說原發表於《聯合報》副刊，大陸《讀者》半月刊曾轉載過。是用第一人稱旁觀敘述者的視角來呈現海峽兩岸祖孫三代之死生契闊的。其中曾非常技巧地多次運用「映襯」手法。

原來，新竹清華大學一位老工友「張伯伯」，趁「我」去杭州參加學術會議之便，託「我」帶一件「好舊好舊的棉襖」給浙江白際山的「李少白」。1948 年國共內戰，張伯伯當時才十九歲，糊裡糊塗地當了兵，參加了徐蚌會戰，天寒地凍，又飢又渴。他從敵屍身上脫下棉襖，又拿來水壺乾糧，才活下來，後來撤退到了臺灣。他在棉襖的內口袋中發現死者家人留下的字條，才知道這人名叫李少白，和他的家鄉住址。張伯伯深深理解這個被自己殺死的「敵軍」，他的遺物卻實際上在飢寒交迫中保住了自己一條命。敵人正是恩人，還有什麼比這個「映襯」更能呈現戰爭之荒謬呢？在〈棉襖〉中，「映襯」這還才是第一個。

「我」在會議開完後穿著羽絨衣找到了白際山李家。李家人很多，一位行動不便的老人接下寫著「李少白」名字的紙條，手有點抖，說：「我就是李少白，我沒有死。」在前一天的戰鬥中，李少白受了傷，被送到後方醫院。李少白把乾糧、水壺、棉襖，都送給了第二天要赴前線的軍中伙伴。張伯伯打死的，是李少白的同袍！使張伯伯衷心愧咎和感謝的死者，事實上卻好端端地活著。又是「映襯」，在〈棉襖〉中第二次出現。小說情節也藉此由懸宕而得到真相大白，到達了小說的第一個高潮，其中充滿戲劇性的張力。

李老先生問起還他棉襖的張家生活情形，「我」說：張伯伯在軍中時當然很苦，退伍後生活改善了些。兩個兒子都是工人。孫子都受了良好教育，其中一個還是新竹清華大學電機系的學生。李老先生也說：自己本是農家，受傷退伍後，不能種田了，還好太太沒有嫌棄他。兒子們也務農。一個孫子很聰明，縣政府給他獎學金，到城裡念高中，已高三了。「我」後來看到這個年輕人，對「台積電」很有興趣，還愛聽張惠妹的歌，立志要念北京清華大學。「我」靈機一動，脫下羽絨衣送給這個年輕人，年輕人穿上，「果真很帥」。而李老先生也回送給「我」一件棉襖。「我」穿上這件棉襖回臺灣，飛機上空中小姐一直讚說：從來沒有看過這麼漂亮的衣服。「我」見到了張伯伯，張伯伯很高興李少白還活著，現在生活很好。「我」

並把李家送他的棉襖轉送給張的孫子，穿上後「的確很酷」。通過緊張舒解的橋段，這個「的確很酷」與「果真很帥」的映襯，和孫子現穿棉襖與爺爺從屍身脫下棉襖的映襯，再度使情節推到與前迴異的第二個高潮。

〈棉襖〉的最後一段是這樣的：

我真羨慕張伯伯和李老先生的兩個孫子，他們都有好的前程，他們如果相遇，一定是在非常愉快的場合，也許會在張惠妹的演唱會，也可能是在一個半導體的會議中，他們絕不會像他們爺爺見面時的那樣了。

教育家李家同教授在〈天啊〉文中說：「不會這些修辭學，有沒有關係？對我而言，顯然是沒有關係，因為我看得懂文章，也能寫文章。」李教授此言，我完全肯定。〈天啊〉中還說：「『映襯』絕對是一個抽象的觀念，我就問了好多人，至今不知道什麼樣的句子屬於『映襯』。」我想，在當時這應當也是誠實的敘述。不過我要加一句：文學家李家同先生卻在〈棉襖〉這短篇小說中，把「映襯」運用到幾乎爐火純青的地步！

家同先生：我這八十歲的老頭子可不可以考考你：這麼樣的句子，屬不屬於「映襯」呀？

辭格當然不僅映襯一種，拙著《修辭學》，曾從古今七百多位作家的作品，以及社會日常用語中，歸納出三十種一百二十目的修辭方法。在寫好文章方面，也許還有些功用，這兒就不一一詳說了。

二、再說「把話說好」

以我個人的經驗為例。那是一九五〇年代的事了，我和師大同班的三位同學，連我四人，一起在「萬國」看完《太陽浴血記》後，去「一條龍」想吃水餃，客滿；轉到「周胖子」，又客滿。於是穿過往中華路的小巷，發現一家賣「燒肉飯」的露店。店員問：「幾位？」答：「四位。」於是店員提高嗓子，用閩南語向廚房吆喝：「三位加一位。」我聽了先是覺得好笑：四位就是四位，為什麼偏說三位加一位呢？繼而一想，閩南語四死同音，所以台灣公私立醫院幾乎都沒有「四」樓和「四」號病房；臺北市公共汽車也沒有「四」路線車。說三位加一位，正是為了避免說「四」字啊！在這兒，我領悟我們同胞「避忌」的修辭技巧！

張愛玲〈傾城之戀〉中，白流蘇曾對范柳原這樣說：「炸死了你，我的故事就該完了。炸死了我，你的故事還長著呢。」是怎樣的傷痛、無奈、委屈，使白流蘇說出如此委婉的「微詞」，來譏刺、埋怨對方用情不專、風流成性呢！

大家應該還記得，1961年美國甘迺迪競選總統時的名言：「不要問國家能給你們什麼；要問你給國家能作出什麼貢獻！」國家給你；你給國家。這是「回文」嘛！回文與圓周頗有相似之處。圓周是平面上對於一定點有等距離之各點所環成的「軌跡」。就美學觀點而論，被認為具有純粹簡單之美，連環不斷之妙。由於純粹簡單，所以能節省注意力，能牢記於心；由於連續不斷，所以有圓滿的感覺。甘迺迪就憑這麼一句純粹簡單而又圓滿的話，激發起大國如日中天時年輕一代報效國家之心，幫助他順利當選。

至於2008年，歐巴馬競選美國總統，演說時歷數前任應做而未做的，和自己當選後想做的，逐項檢討，一一列舉。每說完一件，必以"Yes, we can!"為結。一場演講下來，"Yes, we can!"說了十多次。以至於後來，聽眾和歐巴馬竟能齊聲同說："Yes, we can!"這用的是「類疊」修辭格呀！我知道，在小布希八年胡來之後，歐巴馬會贏得這場選舉了！可惜的是，華盛頓特區總是脫離不了軍工複合體和華爾街財閥的綁架，幾番中東「進出」和一場金融海嘯下來，歐巴馬仍然難挽狂瀾，以至於今天被斥為"No, you can't"。

從甘迺迪到歐巴馬，半世紀來，運用「回文」或「類疊」，已活生生地保送兩位總統候選人安全上壘。但是謝大寧教授卻引用法國哲人利科的話：「當將修辭格進行分類的興趣，完全代替了給廣泛的修辭領域賦予生機的哲學觀念時，修辭學也就死亡了。」而在文章標題上刪去前提，加以簡約，宣稱「修辭學早已死亡了」！事實上，利科 (Paul Ricoeur) 重視辭格運用，只是反對把興趣落在辭格的分類而已。這就和我再三告誡學生們不要拿辭格辨別來為難他們的學生，以及拙著《修辭學》每說一修辭格，也必有「原則」一節，觀念上就一致了。利科的《隱喻的規則》(1975，和拙著《修辭學》初版同年出版)，正也是一本講求隱喻（象徵）辭格運用的著作。至於大寧老弟（大寧在師大修博士課程，比我晚很多，而且對大寧我一直很欣賞。）說的：「以修辭格的熟練作為國文能力的指標，根本就是件荒唐的事。」我也部分同意。我的意思是說：作為「唯一指標」，確實荒唐；作為「指標之一」，卻是可以的。

「把話說好」，就說到此為止。

三、接著，該說到「領略話語和文章的真意」

我只想中、西各舉一例，湊巧與邏輯學都有一點關係。

先舉《世說新語・言語》所記「孔融見李膺」為例：

孔文舉年十歲，隨父到洛。時李元禮有盛名，為司隸校尉。詣門者皆俊才清稱，及中表親戚乃通。文舉至門，謂吏曰：「我是李府君親。」既通，前坐。元禮問曰：「君與僕有何親？」對曰：「昔先君仲尼，與君先人伯陽，有師資之尊；是僕與君奕世為通好也。」元禮及賓客莫不奇之。太中大夫陳煒後至，人以其語語之。煒曰：「小時了了，大未必佳！」文舉曰：「想君小時必當了了！」煒大踧踖。

如以邏輯三段論法來分析陳煒跟孔融的話：「小時了了，大未必佳！」是三段論法中的大前提，其中「小時了了」為前件，「大未必佳」是後件。「想君小時必當了了」是三段論法中的小前提。依據三段論法的規則：肯定前件則後件成立；破斥前件則後件不能成立。孔融肯定了前件：「想君小時必當了了」；那麼後件成立：「故君大未必佳也。」只是講話時省去了。此於修辭，屬於一種「跳脫」。

西方的例子，就舉莎士比亞《朱利阿斯．西撒》中安東尼對羅馬公民演講詞中的一節：

朋友們，羅馬公民，同胞們，請聽我言：我是來埋葬西撒的，不是來稱讚他的。人之為惡，在死後不能被人遺忘；人之為善，則常隨同骸骨被埋在地下；所以西撒有什麼好處也不必提了。高貴的布魯特斯已經告訴你們西撒野心勃勃；果真如此，那是嚴重的錯誤，西撒已經嚴重的付了代價。今天，在布魯特斯及其他諸位准許之下，——因為布魯特斯是一位尊貴的人，所以他們也當然都是尊貴的人，——我來到此地在西撒的葬禮中演說。他是我的朋友，對我忠實而公正，但是布魯特斯說他野心勃勃；而布魯特斯是個尊貴的人。他曾帶許多俘虜到羅馬來，其贖款充實了我們的國庫；在這一點上西撒可像是野心勃勃麼?窮苦的人哭的時候，西撒為之流淚；野心應該是較硬些的東西做成的。但是布魯特斯說他是野心勃勃；而布魯特斯是個尊貴的人。你們全都看過在「盧帕克斯節」那一天我三次獻給他一頂王冕，他三次拒絕接受：這是野心麼?但是布魯特斯說他野心勃勃；而當然布魯特斯是一個尊貴的人。我不是要說布魯特斯說的不對，我只是來此說出我所知道的事。你們全都曾經愛戴過他，不是毫無理由的；那麼，有什麼理由令你們不為他悲傷呢?啊，判斷力喃!他已經奔到畜牲群裡去了，人類已經失卻他們的理性。請原諒我，我的心是在那棺材裡陪著西撒呢，我必須停下來，等它回來。

就在昨天，西撒的一句話可以抵抗全世界；現在他躺在那裡，無論多麼卑賤的人也不肯向他致敬了。啊，諸位!如果我有意激動你們的心情，起來叛變作亂，我對不起布魯特斯，也對不起凱西阿斯，你們知道他們全都是尊貴的人。我不肯做對不起他們的事；

我寧願對不起死者，對不起我自己，對不起你們，我也不願對不起這樣尊貴的人。這裡有一張羊皮紙，上面蓋了西撒的印章，是我在他的寢室裡找到的，是他的遺囑。一般人民若是聽到了這遺囑的內容——對不起，我不打算宣讀——他們會要去吻西撒的傷口，把他們的手絹浸在他的神聖的血液裡，甚至要乞討他的一根頭髮作紀念品。將來在命終的時候，還會在遺囑裡提到它，給子孫作為寶貴的遺產。

不要著急，朋友們；我實在不可以讀給你們聽，不應該讓你們知道西撒是如何的愛你們。你們不是木石，你們都是有血性的人，一聽了西撒的遺囑，必定會激動你們，使得你們發狂。最好你們不知道你們是他的遺產繼承人，如果你們知道了，啊！不知道要有什麼樣的後果。

你們能不能別著急？你們能不能等一下？我一時失言，竟把這件事透露了給你們。我恐怕對不起用刀殺死西撒的那些高貴的人，我真是怕對不起他們。

這五段演講辭中，共用了九次「尊貴的（高貴的）人」，這不是演講者的真意；演講者實際上諷刺這些人並非尊貴的正人君子。所以民眾丁接著要說：

他們是叛徒；什麼高貴的人！

道出了安東尼自己想說的以及想要大家也說的話。「倒反」辭格的運用，在這篇演講中，可說發揮到極致。但是，我也必須提醒讀者聽眾，把倒反辭跟二元邏輯 (Two-valued Logic) 湊在一起，再加上籠統的表達，暗示的詭計，那真是夠煽動性的宣傳詞令。上文所引安東尼的演講辭就是一個例子。首先，安東尼籠統表達「不是好人就是壞人」的二元邏輯，二分了「尊貴的人」和「叛徒」；再把布魯特斯和他的朋友牽扯在一起，而死者西撒、安東尼自己、和民眾是同一邊的。於是，聽眾便得到一如下述的印象：凱西阿斯等因私人怨恨而殺西撒，凱西阿斯不是尊貴的人；布魯特斯是凱西阿斯的朋友，布魯特斯也不是尊貴的人。既不是尊貴的人，所以就是叛徒，就是我們的公敵。演講中還一再煽動民眾起來叛變作亂，暗示民眾發狂是合理的。這種有著嚴重的邏輯謬誤的煽動性言詞，對真正尊貴的布魯特斯是很不公平的。倒反辭用作諸如此類的煽動性的辭令，那真是一幕悲劇。安東尼這篇演說，審度語境，盡極語用之能事。而學習修辭的，也必須認識各種詭辯的伎倆，諸如非黑即白的論述，類比推理的陷阱，把豐富意義簡單化等等；要冷靜思考暗示可能的謬誤。

領略語文真意，就說到這裡為止了。

四、然後，說說「領略話語文章的美感」

南唐李後主李煜有首〈清平樂〉詞：

別來春半，觸目愁腸斷。砌下落梅如雪亂，拂了一身還滿。　雁來音信無憑；路遙歸夢難成。離恨恰如春草，更行更遠還生。

詞中用了兩個譬喻。「離恨恰如春草，更行更遠還生」，說明了離恨未因更行更遠而消除，卻像春草一樣仍然在心頭萌生。「更行更遠還生」可以斷句為「更行，更遠，還生」，暗示出要切斷而切不斷的無奈來。於是可以推想「砌下落梅如雪亂」也許不僅僅以「亂雪」喻「落梅」；而「落梅」就像「春草」一樣，暗示的是離恨與哀愁，「拂了一身還滿」的「還滿」正是「還生」呀！後主努力地「拂了」像落梅般的愁亂，但接著仍然「一身還滿」，這已不僅僅是譬喻，更是一種象徵了。以現實情境中具體的落梅，間接表達出這種亂糟糟的，揮也揮不去的，抽象的哀愁離恨來。讀者必須有些修辭學知識，才能領悟其中深意和淒美。

蘇軾蘇東坡〈記承天寺夜遊〉有句：

庭中如積水空明，水中藻荇交橫，蓋竹柏影也。

短短十來個字包括了兩個譬喻。第一個譬喻是「庭中如積水空明」。本體「庭中」在前，喻體「積水空明」在後，中間用喻詞「如」字連繫，為「明喻」。第二個譬喻是「水中藻荇交橫，蓋竹柏影也」。喻體「水中藻荇交橫」提前了，本體「竹柏影也」反而在後，中間用準繫詞「蓋」字連繫，為「隱喻」，而且是倒裝的。所以兩個譬喻，非但一正一反，語次不同，而且一明一隱，方式也不同。「庭中」的月色是實在的、真的；「如積水空明」是幻覺的、假的；「水中藻荇交橫」也是假的，只是幻象；最後點出「蓋竹柏影也」，是對真相的頓悟。這樣，視覺印象由「視非」到「而是」，又具有「懸疑」的效果，給人一種「真相大白」後的意外喜悅。真是了不起的好譬喻。

我再舉海明威的長篇小說《戰地春夢》(*A Farewell to Arms*)為例，說明詞格的熟練在文學欣賞上的功用吧。這本小說情節安排在第一次世界大戰期間。亨利中尉是個年輕的美國人，派在義大利前線，腿部受了重傷。手術後，亨利在米蘭療養，由英國籍護士凱撒琳照顧。晚上亨利孤獨無法入眠，常與凱撒琳幽會，並且使她懷了孕。義大利軍隊被德、奧聯軍攻擊，節節敗退。一條小船，使亨利和凱撒琳得以逃到瑞士。凱撒琳的分娩期近了，在醫院裡，凱撒琳劇痛，她流產了，出血過多。亨利走進病房裡，伴著她到氣絕。

回頭再來看這本小說第一章開頭第一段的後半段：

部隊從房子前面循道走過去，他們所激起的灰塵像替樹葉上了粉一樣，樹幹上也盡是土。那年葉子落得早，我們見到部隊沿著路行軍，塵土飛揚，樹葉被微風吹動紛紛落下，部隊繼續前進。後來路上白白的，空闐無人，祇有落葉。

「部隊」，當然是暗示戰爭；「所激起的灰塵」，該指戰事的後果吧；「上了粉」使人聯想到戀愛中的女性；「那年葉子落得早」，葉子代表生命，那年落得早，正指在戰爭中生命提早凋零。「微風吹動」，單是「灰塵」還不一定會落葉，加上「微風」，如兵敗、懷孕卻得不到正常照顧等等，樹葉才會「紛紛落下」。「後來路上白白的，空闐無人，祇有落葉。」更描述戰爭對人類的浩劫。你是否發覺：上引原書中譯本短短幾行，使用「象徵」手法，把全書四十一章，中譯本近四十萬字的情節，早已暗示出來了？這又是需要一些熟練辭格的學養，才能領略其中美感的建構。

說完「領略語文美感」，「肆　熟練辭格有些什麼用處」也就告一段落了。

伍　有關修辭學發展的一些建議

在拙著增訂三版《修辭學》中，有〈修辭學的回顧與前瞻〉一章，曾提到：從修辭學歷史發展的軌跡，赫然發現：修辭學一面在分化，一面在整合。

先看分化。從前附屬於修辭學的，如：謀篇、裁章、語體、風格，漸漸分化而成「篇章修辭學」、「語體修辭學」、「修辭風格學」。各種不同文類，也有專門修辭之書，古有：《詩式》、《文則》、《詞源》、《曲律》，近有：《詩歌修辭》、《散文修辭》、《小說修辭》等。

再說整合。我的老師高明先生早已有修辭學「必須借重語言學、心理學、社會學、邏輯學、美學、哲學」之說，見拙著《修辭學》高序。在「邊緣學科」理論的影響下，大陸在修辭學相關學科的整合方面，成就相當可觀。吳士文、馮凭主編的《修辭語法學》(1985)，以辯證的觀點，論述修辭和各種語言成分：詞、詞組、句子成分、單句、複句、標點、篇章間的差異與聯繫。譚永祥的《漢語修辭美學》(1992)，凸顯辭格，講究辭趣，重視語用和語境，不僅融合了言語和美學，而且汲取了邏輯學、信息學一些重要觀念。王德春、陳晨編著的《現代修辭學》(1989) 對語境學、語體學、風格學、文風學、言語修養學、修辭手段學、修辭方法學、話語修辭學、信息修辭學、控制修辭學、社會語言學、語用學，一一詳加論析，而結穴於社會心理修辭學和建構修辭學。大大整合並拓展了修辭學的視野。

在這「分化」與「整合」中，修辭學將何去何從？我個人的看法是：建立以修辭格為重心的修辭學。消極修辭中屬於語音、詞彙、語法的，回歸於語言學；讓已獨立為新學科的，如篇章修辭學、語體學、風格學、各種文類修辭，從普通修辭學中分化出去。而在辭格的概說中，要顧及此辭格理論和實踐雙方面的發展史和各種相關理論的整合；在辭格原則中，更應兼顧各種新學科所提供的理論信息。而這些，在二〇〇二年增訂三版拙著中，並未完全做到。《周易》終於「未濟」，我願意留給讀者日後再充實再修訂的深敻空間。

當然，要超越「辭格」局限，擴大「修辭」的視野，也是一種選擇。大陸「全國外語院系《語法與修辭》編寫組」所編《語法與修辭》(1987)一書，「第二編修辭」包括五章：第一章，〈修辭與修辭學〉；第二章，〈詞語的運用〉；第三章，〈句式的選擇和句子的銜接〉；第四章，〈修辭格〉；第五章，〈語言風格〉。其中第二、第三、第五章的內容，拙著《修辭學》皆未言及，的確應該補充。只是大學「修辭學」教學時數，必須配合增加才好。

記得 1999 年，修辭學會成立時，蔡宗陽理事長向我作了一次專訪，曾有這麼一段問答：

問：請問　老師，您對《修辭學》有何展望？

答：我個人對自己寫的《修辭學》從沒有滿意過。這本書只談辭格，只是積極修辭中的一環。沒有談到穩妥的段落安排，沒有談到適當的辭語運用；沒有談到音節修辭，更未談到語言風格問題。每想到高明老師賜序中對我的勉勵：「進而將修辭學整體作無微不至的研究。」就汗顏不止。年近七十，現在我只希望自己把《周易讀本》寫完，再寫一本《中國文學理論》。《修辭學》方面可能無法全面改寫了，高明老師對我的期望，我鄭重地拜託我的學生們，懇求你們能努力完成它。

時隔十來年，我依然汗顏，我依然如此懇求我的學生們。

二〇一一年十一月十五日寫於臺北見南山居江河並流齋

京都一年

林文月　著

本書收錄了作者一九七〇年遊學日本京都十月間所創作的散文作品。由於作者深諳日本語言、文化，長時居留，故能深入古都的多種層面，以細微的觀察，娓娓敘述，呈現了她個人對於京都的體會。於是京都近郊的亭臺樓閣、古剎名園；京都的節令行事、民情風俗，有如一幅白描長卷，一一展現眼前。書中各篇雖早已寫就，於今讀來，那些異國情調所帶來的感動，不僅未曾稍減，反而愈見深沉。

校園裡的椰子樹

鄭清文　著

鄭清文的作品，善於描繪一般民眾的日常生活，對人、對事都採取他一貫「簡單」描述卻「豐富」呈現的特殊風格。無論是丈夫被同袍分食的年輕孀妻，中年失業的一家之主，親人自相殘殺的孤獨女子，身體殘障的大學女講師……，這些看似悲劇色彩濃厚的人物，在作者筆下，總能在沉重的身心煎熬之後，雲破天開，找回自己的尊嚴與定位。就如彭瑞金對他的評論：「不以花，不以果誘人，不存心引人注目，總挺立的大王椰子。」其人、其文皆足當此稱。

再見！秋水！

畢璞　著

本書收錄十一篇短篇小說，述說著男女之間曖昧而深刻的故事。其中如〈穿黃衣的女孩〉流露出對逝去青春的感嘆與體會、〈漢斯與我〉呈現中西文化間的不同與交融、〈無塵的鏡子〉與〈泥淖〉二篇感悟與枕邊人相守的珍貴、〈那快樂的一對〉思辨何為真正的幸福、〈再見！秋水！〉勾勒一位年輕男子微妙而青澀的情感變化，以及〈冷冷的月暖暖的燈〉訴說著男子的深情、選擇與放下。

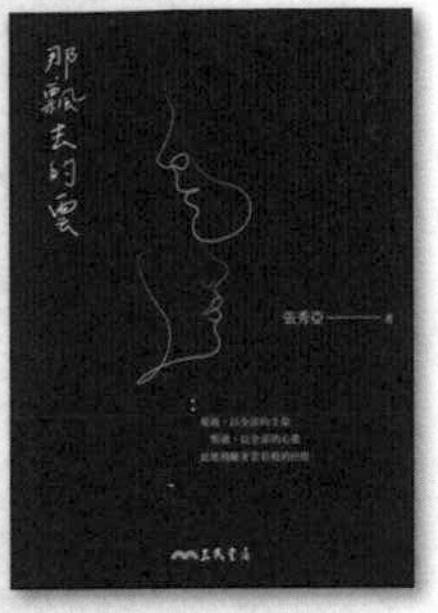

那飄去的雲

張秀亞　著

本書收錄十六則小說，捕捉縹緲的情愛絮語，或憂或喜，都在頃刻流洩的一念之間；描寫稚子翻騰而真摯的小小願想，晶瑩動人。張氏的小說融合了中國抒情傳統與西方現代主義風格，對細節的捕捉、幽微氛圍的營造極其敏銳，從她的筆端真誠不矯的映射出「每個人心中被愛情五味酒浸透的歲月」是如何「掙扎著站了起來，跨出了夢境的門檻」……

北窗下

張秀亞　著

一扇向北的小窗，為心靈繫上想像的翅翼，一泓曲澗、一枚小石、一片綠影，醞釀成一篇篇的飄逸情思。張秀亞女士在窗內捕捉璀璨的意象，於窗外尋繹人生的啟示。她的文字，有掇拾記憶與自然的喟嘆、洞徹人性及真理的光輝，洋溢著動人的芬芳。她用深富哲思的文筆，樹立抒情美文的典範。

我與文學

張秀亞　著

「美文大師」—張秀亞女士以美善的心靈、細膩的情思、優美的文字寫成這本書。它將開啟你的心靈，讓你以新的眼光來看待身邊的一切，發現日常的美麗輪廓。我有一個時期，曾企圖自室內走到戶外，如今，我才發現在戶外停留得太久了，我要回到屋簷下，回到心靈的內室裡來，諦聽他人以及自己靈魂的微語——那才是人類真正的聲音。

寫作是藝術

張秀亞　著

曾經激盪過無數文藝青年心扉的張秀亞教授，以其全才之筆，將她對寫作技巧的分析、我國文學優美傳統的闡釋，化作篇篇斐然文章。不僅在文學藝術上有著深刻的見解，抒情寫景更是詞情清美、意境高遠，體現出對人世細節異常敏銳的洞察，堪是創作者提燈引路之絕佳讀本。

天國的夜市

余光中　著

本書收錄余光中年少時的詩作六十二首。他輕語，語調恍若欲輕捻熄夜讀的燭光；重語，聲韻字字鏗鏘猶一支砲彈如燃。偶爾藏起一頁青澀於話語中，偶爾又露出一小片犀利冷銳的鋒芒。有著年少的眼界與傲氣，落拓與率真，多愁與善感，是青年詩人的寂寞內心，是深具浪漫風味的少作。

無法掩藏的時候

陳肇文　著

生命的所有經歷最終都歸結至情感以及愛。向陽評陳肇文是「十足地表露一個醫學院詩人的冷智與熱愛，……透過詩作，漸近地、由淺入深地探索著愛與生命的課題」。《無法掩藏的時候》收錄了作者醫學院七年學生生涯中的見聞行思，那些點滴凝結成文字，落筆成詩，傳遞歲月遞嬗以及情思的流動。

◎與君細論文

黃慶萱　著

本書是一本有關實際批評的著作，析評範圍尤為廣闊，包括了小說天地、散文世界、詩與戲劇、文學批評、學術評論等。而行文語調也趨多元，常以析評對象性質的不同而相異。如作者自述，所謂讀後、評介、序文，絕不只是評論文章，而是人與人之間的連結，是厚愛、有意，與尊崇。

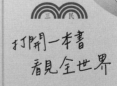

國家圖書館出版品預行編目資料

我行我歌：見南山居文叢／黃慶萱著.－－初版一刷.
－－臺北市：三民，2023
面；　公分.－－（Culture）

ISBN 978-957-14-7631-5（平裝）

863.4　　112005525

Culture

我行我歌——見南山居文叢

作　　者｜黃慶萱
責任編輯｜林宜穎
美術編輯｜康智瑄

發 行 人｜劉振強
出 版 者｜三民書局股份有限公司
地　　址｜臺北市復興北路 386 號 (復北門市)
　　　　　臺北市重慶南路一段 61 號 (重南門市)
電　　話｜(02)25006600
網　　址｜三民網路書店 https://www.sanmin.com.tw

出版日期｜初版一刷 2023 年 6 月
書籍編號｜S859950
I S B N｜978-957-14-7631-5

450

三民書局